W0332736

FEDERHERZ
VERLAG

MARLA GREY

all the BROKEN PIECES and you

All The Broken Pieces And You
Savanna Springs 1
Neuauflage

Copyright: Marla Grey, 2021, Deutschland
Bildmaterial: Rawpixel, Freepik
Korrektorat: Claudia Matheis

Bestellung und Vertrieb: Nova MD GmbH, Vachendorf

ISBN: 978-3-96966-493-3

Druckerei Smilkov Print Ltd
Pokrovnishko shose
2700, Blagoevgrad

Alle Rechte vorbehalten.

Federherz Verlag
Süntelstraße 70
31848 Bad Münder
www.federherzverlag.de
Instagram: @federherz.verlag

FÜR ALLE,
DIE JEMANDEN VERLOREN HABEN

VORWORT

Liebe Leserherzen,
wie alle meine Bücher enthält auch die Geschichte von Ash & Jake sensible Themen und potenzielle Trigger. Deshalb achtet gut auf euch.

ASHLEY

Vor acht Wochen war mein Leben zerbrochen. Zersplittert in ein Davor und ein Danach. Sie hatten versucht, die zerstörten Teile zusammenzusetzen. Den Schaden zu beheben. *Mich* zu reparieren. Doch ein Stück von mir war noch immer unwiederbringlich fort. Denn in mir klaffte eine Wunde. Ein riesiges Loch, an dessen Kanten ich mir auch weiterhin mein Herz aufriss.

»Bist du endlich so weit?« Moms Fingernägel hämmerten in einem immer gleichen Takt auf die marode Türverkleidung ein, während sie mit versteinerter Miene auf die sonnengelben Wände blickte.

Sie musste nicht aussprechen, was sie dachte. Weil sie mich schon mein ganzes Leben antrieb. Zu mehr Leistung. Zur Perfektion. Zu einem Ideal, an das ich in den neunzehn Jahren meines Lebens noch nie hatte heranreichen können. Die

Sache war, dass in der Zukunft, die sie sich für mich ausgemalt hatte, mein Zusammenbruch schlicht nicht vorgesehen war. Der Aufenthalt im *Psychiatric Memorial Institute* von Chicago bedeutete in ihren Augen einen Schandfleck in meinem Lebenslauf. Dass mein Zustand ihr gar keine andere Wahl gelassen hatte, als mich herzubringen, änderte daran überhaupt nichts.

Ein letztes Mal sah ich mich in dem Zimmer um. Das Bett war abgezogen, der Schrank geleert, die Gardinen ordentlich zurückgezogen. Bis auf meinen Rucksack auf dem Stuhl erinnerte nichts mehr daran, dass ich hier gewesen war.

Erleichtert stieß Mom den Atem aus, als ich nickte.

Mit den Entlassungspapieren verließen wir das Gebäude. Zwei Monate hatte ich hier verbracht. Hinter dicken, vergilbten Wänden. Mit den immer gleichen, zermürbenden Gesprächen. In dem Versuch, etwas zu flicken, was nicht zu reparieren war.

Der Van, der mich zurück in mein altes Leben bringen sollte, parkte am Straßenrand. Samt Rucksack schob ich mich auf den Rücksitz. Im Rückspiegel kontrollierte Mom wie immer ihr Make-up, ehe sie den Wagen aus der Parklücke lenkte.

»Dein Dad und ich sind uns im Übrigen einig, dass es so nicht weitergehen kann.« Der Van bremste ab, als wir in den dichten Verkehr eintauchten. »Es ist ein bedeutendes Jahr, Ashley. Alles, was du jetzt tust, hat unmittelbare Auswirkungen auf deine Zukunft. In ein paar Tagen beginnt das College und du hast bereits die Sommerkurse verpasst, das ist schlimm genug. Du kannst es dir nicht leisten, wegen dieser Sache noch weiter zurückzufallen.«

Diese Sache. Ich lehnte meine Stirn an die Fensterscheibe. Schloss die Augen. Die leichte Vibration der Scheibe breitete sich in meinem gesamten Körper aus. Doch es half nicht gegen den Schmerz, der an meinem Herzen fraß. Auch die Fingernägel, die sich in meine Handinnenflächen bohrten, änderten nichts daran.

»Ich weiß, was sie dir bedeutet hat. Aber das ist kein Grund, um deine Zukunft gegen die Wand zu fahren«, erklärte meine Mutter mir mit einem Blick in den Rückspiegel.

Sie wusste gar nichts.

»Kein Grund?« Blonde Haarsträhnen fielen mir ins Gesicht, als ich den Kopf von der Fensterscheibe löste. »Tami ist tot, Mom. Glaubst du wirklich, dass ich das vergessen kann?«

»Nein, aber du wirst lernen müssen, damit zu leben. So wie wir alle. Wir haben acht Wochen lang deinen Aufenthalt in dieser Klinik bezahlt. Jetzt ist es Zeit, nach vorne zu blicken. Du bist nicht die Einzige, die sie verloren hat, und nicht mal Ian hat sich so gehen lassen wie du.«

Bei meiner Mom gab es festgelegte Fristen für

Traurigkeit oder Schmerz oder Verzweiflung. Eine Verlängerung war weder vorgesehen noch verhandelbar. Ich sollte in den Rahmen passen, den sie für mich ausgewählt hatte. Nicht mehr. Nicht weniger.

»Glaubst du, für mich war es leicht, als ich nach deiner Geburt vor den Scherben meines Lebens stand?« Ihre Stimme hatte den vertrauten eisigen Ton angenommen und für einen Augenblick war ich wieder sieben Jahre alt. Saß auf der Treppe unseres Hauses und lauschte den Worten meiner Mom, die meinem Dad erklärte, wie sehr sie mich hasste, weil die Notsectio, die mein Leben gerettet hatte, ihren Uterus zerfetzt hatte.

»Sie hat mein Leben zerstört, Gavin. Ich habe wirklich versucht, ihr eine Chance zu geben. Sie zu lieben. Du weißt, wie sehr ich es versucht habe. Aber sie ... sie weiß nicht einmal zu schätzen, was ich für sie aufgegeben habe. Sie ist eine einzige Katastrophe. Manchmal wünschte ich, sie wäre an diesem Tag gestorben. Weil ich nichts für sie empfinden kann. Überhaupt nichts.«

Meine Mom hatte die Gefühle für mich abgetötet, weil durch mich nicht nur der Traum von einer eigenen Großfamilie ausgelöscht worden war, sondern sie sich seitdem nicht mehr als vollwertige Frau sah. Mir die Schuld zu geben und keinerlei Gefühle zuzulassen hatte sie vor dem Schmerz bewahrt. Doch ich war nicht wie sie. Ich konnte weder den Schmerz abschalten noch die

Erinnerungen. Tami war nicht nur eines der x-beliebigen Pflegekinder gewesen, die sie in unser Haus geholt hatte, sondern sie war meine beste Freundin.

Und jetzt war sie tot.

Ich versuchte, die Worte meiner Mutter ins Nichts laufen zu lassen. Starrte aus dem Fenster, ließ Häuser und Straßen und Menschen an mir vorüberziehen, weil sich mit einem Mal alles in mir taub anfühlte. Eine Stunde lang schlängelten wir uns durch den zähen Feierabendverkehr Chicagos, ehe wir die Einfahrt unseres Hauses erreichten. Ein Bungalow aus rotem Klinkerstein mit breiter Veranda.

Mom brachte den Van neben dem silbernen SUV, der meinem Vater gehörte, in der breiten Doppelgarage zum Stehen. Der Motor erstarb.

»Ich rate dir, deinen Vater nicht zu lange warten zu lassen.« Erneut zückte sie den Lippenstift, um ihn im Rückspiegel nachzuziehen. »Hast du mich verstanden, Ashley?«

Ich brachte ein Nicken zustande, ehe sie die Fahrertür aufstieß. Über den gepflasterten Weg eilte sie auf die Haustür zu, ohne mich eines weiteren Blickes zu würdigen oder gar auf mich zu warten.

Ich brauchte lange, bis ich die Finger von den Trägern meines Rucksackes löste, um mich abzuschnallen. Minuten vergingen, bevor ich es fertig brachte, den Wagen zu verlassen und mich den

Dämonen zu stellen, die ich mehr fürchtete als alles andere.

Im Inneren des Hauses zerrte ich die Chucks von meinen Füßen und stellte sie zu den anderen Schuhen in den Flurschrank. Mein Rucksack landete neben der Orientvase mit Tulpen auf dem untersten Absatz der Treppe, die in den oberen Stock führte.

Vom Flur aus gingen vier Türen ab. Links, direkt neben der Treppe, lag das untere, direkt an das Schlafzimmer meiner Eltern angrenzende Badezimmer. Rechts ging es in die Küche. Meine Füße schlurften über das polierte Echtholzparkett, als ich an den

anderen Räumen vorbei in das vor mir liegende Wohnzimmer trat.

Im angrenzenden Arbeitszimmer fand ich meinen Vater. Wie so oft brütete er über einem der übervollen Aktenordner, die zuhauf die Regale und Schränke hinter seinem Schreibtisch füllten. Seine Anzugsjacke hatte er akkurat auf der Stuhllehne platziert. Einen Augenblick beobachtete ich, wie er mit einem Kugelschreiber etwas notierte, ehe ich ihn begrüßte.

»Hallo, Dad.«

»Ashley.« Der Stift landete auf dem Ordner, ehe er sich in seinem Stuhl zurückfallen ließ. Mit der linken Hand nahm er die Lesebrille ab, begann, seinen Nasenrücken zu massieren. »Setz dich doch.«

Widerwillig löste ich mich vom Türrahmen,

um auf einem der Stühle vor seinem Schreibtisch Platz zu nehmen.

»Ich nehme an, dein Aufenthalt war zufriedenstellend.«

»Ja, Dad.« Ich zwang meine Lippen zu einem Lächeln, während er die Arme auf Höhe seiner Brust verschränkte und die milchigen Pupillen auf mich richtete.

»Deine Mutter hat mit dir gesprochen?«

Ich konzentrierte mich auf die Manschettenknöpfe an seinen Ärmeln und nickte.

»Gut.« Er räusperte sich. »Denn ich dulde nicht, dass du das Ansehen und unseren Familiennamen mit solchen Marotten noch einmal beschmutzt. Haben wir uns verstanden?«

»Klar und deutlich.« Es ging nicht um mich. Darum, dass ich meine beste Freundin verloren hatte oder wie ich damit klarkam. Nein. Worum es ging, waren das Ansehen der Kanzlei *Stone* und der Ruf unserer Familie. Denn auf einer Beerdigung durchzudrehen und anschließend mit einer Medikamentenvergiftung ins Krankenhaus eingeliefert zu werden – das gehörte nicht zum guten Ton. »Kann ich jetzt in mein Zimmer gehen? Ich würde gerne auspacken.«

»Natürlich.« Er griff nach der Lesebrille, schob sie zurück auf seine Nase. »Nutz die Zeit, um dich in die Collegeunterlagen einzuarbeiten, damit du für Montag vorbereitet bist.«

Während er sich erneut über seinen Aktenordner beugte, verließ ich das Arbeitszimmer. Im

Flur griff ich nach meinem Rucksack und zwang mich, die Treppe nach oben zu nehmen. Dort ignorierte ich den gegenüberliegenden Raum, riss die Tür zu meinem eigenen Zimmer auf und schloss sie so hastig, wie ich nur konnte.

Um alles auszusperren.

ASHLEY

Ich ignorierte den Stapel Unterlagen, der auf meinem Schreibtisch thronte, und warf mich auf das aufgeklappte Schlafsofa in der Ecke. Dabei fegte ich den Haufen frisch gewaschener Kleidung herunter, der am Fußende abgelegt worden war.

Ich presste das Gesicht in eines der mintgrünen Kissen, um den Schrei zu dämpfen, der sich meine Kehle emporkämpfte. Zog mich zusammen. Umklammerte das Kissen.

Keine Ahnung, wie lange ich da lag und dem Deckenventilator lauschte. Doch es war mir egal, weil nichts mehr wichtig war. Weder das Loch in meinem Magen noch das College, das am Montag beginnen sollte. Dabei hatte es ein Neuanfang sein sollen. Meine Möglichkeit, Chicago, dieses Haus, meine Eltern hinter mir zu lassen. Doch selbst das kam mir ohne Tami bedeutungslos vor. *Weil sie tot war.*

Ein Klopfen riss mich Stunden später aus

meinem Dämmerzustand. Ich rutschte über das Bett bis ans Fenster und entdeckte Lily, die auf dem Balkon des Nachbarhauses stand und Kieselsteine gegen meine Scheibe warf. Sie war dreizehn, doch mit der zerzausten Lockenmähne und dem dürren Körper wirkte sie mindestens zwei Jahre jünger. Ich öffnete das Fenster.

»Hey Lil«, begrüßte ich sie, bemüht, meine Stimme weniger zittrig und müde klingen zu lassen. Doch der Versuch misslang, denn Lily vor mir zu sehen erinnerte mich sofort an Tami. An Tage, an denen Lily auf dem Schulweg zu uns aufgeschlossen und uns Löcher in den Bauch gefragt hatte. An Tage voller Glück, die jetzt zu weit entfernt waren, um sie zu fühlen oder festhalten zu können.

Wie von selbst tasteten meine Finger nach der Packung, die Tami immer in dem Spalt zwischen Wand und Sofa versteckt hatte. Seit Wochen hatte ich nicht mehr geraucht, doch jetzt brauchte ich dringend eine Zigarette. Als ich die Packung fand, atmete ich auf. »Was willst du?«

»Ich …« Sie trat dichter an die Balkonbrüstung heran, während das Feuerzeug klickte und ich einen ersten, tiefen Zug nahm. »Ich hab was für dich.«

Ihre zierliche Hand schoss vor und hielt mir ein Päckchen aus blauem Glanzpapier entgegen. Ich stieß den Rauch aus, beugte mich über den Fensterrahmen nach draußen, um es anzunehmen.

»Warum schenkst du mir was?« Ich nahm einen weiteren Zug von der Zigarette, während ich das Päckchen in meiner Hand drehte.

Lily sah mich an. »Das ist nicht von mir ... Tami, sie hat es mir gegeben.«

Meine Finger erstarrten in ihrer Bewegung und die Asche der Zigarette fiel auf die Fensterbank.

»Sie wollte, dass ich es dir gebe, ... ***Nach der Beerdigung*** **s** – stand auf dem Zettel. Aber du bist nicht zurückgekommen, erst heute.«

Ich starrte in die blaugrauen Augen des Mädchens, das Tami angebetet hatte. Die uns angebetet hatte. Die von Anfang an unsere Freundin sein wollte.

»Wann hat sie dir das gegeben?«

Sie begann, an ihrer Unterlippe zu saugen. »Einen Tag, bevor Mommy gesagt hat, sie sei ... von uns gegangen. Es war in einem Karton und den sollte ich erst öffnen, wenn drei Tage vergangen sind. Ich musste es ihr versprechen.«

Mit zitternden Fingern drückte ich die Zigarette am Fensterrahmen aus. »Danke, Lil«, murmelte ich, rutschte zurück auf mein Bett und schloss das Fenster, ehe sie noch etwas sagen konnte.

Ich starrte auf das Päckchen. Drei Mal verfehlte ich den Tesafilmstreifen an der Seite, bis ich es schaffte, das Papier aufzureißen.

Darinnen, Tamis iPod. Pink. Klein. Quadratisch.

Ich ließ mich rücklings zurück auf mein Bett fallen, entwirrte die Kopfhörer und steckte sie in meine Ohren. Dann startete ich den ersten Song.

Als ich die Augen schloss und ihre Version von *Already Home* der Band *Thousand Foot Krutch* meine Ohren ausfüllte, war es, als wäre sie für einen Song lang zurück. Als säße sie auf dem Boden vor meinem Bett mit der Gitarre auf dem Schoß, um für mich zu singen. Einen Song lang lockerten sich die Knoten, die sich durch ihren Tod in mir gebildet hatten. Doch als der Song endete und ihre Stimme verklang, kehrte der Schmerz zurück. Er brach über mich ein, während ihre Stimme in das Leben drang, in dem sie mich zurückgelassen hatte.

Als ich den iPod gegen meine Brust presste, entdeckte ich den eingerollten Zettel zwischen den Schichten des Geschenkpapiers. Ich zog ihn hervor. Rollte ihn auseinander.

FINDE IHN FÜR MICH, ASH.

Fünf Worte, das war alles, was auf dem Zettel stand. Fünf Worte, die weit mehr von mir verlangten als die Ärzte oder meine Eltern. Denn, um ihr diesen letzten Wunsch zu erfüllen, musste ich gegen den Schmerz ankämpfen, der mich niederdrückte. Aufstehen, obwohl alles in mir schlafen und aufgeben wollte. Ich musste bereit sein, zurück ins Leben zu treten.

Ich wartete, bis das Haus still und dunkel dalag, ehe ich auf Zehenspitzen in das Arbeitszimmer meines Dads schlich. Die Uhr auf seinem Schreibtisch zeigte vier Uhr morgens an, als ich die Lampe anknipste und die untere Schublade des Schreibtisches aufzog.

Ich ignorierte die Papiere, die sich darinnen befanden, und tastete nach dem Schlüssel, den er seit Jahren unter der darüber liegenden Schublade versteckte. Er war für den verschlossenen Aktenschrank links außen, in dem er nicht nur die Akten schwieriger Fälle aufbewahrte, sondern ebenso die Pflegschaftsunterlagen.

Ich zog den blauen Aktenordner aus der obersten Ecke und blätterte durch die Mappen der Kinder, die meine Mom über die letzten Jahre in unser Haus geholt hatte so wie Tami.

Ich blätterte, bis ich die rote Mappe mit Tamis Namen fand. Nachdem ich die Mappe aus dem Ordner geheftet und unter meinem Pulli versteckt hatte, stellte ich den Ordner zurück und hinterließ alles genau so, wie ich es vorgefunden hatte. Das Blut rauschte in meinen Ohren, als ich die Mappe im oberen Fach meines Army-Rucksacks verstaute, in dem sich bereits Tamis iPod, die Botschaft und das mickrige Bündel aus Geldscheinen befanden, über das ich verfügte. Es war nicht viel, aber es würde reichen. *Es musste einfach.*

Mit dem geschulterten Rucksack trat ich in die sternenlose Nacht hinaus, lief durch die Straßen von Chicago. Weiter. Immer weiter.

Die Riemen meines Rucksacks schnitten tief in meine Schultern ein, doch ich blieb erst stehen, als ich eine Stunde später die *Greyhound Bus Station* erreichte, wo mein Bruder an der Haltestelle saß, um auf mich zu warten. Nachdem ich ihn heute Nacht angerufen und ihm erzählt hatte, dass ich weggehen würde, hatte er sich wie versprochen auf den Weg gemacht.

Als Phil mich sah, stand er auf und kam auf mich zu. Seine Arme legten sich um mich und für einen kurzen Augenblick erlaubte ich mir, mich an meinen großen Bruder zu lehnen.

»Bist du wirklich sicher, dass du das tun willst?« Auf der Suche nach einem Zweifel huschten seine Augen über mein Gesicht. Doch sie würden ihn nicht finden. »Du musst nicht ans andere Ende des Landes. Du könntest –«

»Nein.« Ich schüttelte den Kopf. »Es ist das Beste so.«

Innerlich betete ich, dass er nicht weiterbohrte. Denn ich hatte ihm nichts erzählt. Nichts von Tamis letztem Wunsch, nicht von dem wahren Grund, weshalb ich fortgehen würde. Denn wenn er es wüsste, würde er mich entweder davon abhalten oder darauf bestehen mitzukommen. Doch das wollte ich nicht.

Diese Sache musste ich alleine tun.

»Wenn du abhaust, wird sie das auch nicht zurückbringen, Ash.«

Obwohl ich wusste, dass Phil recht hatte, wünschte ich mir jede Nacht genau das: Dass jemand die Zeit zurückdrehen und es ungeschehen machte.

»Ich weiß.«

Für einen Moment standen wir stumm da. Es gab keine Worte. Nicht dafür, wie sehr Tami fehlte.

In unseren Herzen.

In unserem Leben.

»Du wirst mich anrufen«, sagte er, als der Bus einige Minuten später eintraf und er mir ein letztes Mal über das Haar strich. »Versprich, dass du dich meldest.«

»Werde ich.«

»Gut.« Er zog etwas aus der Jackentasche, drückte mir zwei Geldscheine in die Hand. »Und das ist für den Notfall.«

»Phil ...« Ich wollte es ihm zurückgeben, doch er schüttelte den Kopf.

»Du musst jetzt los.« Ein letztes Mal trafen sich unsere Blicke. Tränen brannten hinter meinen Augen, doch ich erlaubte mir nicht zu weinen. Es gab eine Menge, was ich ihm sagen wollte, doch jetzt war nicht der richtige Augenblick, um wegen der verpassten Chancen zu weinen, die mein Leben pflasterten wie altes, versteinertes Kaugummi. Jetzt musste ich mich auf das konzentrieren, was vor mir lag und nicht auf das, was ich zurücklassen würde.

Also stieg ich in den Bus nach Kalifornien, um den einen Menschen zu suchen, nach dem Tami sich gesehnt hatte.

Finde ihn für mich, Ash. Ich hatte nicht mehr als seinen Namen und die alte Adresse aus ihrer Akte. Aber ich würde nach ihm suchen, weil es das war, worum sie mich gebeten hatte.

Durch die getönten Scheiben sah ich die Straßen an mir vorbeiziehen. Autos und Häuser verschwammen zu einer grauen Masse. Immer mehr Straßen ließen wir zurück, bis wir eine Dreiviertelstunde später Chicago hinter uns ließen.

Ein letztes Mal sah ich zurück. Auf die Stadt, die in der Ferne verblasste. Die Stadt, die neunzehn Jahre mein Zuhause gewesen war.

JAKE

Ich konnte Jackson Moore nicht ausstehen. Früher waren wir so etwas wie Freunde gewesen – aber das war, bevor er angefangen hatte, Drogen zu verticken, und zu einem Arschloch mutiert war.

Ich nahm einen Schluck aus der Bierflasche in meiner Hand und beobachtete, wie Trevor und Jackson den Deal vor dem Strandhaus abschlossen. Ein Tütchen für Trevor, Scheine für Jackson. Ein Handschlag. Zwei zufriedene Gesichter.

»Ich frage mich, wann Trevor der Scheiß endlich zu den Ohren raushängt.« Keaton, der mit verschränkten Armen neben mir stand, hatte die Augen zu Schlitzen verengt. »Irgendwann muss er doch mal wieder aufwachen.«

Ich hatte gehofft, dass Trevor genau das nach ein paar Wochen tun würde. Dass er zurück ins Leben kehren und weitermachen würde. Aber ich hatte mich geirrt, denn mittlerweile waren vier

Monate vergangen und es sah nicht aus, als würde er sich fangen. Ganz im Gegenteil.

Trevor kramte in seiner Jeans, fand ein Feuerzeug und zündete den Joint an. Mit dem ersten Zug sank er gegen die Hausmauer und wartete – seit Stunden zum ersten Mal einen zufriedenen Ausdruck im Gesicht – darauf, dass die Wirkung einsetzte.

»Am liebsten würde ich ihm das Scheißzeug aus den Fingern reißen«, knurrte Keaton und sprach damit das aus, was ich dachte. Der Impuls, den Abstand zu verringern, den Joint unter meinen Schuhen zu zertreten und ihn zu schütteln, war stark. Doch ich tat es nicht. Als ich vor einigen Wochen dem Bedürfnis nachgegeben hatte, hatte das nur dazu geführt, dass Jackson hier aufgetaucht war. Und dieser Kerl hatte eindeutig genug Dreck am Stecken, um Trevor mit sich in die Tiefe zu zerren. Mit Logik oder Standpauken bewirkte man momentan nur das Gegenteil.

»Ich kann auch nicht ertragen, ihn so zu sehen, aber auf ihn aufzupassen ist das Einzige, was wir gerade tun können.«

»Ich werde mir das nicht mehr lange ansehen.« Ich folgte seinem Blick zu Trevor, der den Überrest seines Joints achtlos ins Gras fallen ließ. »Er muss zur Besinnung kommen, Jake. So oder so.«

»Na, spielt ihr wieder meine Babysitter?« Trevor kam auf uns zu, halb torkelnd, mit einem

Grinsen im Gesicht. »Wie wäre es, wenn ihr stattdessen mit mir feiern würdet? Lasst uns ein bisschen Spaß haben.« Trevor schob die Hand in seine Hosentasche und wedelte mit dem restlichen Marihuana vor Keatons Gesicht rum. »Das bringt einen richtig gut drauf.« Keatons Kiefer malmte. »Wenn du wirklich Spaß hättest, müsstest du diesen Scheiß gar nicht erst nehmen.«

Trevors grüne Augen verdüsterten sich. Mit beiden Händen stieß er gegen Keatons breite Brust. »Wenn dir nicht passt, wie ich Spaß habe«, erklärte er durch zusammengekniffene Zähne, »dann verpiss dich doch. Ich kann hier tun und lassen, was ich will, kapiert? Mit meinem zweiten Leben mach ich, was ich will. Deshalb geh ich jetzt rein und feier weiter, mit oder ohne euch.« Er stieß Keaton zur Seite und lief auf die offene Eingangstür des Strandhauses zu, das bis vor vier Monaten seiner Mom gehört hatte.

»Du verarschst dich selbst«, rief Keaton ihm nach, doch Trevor zeigte ihm nur den Mittelfinger. Es war aussichtslos, so erreichte man ihn nicht. Früher hätte man das. Früher hätte ein vernünftiges Gespräch gereicht, um ihn zurückzuholen, doch jetzt interessierte er sich weder für die Wahrheit noch für uns.

Nichts erreichte ihn mehr.

Die Glastür glitt zur Seite und die Musik wurde lauter, als Trevor in der feiernden Menge verschwand.

»Ich fass einfach nicht, dass ihm das so scheißegal ist«, fluchte Keaton neben mir. Ich leerte mein Bier.

In Wahrheit war es ihm nicht mal halb so egal, wie er uns glauben lassen wollte. Denn wenn es so wäre, würde er nicht jede Möglichkeit nutzen, um vor dem Schmerz zu fliehen. Dann gäbe es weder Drogen noch Alkoholexzesse noch ausufernde Partys.

»Er wird sich einkriegen«, erklärte ich, denn auch wenn ich kaum daran glaubte: Ich würde die Hoffnung nicht aufgeben. Trevor war mein bester Freund – und ein Teil meiner Familie. Daran würde sich nichts ändern. Ganz gleich, was irgendein Stück Papier behauptete. Er war und blieb mein Cousin.

Keaton deutete aufs Haus. »Lass uns reingehen. Ich brauche dringend was zu trinken, wenn ich diese Party überstehen soll.«

Ich sah auf meine leere Bierflasche und nickte. »Klingt nach einem Plan.«

Zusammen schoben wir uns von der Eingangstür durch die feiernde Menge bis in die Küche. Ich beachtete weder die Bierfässer noch die Schnapsflaschen auf dem Tresen. Ich konnte diese billige Plörre, mit der der Großteil sich betrank, nicht ausstehen. Genauso wenig, wie den Jack Daniels oder den Wodka. Ich brauchte einen klaren Kopf, um die Augen offen zu halten. Mich hemmungslos zulaufen zu lassen, wie Trevor es normalerweise tat, war nicht mein Ding, deshalb holte ich zwei Bierflaschen aus dem Kühlschrank.

Der Kronkorken flog Richtung Spülbecken, als ich erst mir und dann Keaton eine Flasche öffnete.

»Darauf, dass zwischen der Scheiße irgendwas Gutes steckt«, erklärte ich.

»Darauf, dass wir den Abend überleben, ohne ihn umzubringen«, knurrte er und seine Flasche stieß gegen meine.

»Oder die Polizei nicht die Party sprengt«, erklang Zaras Stimme rechts von uns. Ihre blau lackierten Finger lagen um den Stiel eines Glases, das mit einer giftgrünen Flüssigkeit gefüllt war. Sie hob es an, stieß es gegen die Bierflaschen und nahm einen Schluck. Ihr glänzendes schwarzes Haar hatte sie zu einem Zopf verflochten, der seitlich über ihre Schulter fiel. Heute waren die eingearbeiteten Perlen marineblau. Dieselbe Farbe, die auch das lange Sommerkleid hatte, in dem ihr kurviger Körper steckte. »Jackson vertickt sein Zeug zwischen den Gästen. So offen, als würde er Karten spielen.« Mit der freien Hand deutete sie Richtung Sofa. »Und der Typ da drüben hat ein Mädchen auf seinem Schoß, das nicht sonderlich glücklich darüber wirkt.«

Ich folgte Zaras ausgestreckter Hand bis zu einem der Sofas. Die Hand des bärtigen Typs, auf den sie zeigte, knetete den Oberschenkel eines Mädchens auf seinem Schoß.

»Die sieht aus, als wäre sie höchstens sechzehn.«

Zum einen das, und glücklich sah sie auch nicht aus.

Keaton und Zara wechselten einen dieser Blicke, die sie ständig wechselten. »Ich kümmere mich drum.« Er drückte ihr seine Bierflasche in die Hand und marschierte los.

»Mir gefällt das nicht.« Die Flüssigkeit ihres Drinks schwappte bedrohlich, während sie das Glas in ihren Fingern schwenkte. »Diese Leute hätte er vorher nie eingeladen.«

Trevor hätte vor vier Monaten eine Menge nicht getan.

Wir beobachteten, wie Keaton vor dem Kerl stehenblieb und nach draußen deutete. Normalerweise war er der zahmste Kerl, den ich kannte. Er verabscheute Gewalt, und wenn es irgendwie ging, suchte er stets nach einer friedlichen Lösung. Doch mit seinem breiten Kreuz und den tätowierten Armen konnte er furchteinflößend wirken, wenn es wichtig war. So wie jetzt.

Das junge Mädchen rutschte vom Schoß des Kerls, ehe Keaton ihn packte und grob durch die Menge Richtung Ausgang stieß.

Als er ein paar Minuten später zurückkam, blieb er neben der Anlage stehen und stellte die Musik aus. »Für alle, die es noch nicht mitbekommen haben«, rief er. »Wer hier Scheiße abzieht, fliegt. Und wer das nicht kapieren will, den begleite ich auch gerne höchstpersönlich zu den Bullen. Also –« Er ließ den Blick durch die Menge schweifen. »– benehmt euch.«

Keaton bedankte sich für die Aufmerksamkeit, schaltete die Musik wieder ein und kam zu uns zurück. Sein Arm legte sich um Zaras Schulter und sie lehnte sich an ihn.

Obwohl die beiden nur Freunde waren und kein Paar, wirkten sie ständig, als wären sie es doch. Ihre Vertrautheit ging über die der meisten hinaus, sie hatten eine Verbindung, die oft missverstanden wurde – aber das war ihnen egal. Manchmal nutzten sie es für sich. Zum Beispiel, um Zara aufdringliche Kerle vom Hals zu halten.

In der Hoffnung, etwas Essbares zu finden, öffnete ich den Kühlschrank. Doch bis auf Bier, noch mehr Bier und zwei schimmelige Pizzastücke samt Karton gab es: nichts. Ich knallte die Kühlschranktür zu und fuhr mir mit der Hand übers Gesicht.

Zara fragte: »Alles okay mit dir, Jake?«

»Ich brauch nur dringend was, was mich wach hält.« Nach dem langen Tag zwischen Uni und Arbeit sehnte ich mich nach meinem Bett. Ich war müde und hungrig und die Party, die Musik, die Leute gingen mir schon jetzt auf die Nerven.

Zara schlüpfte unter Keatons Arm hindurch, schob ein knutschendes Pärchen vor dem Hängeschrank beiseite und holte eine Dose Espresso heraus. »Wie wäre es mit Kaffee?«

Als ich nickte, begann sie, in den Schubladen und Schränken zu kramen. »Unten links«, erklärte ich. Schon als Kind war ich oft hier gewesen, hatte Tage und Wochenenden hier verbracht, zusammen mit Trevor. So oft, dass ich dieses Haus in- und auswendig kannte. Außerdem hatte Tante April hier dasselbe penible Ordnungssystem angewandt wie meine Mom bei uns zu Hause.

»Alles im Leben muss seinen festen Platz haben«, hörte ich die Stimme meiner Mom in meinem Kopf. *»Da ist es nicht verkehrt, beim Haushalt anzufangen.«*

Das Problem war nur, dass nicht jeder seinen Platz kannte oder mit ihm zufrieden war – so wie ich. Ich machte dieses Studium und arbeitete für meinen Onkel, obwohl ich weit bessere Dinge mit meiner Zeit anzufangen wüsste, als mein Leben einer Luxusimmobilienfirma zu überlassen, die ich hasste.

Zara reckte die Kanne triumphierend in die Höhe, ehe sie Pulver und Wasser einfüllte und sie auf den Herd stellte. Ein paar Minuten später hielt ich einen schwarzen, ungesüßten Espresso in den Händen. Von dem ich wahrscheinlich noch eine Menge brauchen würde, um den Abend zu überstehen.

ASHLEY

Sechsundfünfzig Stunden, nachdem ich Chicago den Rücken gekehrt hatte, stand ich in dem billigsten Motelzimmer, das ich hatte finden können. Es bestand aus nicht viel mehr als einem schmalen Bett, einem Tisch, Stuhl, Schrank und einem winzigen Bad samt fleckiger Dusche. Die Wände waren vergilbt. Die Vorhänge stanken nach kaltem Zigarettenrauch und vom Nebenzimmer drangen Laute herüber, von denen ich nicht einmal wissen wollte, welcher Szenerie sie entsprangen.

Seufzend stellte ich meinen Rucksack neben dem Bett ab und starrte auf die speckigen roten Laken und die dünne Bettdecke. Ich kaute auf meiner Unterlippe, überlegte, was ich tun sollte. Es war spät, aber ich war zu aufgedreht, um jetzt schon zu schlafen. Alles, woran ich denken konnte, war die Adresse.

Auf der mehrtägigen Busfahrt hatte ich mir in einer der ersten Pausen einen Stadtplan besorgt und die Adresse, nach der ich suchte, darauf markiert. Soweit ich es einschätzte, war sie mit dem Stadtbus nicht weiter als eine halbe Stunde von diesem Motel entfernt und lag in einer der wohlhabenderen Gegenden von Savanna Springs. Ohne noch weiter darüber nachzudenken, öffnete ich meinen Rucksack, holte den Stadtplan hervor und verstaute ihn zusammen mit etwas Geld in meiner Umhängetasche.

Ich verschloss meine Zimmertür, ehe ich mit angehaltenem Atem durch den nach Alkohol und Zigaretten stinkenden Flur bis zur Rezeption stolperte.

»Na, willste die Stadt noch erkunden, Mädchen?« Der Kerl mit dem langen, fettigen Haar hinter dem Tresen ließ seine Augen über die Skinnyjeans hoch bis zu dem Ausschnitt meines Shirts gleiten.

»Ja.« Ich verschränkte die Arme vor meiner Brust, um mich vor seinem durchdringenden Blick zu schützen. »Ist die Rezeption die ganze Nacht besetzt?«

»Ja.« Mit der Hand strich er durch sein glänzendes Haar und zwinkerte. »Ich bin die ganze Nacht hier.«

Ich nickte, umfasste die Träger meiner Tasche fester und stieß die Tür nach draußen auf, um mich auf die Suche nach der nächsten Bushaltestelle zu machen.

Obwohl es bereits fast zwanzig Uhr war, änderte das nichts an der drückenden Hitze. Die

Sonne stand zwar tief, doch sie würde noch mindestens zwei Stunden brauchen, bevor sie tatsächlich unterging.

Nicht lange und die ersten Schweißperlen bildeten sich auf meiner Haut, die ich notdürftig mit dem Handrücken fortwischte.

Ein vornehmer Torpfeiler säumte die Einfahrt. *Familie Gossow* stand auf dem edlen Klingelschild aus Messing, das sich auf einem polierten weißen Marmorstein vor der Einfahrt befand.

Nachdem ich mit zitternden Fingern den Klingelknopf betätigt hatte, dauerte es nur wenige Sekunden, dann öffnete sich das schmiedeeiserne Tor mit einem Summen.

Ich stapfte die imposante Einfahrt hinauf, in der zwischen Palmen und Pinien eine Villa hervorstach, die mir den Atem raubte. Mit ihrer ausladenden Marmortreppe und den petrolfarbenen Holzfenstern wirkte sie wie aus einem Promimagazin. Es hatte nichts mit dem Haus gemeinsam, in dem ich aufgewachsen war. Alles hier wirkte noch geordneter, noch luxuriöser und noch makelloser.

Ein marineblauer Mercedes parkte neben einem giftgrünen Cabrio vor einer Garage, die sich weit entlang der Villa erstreckte.

Ich straffte die Schultern und erklomm die Stufen, an deren Ende ein sonnengebräunter Mann in Sakko und Anzugshose erschien. Sein Haar war zurückgekämmt, der Bart gestutzt. Einfach alles an ihm wirkte teuer und edel. Selbst sein Gang.

»Guten Abend, Sir«, begrüßte ich den Fremden und streckte ihm meine Hand entgegen. »Ich heiße Ashley Stone und ich bin auf der Suche nach Trevor Gossow, ist er zu Hause?«

Statt meine Hand zu ergreifen, glitt der Blick des Mannes langsam über meinen gesamten Körper bis hinauf zu meinem Gesicht.

»Nein. Mein Sohn befindet sich aktuell außer Haus.« Ohne mich noch eines Blickes zu würdigen, machte er auf dem Absatz kehrt. Ich sprang vor und drückte meinen Fuß zwischen die Tür, ehe er sie schließen konnte.

»Können Sie mir dann sagen, wo ich ihn finden kann? Oder wann er ungefähr zurück sein wird?«

Der herbe Duft eines Aftershaves drang in meine Nase, als er die Tür aufriss. »Was wollen Sie von meinem Sohn?«

»Ich möchte etwas mit ihm besprechen«, antwortete ich. »Es geht um seine Adoption und –«

Weiter kam ich nicht. Unsanft stieß mich der Mann aus dem Haus und brachte mich damit zum Schweigen. »Kommen Sie nicht wieder her«, befahl er, kurz bevor die Tür mit einem Knall ins Schloss fiel.

Zweitausendvierhundert Meilen war ich gefahren, um an dieser Haustür nach Trevor zu fragen und ihn zu finden. Für Tami. Für Antworten, nach denen sie ihr Leben lang gesucht hatte. Und jetzt?

Bis auf die alte Adresse war in der Mappe nichts zu finden gewesen. Ein Name – eine Adresse, mehr hatte ich nicht.

Eine Weile stand ich da, den Blick auf die verschlossene Haustür gerichtet. Überlegte, ob ich es wagen konnte, noch einmal zu klingeln – doch was würde das bringen? Der Besitzer des Hauses war ganz offensichtlich nicht daran interessiert, mir zu helfen.

Mein Blick streifte den Briefkasten neben der Tür. Ein Umschlag ragte heraus. Ich machte zwei Schritte vor und streckte die Hand aus. Vielleicht …

»Einen sturen Mann habe ich da großgezogen, furchtbar, nicht wahr?«, erklang eine Stimme unter mir. Ich wirbelte herum. Am Treppenabsatz stand eine rundliche, alte Dame, gekleidet in einen grünen Overall. Auf ihrem grauen Haar saß ein Strohhut, der farblich zu den Gummistiefeln passte, in denen ihre Füße steckten. »Man steckt einfach nicht drin, das sage ich Ihnen.« Ein trauriger Ausdruck huschte über ihre Züge, verschwand jedoch genauso schnell, wie er gekommen war. Sie deutete auf den Briefkasten. »Darin werden Sie ihre Antworten übrigens nicht finden, Mädchen.« Mit ihren behandschuhten Händen winkte sie mich heran.

»Der Junge wohnt schon eine Weile nicht

mehr hier«, erklärte sie, während ich ihr zu der Garage neben dem Haus folgte.

»Aber Sie wissen, wo er ist?«

»Ich bin Carol Green, Kindchen. Ich weiß alles.« Sie zwinkerte.

»Wenn Sie wissen, wo er ist, können Sie –«

»Oh, das könnte ich«, unterbrach sie mich und löste erst den einen, dann den anderen Handschuh von den Fingern. »Warte einen Moment hier, ja?«

Ohne meine Antwort abzuwarten, lief Carol an mir vorbei und verschwand durch eine Tür in der Garage. Minuten verstrichen, bis schließlich ein Motor hinter mir aufheulte, dicht gefolgt von einer Stimme.

»Na kommen Sie schon, Mädchen. Wir haben nicht den ganzen Abend Zeit.« Ich drehte mich um. Die alte Dame winkte mich vom Fahrersitz des Cabrios heran. Overall und Strohhut hatte sie gegen eine feine blassblaue Bluse und eine Sonnenbrille ausgetauscht. »Ich bringe sie zu ihm, das ist einfacher, als ihnen den Weg zu erklären.«

Eine Stunde lang schlängelte der Wagen sich durch den dichten, zähflüssigen Verkehr von Savanna Springs der untergehenden Sonne entgegen, die zwischen Hochhauskomplexen und Häusern hervorlugte, an denen wir vorbeirauschten.

Savanna Springs faszinierte mich. Überall

säumten Palmen die Gehsteige, der Himmel war strahlend blau und trotz der Hektik um uns herum strahlten Menschen und Stadt eine Ruhe aus, die ich nicht einordnen konnte.

Carol hatte mir nicht gesagt, wohin genau sie mich brachte, nur, dass Trevor dort sein würde. Während der Fahrt erzählte sie mir, dass Trevor bereits vor Monaten ausgezogen und seitdem nicht mehr dort vorbeigekommen war. Unwillkürlich fragte ich mich, was der Grund dafür sein könnte und welches Verhältnis er zu jenem Mann hatte, der ihn aufgenommen und wie sein eigen Fleisch und Blut großgezogen hatte. Auf mich hatte Cliff Gossow kalt und distanziert gewirkt, ja, fast schon bedrohlich.

Schließlich verlor das Cabrio an Geschwindigkeit. Carol bog in eine Seitenstraße ab, in der sich eine schicke Strandvilla an die nächste reihte. Kreuzung um Kreuzung ließen wir zurück, ehe der Wagen in einer Sackgasse zum Stehen kam.

»Da wären wir.« Carol deutete nach links, auf die zweistöckige Villa, hinter der der Ozean im letzten Sonnenlicht glitzerte. Ein endloses Blau, das nahtlos in den Himmel überging. Der Pazifik. Endlos und weit.

Die Wunde in mir riss auf und begann zu bluten, weil ich an Tami denken musste. Daran, wie sehr sie sich gewünscht hatte, das Meer zu sehen. Nur ein einziges Mal in ihrem Leben.

»Ich will auf die Wellen zulaufen und meine Zehen in den feuchten Sand bohren«, flüsterte sie und ein Lä-

cheln huschte über ihr Gesicht, ehe sie ihren Kopf gegen meine Schulter sinken ließ. »Ich will mit dir da sitzen und zusehen, wie die Sonne irgendwo ganz hinten am Horizont hinabsinkt und den Tag mit sich nimmt.«

»Alles klar, Mädchen?« Carol musterte mich von der Seite, während ich die Erinnerung in meinem Inneren verschloss.

Ich nickte stumm.

»Am besten gehst du einfach rein und fragst nach ihm.«

Nach Trevor fragen und reingehen, das würde ich schaffen. Ich bedankte mich fürs Bringen und stieg aus.

Carol wartete, bis ich die Tür zugeschlagen hatte, ehe sie das Cabrio wendete. Mit heulendem Motor rauschte sie davon, als ich die Straße überquerte.

Im Gegensatz zu der Villa der *Gossows* wirkte die Strandvilla kleiner und unscheinbarer, aber nicht weniger schön. Eine weiße Steinmauer trennte das Anwesen von der Straße. Ich schlüpfte durch das Tor, das nur angelehnt war, und folgte dem gepflasterten Weg bis zum Haus. Laute Musik drang aus Fenstern und Türen bis in den Garten, der voller Leute war.

Niemand beachtete mich, als ich durch die offene Eingangstür ins Innere der Villa trat.

Drinnen war es noch voller als draußen. Eine Blondine drängte sich lachend an mir vorbei, dicht gefolgt von einem dunkelhäutigen Kerl, der schwankend gegen meine Schulter stieß. Ich geriet ins Taumeln und knallte gegen den Wandschrank.

Ich rieb mir über die Stelle am Arm unterhalb meiner linken Schulter, wo ich gegen die Klinke geknallt war.

»Du bist definitiv das erste Mal hier …«, erklang eine männliche Stimme hinter mir. Ich drehte den Kopf und sah auf das Kinnbärtchen des Kerls, der mit einer Bierflasche an der gegenüberliegenden Tür lehnte. Tattoos zeichneten seine breiten Arme, zogen sich von den Handgelenken bis über das Schlüsselbein und verschwanden im Ausschnitt seines schwarzen Bandshirts. »…denn an jemanden wie dich würde ich mich erinnern.« Der Kerl schwenkte die Bierflasche, setzte sie an die Lippen und leerte sie. Schließlich trat er vor und streckte mir die Hand entgegen. »Ich bin Keaton, aber die meisten nennen mich Keat.«

»Ashley, aber die meisten nennen mich Ash«, stellte ich mich vor.

Keaton verlagerte sein Gewicht und grinste. »Also, Ash. Verrätst du mir, ob du mit jemandem hier bist?«

»Ich bin alleine, aber … Ich suche nach jemandem. Trevor? Kennst du ihn zufällig?«

»Verstehe«, sagte Keaton. »Na dann … werde ich dich zu ihm bringen, was?« Er bedeutete mir, ihm zu folgen. Dicht neben ihm lief ich weiter in die Villa hinein, die größer war, als ich von außen erwartet hatte.

Das Wohnzimmer musste sich über die gesamte Breite des Hauses ziehen. An jeder Seite standen Sofas und Sessel, die jemand zusammengeschoben hatte, um Platz für eine Tanzfläche zu schaffen. Eine Gruppe aus jungen Frauen und Männern hatte sich um einen Kicker und einen Billardtisch versammelt, vertieft in ein Spiel. Durch die verglaste Front konnte ich einen Blick in den Garten erhaschen, der Richtung Ozean reichte. Ein beleuchteter Pool samt Poolhaus spiegelte sich in den Scheiben.

»Da vorne ist er.« Ich folgte Keatons ausgestreckter Hand zur linken Ecke. »Trev! Schieb deinen Arsch hierher.«

Der Typ, der sich angesprochen fühlte, leerte ein Glas, ehe er direkt auf uns zuschlenderte.

Mir stockte der Atem.

Der Gang, das dunkelblonde Haar, die grünen Augen, das Lächeln, es war … *verflucht noch mal dasselbe Lächeln …*

Keaton sagte etwas zu ihm, das wie mein Name klang, und verschwand, noch ehe ich mich bedanken konnte.

»Also …«, frage er und ließ seinen Blick einmal über meinen Körper wandern. »Was kann ich für dich tun?«

»Ich bin hier, weil …« Ich stoppte, sah mich um. Hier zwischen den Partygästen war nicht der richtige Ort für diese Art von Gespräch, deshalb fragte ich: »Könnten wir irgendwo hingehen, wo wir alleine sind? Ich würde gerne –«

»Sicher. Komm.« Er ergriff meine Hand, zog mich mit sich durch die Menge, vorbei an einem knutschenden Pärchen auf die Treppe zu, um mich nach oben ins Obergeschoss zu führen.

Wir passierten die Türen von vier verschlossenen Räumen, bis wir in eines der Zimmer traten. Das Schließen der Tür ließ die Musik aus dem unteren Stockwerk zu einem Hintergrundrauschen werden.

Meine Hände waren feucht vor Aufregung. Ich überlegte, wie und wo ich anfangen sollte und wie ich ihm am besten erklären sollte, weshalb ich hier war? Sollte ich ihm zuerst von Tami erzählen oder doch, dass er …

»Also, lass uns *reden*.«

Im nächsten Moment umschlossen seine Finger mein Handgelenk, er drängte sich an mich und ich prallte gegen die Tür. Sein Atem strich über meine Wange. Süßlich. Bitter. *Er war betrunken.*

Mein Körper verkrampfte, als seine Finger meinen Unterarm hinauf über den Ellenbogen zu meinem Rücken strichen und mich noch ein Stück näher an sich drückten.

Dann presste er seinen Körper gegen meinen.

Seine Lippen näherten sich, strichen über meine.

Nein. Nein, so sollte das hier nicht laufen.

Mit meiner Hand stieß ich gegen seine Brust, um ihn auf Abstand zu halten.

»Ich wollte reden.«

»Reden. Ficken. Liebe machen«, sagte er und streichelte über meine Fingerknöchel. »Alles dasselbe, meinst du nicht?« Er umfasste mein Handgelenk, schob meinen Arm mühelos zur Seite und drückte seinen Körper erneut gegen meinen. »Also lass uns weitermachen.«

Ich ballte meine freie Hand zur Faust, bereit, sie ihm in die Rippen zu rammen.

»Du wurdest adoptiert«, platzte es aus mir heraus, als seine Lippen meine berührten. »Darüber wollte ich mit dir reden. Deshalb bin ich hier.«

Er ließ mich los, als hätte er sich an mir verbrannt. Sein zuvor noch lüsterner Blick wechselte zu etwas anderem.

Wut.

»Sag ihm, er kann mich mal. Wenn er glaubt, ich komme zurück, nur weil er jemanden wie *dich* schickt, dann ist er armseliger, als ich dachte!«

ASHLEY

Ich schob mich durch die trinkende, feiernde Menge. Die klebrig-süße Flüssigkeit eines Drinks ergoss sich auf mein Shirt, während ich Raum um Raum abklapperte, um Trevor zu finden. Denn dass er mich erst angemacht und anschließend stehen gelassen hatte, ohne mir überhaupt die Chance zu geben, mit ihm zu reden, das machte mich ... wütend.

Das erste Mal seit Wochen empfand ich etwas anderes als Traurigkeit und das trieb mich an. Auf eine seltsame, euphorische Weise.

Ich fand Trevor in der Nähe der Küche umgeben von einer Gruppe aus Kerlen. Eine Flasche Bier ruhte in seiner rechten Hand. Er lachte, worüber, wusste ich nicht. Ich schob mich an einem der Kerle vorbei, einen weiteren, der mir im Weg stand, zur Seite und quetschte mich unter den Armen eines Dritten durch, bis ich direkt vor Trevor zum Stehen kam. Er ignorierte mich, also stemmte ich die Hände in die Hüften und sagte über die Lautstärke der Musik hinweg: »Ich war noch nicht fertig.«

Die Kerle um uns herum brachen in Gelächter aus.

»Hast du's ihr nicht richtig besorgt, Mann?«, rief der eine und klatschte Trevor auf die Schulter. »Das sieht dir gar nicht ähnlich.«

Noch mehr Gelächter.

»Und ich hab mich schon gewundert, dass du so schnell fertig bist«, lachte ein Afroamerikaner und boxte Trevor in die Seite. *Oh. Mein. Gott.*

»Such dir wen andres, Baby. Ich bin nicht interessiert.«

Trevor hob seine Bierflasche, nahm einen Schluck und begann ein Gespräch mit dem Kerl neben sich.

»Ich kann es dir besorgen, wenn du willst«, drang eine Stimme an mein Ohr.

»Du weißt ja noch nicht mal, was ich zu sagen habe!«

Keine Reaktion.

»Du kannst es mir erzählen«, meinte ein Weiterer in der Runde und fasste sich lachend in den Schritt. »Ich bin echt scharf drauf, dass du mit mir *sprichst*.«

Trevor lachte über die Anmache und das machte mich noch wütender. Tränen standen mir in den Augen, als ich nach seiner Hand griff. »Hör mir doch wenigstens zu«, flehte ich. »Ich muss –« Schmerz schoss durch mein Handgelenk, als er mir die Hand auf den Rücken drehte.

»Ich schlage vor, du verpisst dich jetzt, Prinzessin«, raunte er. Wie ein Schraubstock lagen seine Finger um mein Handgelenk. »Und zwar, bevor ich nachhelfe.«

Jemand lachte. Ein anderer feuerte Trevor an. »Und jetzt geh mir aus den Augen.« Er verstärkte den Griff, ehe er mich grob gegen die Wand schubste.

Ich rieb über mein pochendes Handgelenk und schloss die Augen. Ich würde nicht weinen.

Nicht vor Erniedrigung.

Nicht vor Schmerz.

Nicht vor ihm.

»Alles okay mit dir?«, fragte eine Stimme, kurz bevor ich eine Hand auf meiner Schulter spürte und zusammenzuckte. Ich öffnete die Augen und sah in das Gesicht eines Mannes, dessen schwarzes stirnlanges Haar ihm locker ins Gesicht fiel. Ein feiner Bartschatten zeichnete sein Kinn und seine Augen hatten die Farbe des Ozeans. Es war ein dunkles, tiefes Blau.

Erst als ich benommen nickte, wendete er sich Trevor zu. »Seit wann bist du zu so einem Arschloch mutiert?«

»Kümmer dich einfach um deine eigene Scheiße, Jake«, sagte er, funkelte mich an und deutete auf den Ausgang. »Verpiss dich endlich!«

Ich wusste, dass es klüger wäre, zu tun, was er sagte, doch ich tat es nicht, denn ein Gemisch aus Wut und Trotz kochte in meinem Inneren. Mein ganzes bisheriges Leben hatte ich mich meinen Eltern und ihren Erwartungen gefügt. Hatte getan, was man von mir verlangt hatte. War die Ashley gewesen, die sie wollten. Doch ich war es leid. Leid, dass Menschen mich herumschubsen konnten, wie es ihnen passte.

Trevor griff eine Flasche Jack Daniels vom Tisch hinter sich, setzte die Flasche an und kippte sie wie Wasser herunter.

Dann machte er wieder einen Satz auf mich zu.

»Trev ...« Noch ehe Trevor mich erreichen konnte, schob Jakes Körper sich vor mich. »Lass sie in Ruhe.«

»Jake Widmann, immer auf der Seite der Schwachen und Armen, was?« Trevor lachte trocken, während er eine zerdrückte Packung Zigaretten aus seiner Hosentasche fischte. »Kein Wunder, dass mein Daddy so stolz auf dich ist, was?«

»Alter, komm endlich runter«, sagte der tätowierte Kerl, der mich vorhin zu Trevor gebracht hatte. *Keaton.* »Guck sie dir an, sie hat Angst vor dir.«

Trevors kalter Blick ließ mich zurückschrecken.

»Trev ...«, mischte sich eine Frau ein, in deren schwarzen Haaren einzelne, marineblaue Perlen verflochten waren, die farblich zu dem Kleid passten, das sich um die Kurven ihres Körpers schmiegte. Sie legte Trevor die Hand auf die

Schulter und taumelte zurück, als er sie zur Seite stieß.

»Alter, hast du sie noch alle?« Keaton baute sich vor ihm auf, direkt neben der Frau, die nicht annähernd so eingeschüchtert schien, wie ich mich fühlte.

Eine Kippe landete in Trevors Mundwinkel. Nacheinander sah er die Frau, Keaton, Jake und mich an. »Wisst ihr was? Ihr könnt mich mal.«

Um uns herum lichtete sich die Menge, als er schnaubend davonstapfte. Alle starrten mich an.

»Was hat er für ein Problem mit dir?«, fragte Keaton, während ich meine Möglichkeiten abwägte.

Ich hatte genau zwei: Entweder ich ließ Trevor gehen und würde ihm damit niemals von Tami erzählen können – oder ich folgte ihm und riskierte, dass er mir wehtat.

Meine Entscheidung stand.

»Ash!«, rief Keaton mir nach, als ich losrannte und an den Leuten vorbei in dieselbe Richtung stürmte, in die Trevor verschwunden war.

Als ich durch die Haustür nach draußen trat, entdeckte ich Trevor. Rauchend lehnte er an der Hauswand. Seine Zigarette glomm in der Dunkelheit.

»Ich will, dass du mir zuhörst«, begann ich von vorne und achtete diesmal darauf, genug Abstand zwischen uns zu lassen.

»Kein Interesse, Mädel.«

»Als du adoptiert wurdest, da gab es nicht nur

dich«, sagte ich. »Du hattest eine Schwester.«

Trevor drückte sich von der Wand ab. Ich stolperte rückwärts, um den Abstand zu wahren, doch er war schneller.

»Nette Geschichte.« Direkt vor mir blieb er stehen, stieß Zigarettenqualm mitten in mein Gesicht. »Und wo soll die sein? Hast du sie in deiner Tasche versteckt? Oder willst du behaupten, diese geheimnisvolle Schwester zu sein?«

Als ich zurückwich, bekam er meinen Arm zu fassen, zerrte mich von der Hauswand bis zum offenen Tor. »Tu dir selbst den Gefallen und geh dorthin zurück, wo du hergekommen bist«, sagte er und schubste mich. »Ende der Märchenstunde!«

Ich verlor den Halt und schlitterte über den Gehweg. Im nächsten Moment knallte das Tor ins Schloss. Und da saß ich: auf dem Boden. Alleine. Mit zitternden, schmerzenden Händen und pochendem Herzen.

Ich umklammerte die Träger meiner Tasche, kämpfte mich auf die Beine und stolperte vorwärts. Auf den Ozean zu, mitten hinein in die Dunkelheit.

Hinter meinen Lidern spürte ich die Tränen. Tränen, die ungeweint in mir saßen, sich zu einem Klumpen verdichtet hatten, der mir die Luft abschnürte. Über zweitausend Meilen hatte ich zurückgelegt, um ihn zu finden. In der Hoffnung, mit ihm auch einen Teil von ihr zurückzugewinnen. Doch Trevor war nicht Tami. Er war ein gefühlskalter Idiot und scherte sich einen Dreck um mich oder das, was ich zu sagen hatte. Es interessierte ihn nicht. Ich interessierte ihn nicht. Und auch Tami tat es nicht.

Das erste Mal seit Wochen ertappte ich mich bei dem Gedanken daran, wie froh ich war, dass sie tot war. Dass sie nicht hier war und erleben musste, was für ein Mensch ihr Bruder war. Denn es hätte sie zerbrochen. Ganz und gar.

Im Laufen zerrte ich die Chucks von meinen Füßen. Meine Zehen versanken im Sand. Im fahlen Mondlicht konnte ich nichts weiter ausmachen als das Rauschen des Ozeans, auf den ich mich zubewegte. Ich stellte mir vor, mich in die Wellen zu stürzen und zu ertrinken. Weil der Schmerz mich überrollte. Weil das Leben sich ohne sie zu furchtbar und zu schrecklich anfühlte.

Sie fehlte mir.

Viel zu sehr.

Viel zu oft.

»Warte!« Von weiter wehte eine Stimme heran, als ich den feuchten Sand erreichte und die erste kühle Welle meine Fußknöchel umspülte. Doch ich blieb nicht stehen. Ich konnte es nicht. Ich musste weiterlaufen. Weiter und immer weiter, bis der Schmerz abließ, denn wenn ich stehen blieb, würde ich auseinanderbrechen.

»Bitte, ich will mit dir reden.« Ich erkannte die Stimme. Sie gehörte zu Jake. Zu dem, der mich gefragt hatte, ob alles okay sei. »Bitte, Ash. Warte!«

Er wollte mit mir sprechen. Ein kleiner, verräterischer Teil in mir sehnte sich trotz allem danach, jemandem von Tami erzählen zu können und wünschte sich, dass jemand zuhörte.

Beinah im selben Moment, in dem ich stehen blieb, knickten meine Beine ein. Kraftlos sackte ich in den Sand.

Als Jake mich einen Augenblick später erreichte, ließ er sich neben mich fallen. »Gott, wie kannst du so klein und trotzdem so verflucht schnell sein?« Er fuhr sich mit der Hand über das Gesicht und ich konnte nicht anders, als ihn zu mustern. Im Mondlicht wirkte seine Haut einen Hauch dunkler. Der Bartschatten, der sein Kinn einnahm, stärker. Um sein linkes Handgelenk war ein Lederarmband geschlungen. Er stieß den Atem aus. »Danke, dass du stehen geblieben bist.« Unsere Blicke trafen sich. »Stimmt es? Die Sache mit seiner Schwester?«

»Ich bin keine Lügnerin«, antwortete ich. Meine Finger vergruben sich in feuchtem Sand. Er fühlte sich anders an, als ich es mir vorgestellt hatte.

Feiner. Leichter. Weicher.

Ich wünschte, du könntest es fühlen, Tami.

»Wo ist sie?«, fragte er und es kostete mich alle Kraft, das Schluchzen, das sich meine Kehle hinaufkämpfte, zurückzudrängen. Denn ich war in Savanna Springs. Ich war hier – und sie nicht. Es tat weh. Es tat einfach viel zu weh.

»Sie ist tot«, flüsterte ich und vergrub mein Gesicht in beiden Händen. »Tami ist tot.«

JAKE

S*ie ist tot.* Ich starrte zu Ash, die ihr Gesicht zwischen Knien und Händen vergraben hatte und viel zu still war. In meinem Kopf drehten ihre Worte Kreise, vermischten sich mit dem, was heute alles passiert war. Vor meinem inneren Auge spulte sich alles ein weiteres Mal ab: Jackson und die Drogen. Die Idioten, die Keaton vor die Tür gesetzt hatte. Die Prügelei im Vorgarten, die wir beenden mussten. Trevor und seine verfluchte Gleichgültigkeit.

Es war das reinste Desaster gewesen.

Doch von allen Dingen, die heute Abend schiefgelaufen waren, war das hier das Schlimmste. Nicht, dass Trevor eine Schwester hatte oder sie tot war, sondern wie er Ashley deshalb behandelt hatte.

Nicht einmal an dem Tag, als er von seiner Adoption erfahren hatte, war er auf solch eine Weise ausgerastet. Er hatte seine Wut gegen Gegenstände gerichtet. Er hatte getrunken. Er hatte gewütet und geschrien und sich nach und nach in ein Wrack verwandelt. Aber noch nie, nie in seinem ganzen Leben, hatte er die Wut auf seinen Vater gegen einen anderen Menschen gerichtet.

Ashleys langes hellblondes Haar fiel fächerartig über ihre Stirn. Ich sah von ihren nackten Füßen über die enge Jeans, ihren Rücken hinauf und verharrte an ihrem Handgelenk.

»Lass mich deine Hand ansehen«, bat ich, fischte das Handy aus meiner Hosentasche und schaltete die Lampenfunktion ein. Wenn sie nicht mit mir sprechen wollte, konnte ich zumindest sichergehen, dass Trevor sie nicht ernsthaft verletzt hatte. »Ich muss wissen, ob damit alles in Ordnung ist.«

Als sie den Kopf von ihren Knien hob, war ich darauf gefasst, in ihr verweintes Gesicht zu sehen, doch ihre Wimperntusche war unversehrt, die Augen klar. Nur der rohe Schmerz, der in ihnen loderte, war sichtbar. Es war derselbe Schmerz, den ich auch in Trevor gesehen hatte, kurz nachdem seine Mom gestorben war. Auch in ihm war etwas unwiederbringlich zerbrochen.

Zu wissen, dass Trevor eine Schwester gehabt hatte und sie gestorben war, warf Fragen auf. Fragen, auf die ich dringend eine Antwort wollte. Doch weil es sich falsch anfühlte, Ashley ausgerechnet in diesem Moment nach Tami zu fragen, konzentrierte ich mich auf die Hand, die sie mir entgegenstreckte.

»Es tut fast nicht mehr weh«, murmelte sie, zuckte jedoch zusammen, sobald ich sie berührte.

Ich begutachtete das Gelenk im Schein des Handylichts, drehte ihren Arm, wie ich es bei meiner Mom im Krankenhaus gesehen hatte. Ich war kein Arzt so wie sie – aber ich wusste, was sie in dieser Situation tun würde. Das Gelenk war gerötet, leicht geschwollen und voller Kratzer, doch es gab keine herausstehenden Knochen, keine Schiefstellung, keine klaffende Wunde.

»Sieht nicht aus, als wäre es gebrochen«, sagte ich, hielt ihre Hand jedoch weiterhin in meiner. Ihre helle Haut fühlte sich hauchzart an. »Er hätte dich nicht so behandeln dürfen.« Ich begann, über die unverletzte Haut ihrer Hand zu streichen, getrieben von dem dringenden Bedürfnis, ihr Trevors Ausraster zu erklären. »Normalerweise ist er nicht so.«

Ashley entzog mir ihre Hand und presste sie gegen ihren Oberkörper. »Spielt sowieso keine Rolle«, murmelte sie.

Ich wollte sie fragen, wie sie das meinte, doch da kämpfte sie sich bereits auf die Beine und wechselte das Thema. »Kannst du mir erklären, wie ich von hier zum Busbahnhof komme?« Sie griff nach ihren Chucks und verstaute sie in ihrer Tasche. »Kann ich über den Strand laufen oder muss ich zurück zur Straße?«

Ich deutete nach rechts, Richtung Straße, und folgte ihr, als sie sich in Bewegung setzte. Anders als vorhin waren ihre Schritte langsam und schwerfällig, als wäre alle Kraft aus ihr verschwunden.

»Wohin musst du denn?«, fragte ich, als wir den Strandaufgang erreichten. Mittlerweile war es weit nach Mitternacht, und wenn sie bereit war zu laufen, bedeutete das, dass sie ohne Auto hier aufgetaucht war.

Der nächste Nachtbus fuhr von der Greenfield Avenue, eine halbe Stunde Fußmarsch entfernt.

»Maryland Avenue.«

Ich starrte sie an. Die Maryland Avenue lag in dem zwielichtigsten Viertel von Savanna Springs. Kein Ort, an den eine junge Frau auch nur einen Fuß setzen sollte. Besonders nicht um diese Uhrzeit, alleine und völlig durcheinander.

Ich sah von ihr zum Strandhaus. Die Party war noch immer in vollem Gange, aber mein Bedürfnis, Trevor heute ein weiteres Mal über den Weg zu laufen, lag bei null.

»Ich werde dich nach Hause fahren«, erklärte ich. »Mein Wagen steht gleich da drüben. Komm.«

Ashley blieb stehen, während ich zu dem silbernen Audi an der Ecke marschierte, also drehte ich mich zu ihr um und erklärte: »Ich will einfach nur, dass du sicher nach Hause kommst. Es ist das Mindeste, was ich tun kann nach diesem beschissenen Abend.« Ich öffnete die Tür. »Bitte, lass mich das für dich tun.«

Sie starrte eine Weile auf die offene Tür, bis ein Ruck durch ihren Körper ging und sie sich in Bewegung setzte, um einzusteigen.

»Darf ich?«, fragte sie, sobald ich den Wagen gewendet hatte. Sie griff an die Armatur und sah mich an. Erst als ich nickte, schaltete sie die Anlage an. *Radioactive* von *Imagine Dragons* dröhnte durch die Boxen und Ashs Kopf kam an der Scheibe zur Ruhe.

Während der Zeit, die wir zusammen durch Savanna Springs fuhren, bewegten sich ihre Lippen zu jedem einzelnen Song.

Ich hatte mich gerade daran gewöhnt, ihr zuzuhören, als sie die Anlage ausschaltete. »Da vorne kannst du mich rauslassen.« Sie deutete auf den engen Parkplatz vor einem billigen Motel. Die Buchstaben des Schildes über dem Eingang leuchten in einem Neonpink. Das *B* in *Earl's Bedroom* blinkte im Sekundentakt, das *D* war komplett ausgefallen.

»Ich würde dich lieber direkt zu Hause absetzen«, erklärte ich. Ich fühlte mich nicht wohl dabei, sie vor einem der Schuppen rauszulassen, die dafür bekannt waren, nicht mehr als ein Stundenhotel zu sein.

»Tust du doch. Ich wohnte genau da.« Sie zog einen Zimmerschlüssel aus ihrer Handtasche und hielt ihn mir entgegen. *Zimmer 102.*

Widerwillig fuhr ich den Parkplatz an. Sobald der Motor erstarb, löste Ashley ihren Gurt. Sie stieß die Tür auf, blieb jedoch, wo sie war, als die Eingangstür aufgestoßen wurde und eine Frau in knallengem Latex-Minirock, mit hochgesteckten Haaren und High Heels hinausstakste, dicht gefolgt von einem Kerl, der ihren Hintern massierte. Sichtlich betrunken.

Erst als die zwei Gestalten um die Ecke verschwunden waren, rutschte sie vom Sitz und murmelte: »Danke fürs Fahren.«

Etwa drei Sekunden lang kämpfte ich mit mir, dann riss ich meinen Gurt zurück und sprang aus dem Wagen. Unter keinen Umständen konnte ich sie alleine da reingehen lassen. Was, wenn sie irgendeinem notgeilen Kerl in die Arme rennen würde und er sie in ihr Zimmer drängte?

»Ich bring dich rein.«

»Das musst du nicht, Jake. Du hast schon genug getan.«

Ich schüttelte den Kopf und verriegelte den Wagen. »Es kommt nicht infrage, dass du da alleine reingehst, Ash. Das kann ich nicht mit meinem Gewissen vereinbaren.«

Sie seufzte, widersprach aber nicht mehr. Nacheinander traten wir in einen mit rissigem Linoleumboden ausgelegten beengten Raum, an dessen Ende ein Tresen stand. Dahinter ein Kerl mit halblangem, fettigen Haar.

»Da bist du ja wieder«, sagte er grinsend. »Dachte schon, du kommst nicht wieder, Mädchen.«

Die Art, wie seine Augen über ihren Körper glitten, ließ mich instinktiv den Arm um ihre Schulter legen.

Sofort schwand sein Lächeln. »Gäste kosten zehn zusätzlich«, erklärte er kühl.

»Er will mich nur zum Zimmer bringen«, erklärte Ashley, doch der Kerl schüttelte den Kopf.

»Tut mir leid, Mädchen, aber das sagen sie alle.« Er klopfte auf den Tresen. Noch ehe sie ihre Hand in die Tasche strecken konnte, hatte ich mein Portemonnaie gezückt. »Hier.« Ich warf zwanzig Dollar auf den Tresen und zog sie dichter an mich heran. Dabei wünschte ich, ich könnte auf Knopfdruck ebenso einschüchternd wirken wie Keaton. »Behalt den Rest.«

Wir traten in einen schummrigen Gang, der nach einer Mischung aus Schweiß, kaltem Rauch und Alkohol stank.

Dieser Ort war mir nicht geheuer und mein ungutes Gefühl verstärkte sich noch, als wir an den verschlossenen Zimmertüren vorbeiliefen. Aus manchen drang ein Stöhnen, aus anderen ein Schnarchen. Auch als wir Zimmer 102 erreichten, ebbte das Gefühl nicht ab.

Ihr Zimmer war klein und ähnelte mehr einer modrigen Abstellkammer als einem Zimmer. Es gab ein schmales Bett, einen Schrank, einen Tisch. Die Vorhänge waren fleckig, das Fenster dreckverkrustet, die Bettwäsche verwaschen. Neben dem Bett entdeckte ich einen alten Army-Rucksack, der ihr gehören musste.

Ashley sackte auf das Bett, hob die Tasche von ihren Schultern und schleuderte sie samt ihrer Chucks in die Ecke.

»Du kannst jetzt gehen, Jake«, erklärte sie mit

gesenktem Kopf. »Ich würde jetzt wirklich gerne … alleine sein.«

Ich zögerte. Alles in mir weigerte sich, sie ausgerechnet hier alleine zurückzulassen. Am liebsten hätte ich sie gepackt und an einen sichereren Ort gebracht, doch dann hob sie ihren Kopf und ich fing ihren flehenden Blick auf.

Bitte geh, sagte er.

Ich wartete, bis der Schlüssel sich von innen zum zweiten Mal im Schloss gedreht hatte, ehe ich das Motel verließ und zu meinem Wagen zurückkehrte.

ASHLEY

An dem Holz der kratzigen Zimmertür rutschte ich hinab, rollte mich auf dem Boden zusammen und starrte in den kahlen Raum.

Ich hörte, wie Jakes Schritte zögerlich im Flur verklangen, während die Nägel meiner Finger den Stoff meiner Hose durchbohrten. Die abgerissenen Kanten schnitten in meine Haut – doch ich spürte es kaum. Denn alles in mir war taub.

Die Worte meiner Mom drängten sich in meinen Kopf. Das, was sie zu mir sagte, seit ich mit sechs meinen Lieblingsteddy im Park verloren hatte: dass ich dumme und unüberlegte Entscheidungen traf.

Was war, wenn mein Leben eine bloße Aneinanderreihung von Fehlentscheidungen war? Und wenn das hier – nach Savanna Springs zu kommen; ohne Geld; ohne Plan; mit nichts als der Aufgabe, Tamis Bruder zu finden – die dümmste Entscheidung von allen war?

Tami musste davon überzeugt gewesen sein, dass Trevor zu finden mir dabei helfen würde, mit dem Schmerz und dem Verlust zurechtzukommen. Zurück ins Leben zu finden.

Doch sie hatte sich geirrt. Auf einen gewaltbereiten Idioten zu treffen, der mich erniedrigt und am Ende wie ein Stück Dreck in die Gosse geworfen hatte, half überhaupt nicht.

Die Ereignisse des Abends rauschten durch meinen Kopf.

Trevors kalter Blick. Erneut sah ich die Wut in seinen Augen, spürte, wie seine Finger mein Handgelenk umschlossen. Fühlte die Blicke und Hände der Kerle auf mir, die mich betatscht und begafft hatten wie ein Stück Vieh.

Für einen Moment stellte ich mir Tami vor und in Gedanken erzählte ich ihr von allem. Von der Demütigung, den Blicken, den Worten. In meiner Vorstellung saß sie neben mir, strich über mein Haar und versprach, dass alles gut werden würde. Wie sie es so viele Male getan hatte. Doch im nächsten Moment zerrte mich die Wahrheit in jenen Strudel aus Dunkelheit zurück, in dem es sie nicht mehr gab.

Ich lag zusammengekauert auf dem Boden. Unfähig, mich zu bewegen. Starrte aus dem Fenster. Beobachtete, wie das Tageslicht die Nacht verdrängte. Wie die Flecken auf der Scheibe sich im ansteigenden Licht veränderten. Wie die feinen Staubpartikel in den einfallenden Strahlen tanzten. Ich wartete, dass der Schlaf mich holte und mir Erleichterung brachte – doch als er schließlich kam, war er schwarz und kalt und voll von Blut.

Ein Klopfen ließ mich die Augen aufschlagen. Vor der Tür rumpelte ein Staubsauger über den Flur. Im nächsten Moment klopfte es noch einmal, diesmal lauter.

»Ash, bitte mach auf«, hörte ich Jakes Stimme durch die geschlossene Zimmertür. »Ich weiß, dass du noch da drinnen bist. Der Typ vorne hat es mir gesagt.« Wieder klopfte es. »Komm schon, lass mich rein, sonst habe ich ihm die fünfzig Dollar völlig grundlos überlassen.«

Er hatte dem Kerl ... fünfzig Dollar gegeben?

Ich rappelte mich hoch, stützte mich an der Wand neben der Tür ab und ... drehte den Schlüssel um.

Mit einer Viererpalette voll dampfender Pappbecher kam Jake ins Zimmer.

»Ich wusste nicht, wie du deinen Kaffee am liebsten trinkst«, sagte er, drückte die Tür ins Schloss und blieb neben mir stehen. »Deshalb habe ich alle Sorten mitgebracht, die es gab.«

Er trug noch immer das weiße Hemd und die enganliegende kurze Jeans von gestern. Und als ich an mir herabsah, begriff ich, dass ich ebenfalls noch dieselben Sachen trug, weil ich an der Tür eingeschlafen war. Während er nacheinander die Sorten aufzählte, ließ ich mich auf das Bett fallen und starrte auf die vier Pappbecher in seinen Händen, darauf konzentriert herauszufinden, ob das hier wirklich passierte oder ich nur in einem seltsamen Traum gefangen war. Doch als Jakes Mundwinkel sich nach oben bewegten,

dämmerte mir, dass das hier alles andere als ein Traum war.

Dass dieser fremde, gutaussehende Kerl in meinem schäbigen Motelzimmer stand und vier verschiedene Sorten Kaffee mitgebracht hatte.

Für mich.

Kurzentschlossen schnappte ich mir das muffige Kissen, das auf dem Bett lag, und drückte es mir aufs Gesicht. Auf so was wie das hier war ich nicht vorbereitet. Ich hatte kaum geschlafen, mein Haar war voller Knoten, das Make-up hundertprozentig verschmiert. Und Jake stand da, mit vier verdammten Bechern Kaffee und ... lächelte.

Die Matratze neben mir sank ein. Das Bett knarrte.

»Ich wollte dich nicht überrumpeln. Ich dachte bloß, du könntest nach der Nacht einen Kaffee gebrauchen. Und außerdem musste ich sichergehen, dass es dir gut geht.«

Ich löste den Klammergriff um das Kissen und drehte den Kopf in Jakes Richtung. Seine Augen ruhten auf mir und es fühlte sich an, als würde er mitten in das Chaos blicken, das in mir tobte. Mitten hinein in den Schmerz, der pochte und stach und einfach nicht aufhören wollte.

»Also, trinkst du einen Kaffee mit mir?«, fragte

er und strich noch einmal über mein Knie, ehe er die Palette vom Boden hob, wo er sie abgestellt haben musste. »Oder willst du zulassen, dass ich mit einer Koffeinvergiftung ins Krankenhaus eingeliefert werde, weil ich das alles alleine trinken musste?«

Ich streckte die Hand nach dem Vanilla Latte rechts außen aus und nahm einen ersten vorsichtigen Schluck. Der lauwarme Kaffee glitt meine trockene Kehle hinab und erinnerte mich daran, dass ich seit Stunden weder getrunken noch gegessen hatte.

Jake schnappte sich den Hazelnut-Macchiato, ehe er sich auf dem Bett zurücklehnte. Ich schielte zur Seite, als er den Becher an seine Lippen führte. Unter dem zerknitterten Stoff seines Hemdes konnte ich einen Blick auf das Lederarmband erhaschen, das locker um sein Handgelenk gebunden war. Zwischen den grazilen Mustern gab es drei Buchstaben, doch ich verstand nicht, was sie bedeuteten.

Als er mich fragend ansah, schlürfte ich hastig an meinem Kaffee – doch nicht lange und meine Augen wanderten zurück. Zu der gebräunten Haut seiner Finger, den Muskeln auf seinen Unterarmen, die sich bewegten, sobald er seinen Becher an den Mund führte, zu den dichten Wimpern und seinen ozeanblauen Augen.

»Weißt du, was perfekt zu dem Kaffee passen würde?«, fragte er, und ich zuckte zusammen, als seine Hand vorschnellte, um mir den leeren Becher aus den Fingern zu ziehen.

»Was?«, frage ich leise.

»Etwas zu essen.« Mit einem gezielten Wurf landete mein leerer Becher in dem Mülleimer neben der Tür.

»Was hältst du davon, wenn wir den Kaffee einpacken und was essen fahren?«

Ich nestelte an einem Loch in meiner Hose. »Warum?«

»Weil ich vor Hunger sterbe«, antwortete er.

»Das meinte ich nicht ...« Es war nett von ihm gewesen, mich gestern hier abzusetzen und auch die Sache mit dem Kaffee, aber ... Ich holte tief Luft. »Warum bist du hier, Jake?«

»Habe ich das nicht schon erklärt: Ich wollte sehen, wie es dir geht.« Unsere Blicke trafen sich. »Das, was gestern passiert ist, tut mir sehr leid und ... darf ich ehrlich sein?«

Zögernd nickte ich.

»Du hast Trev gestern von seiner beschissensten Seite kennengelernt und sein Verhalten ist nicht zu entschuldigen, aber ich glaube, dass es wichtig für ihn wäre, mehr über seine Schwester zu erfahren.« Ich öffnete den Mund, um etwas zu sagen, doch er war noch nicht fertig. »Es ist nicht nur wichtig, Ash. Ich glaube, es ist das Einzige, was hilft, ihn von diesem Trip abzubringen, bei dem er sich und alles, was ihm etwas bedeutet, systematisch zerstört.« Er sah mich an. »Ich weiß, dass das viel verlangt ist, aber kannst du ... wenigstens darüber nachdenken?«

Hätte Jake mich vor der gestrigen Nacht darum gebeten, hätte ich ohne Zögern zugestimmt. Doch jetzt? Selbst wenn ich bereit wäre, mit Trevor zu sprechen: Er wollte nichts von Tami wissen. Es interessierte ihn nicht. »Es ist nicht so, dass ich nicht mit ihm reden will«, sagte ich. »Aber ...«

»Du glaubst, er wird dir nicht zuhören, richtig?«

Ich nickte. Wenn Trevors Verhalten eines in aller Deutlichkeit gezeigt hatte, dann, dass er nicht bereit war, mit mir zu reden.

»Ja, das ist ein Problem.« Mit der Hand fuhr Jake über sein Gesicht und seufzte leise. »Aber wenn du bereit bist, es noch mal zu versuchen, dann verspreche ich dir, dass ich einen Weg finde, damit er dir zuhört. Okay?«

JAKE

»Du musst mir nicht sofort eine Antwort geben«, erinnerte ich Ashley, als ich beobachtete, wie sie auf ihrer Unterlippe herumkaute. Denn das Letzte, was ich wollte, war, sie unter Druck zu setzen. »Ich würde sowieso lieber erst mal was essen. Also, bist du dabei?«

Ihre Mundwinkel zuckten. »Einverstanden, aber ich möchte schnell duschen und mir was anderes anziehen, ist das okay?«

»Klar.« Mir war nicht entgangen, dass ihr Körper noch in denselben Sachen steckte wie gestern Abend. Ebenso wie ich, musste sie in ihren Sachen geschlafen haben. Doch anders als ich hatte sie die Nacht nicht im Auto vor dem Motel verbracht und das bestärkte mich darin, dass es richtig gewesen war, in der Nähe zu bleiben.

Heute Nacht hatte sie verloren gewirkt. Verloren und völlig zerbrochen. Und auch jetzt waren die Überreste davon unübersehbar. In ihrem Gesicht, versteckt hinter Make-up-Resten und Augenringen.

Ich sah zu, wie Ashley vom Bett rutschte und ihren Rucksack öffnete. Sie nahm frische Sachen heraus und verschwand im Badezimmer. Zehn Minuten später kam sie in ein knielanges beiges Kleid und Leggings gekleidet zurück. Das blonde Haar, das ihr nass über die Schultern fiel, kringelte sich in Höhe ihres Kinns. Auch das Make-Up hatte sie aufgefrischt, indem sie lila Lidschatten und etwas Wimperntusche aufgetragen hatte.

»Was willst du essen?«, fragte sie und schlüpfte in ihre Chucks.

»Was hältst du von Burritos?« Ich setzte mich auf dem Bett auf, das bequemer war, als es ausgesehen hatte. »Oder gibt es etwas anderes, worauf du Lust hättest? Dann essen wir das, kein Problem.«

Sie schnappte ihre Tasche und wir verließen das Motel. »Nein, Burritos klingen gut.«

Durch das halbgeöffnete Fenster drang der Fahrtwind. Das helle Haar umwirbelte ihr Gesicht, doch sie strich es nicht zurück, weil ihr Kopf an der Lehne ruhte. Mit geschlossenen Lidern bewegten sich ihre Lippen. Genau wie in der Nacht sang sie mit, zu *Burn it down* von *Linkin Park* und ihre Stimme war … schön. Sie klang weich, so voll von Gefühl, dass sich Gänsehaut auf meinen Armen ausbreitete.

Ich lenkte den Wagen durch die Stadt, bis ich

zwanzig Minuten später parkte. Vor dem Haus, in dem mein Apartment lag.

»Wollten wir nicht was essen?«, fragte Ash, sobald sie die Augen öffnete. Ihre Stirn legte sich in Falten, während ihr Blick über die unzähligen Balkone und Häuser glitt.

»Ja.« Ich löste meinen Gurt. »Aber ich habe nie behauptet, dass wir dafür in ein Restaurant gehen.« Ich deutete auf das Haus vor uns. »Dort ganz oben liegt mein Apartment und ich habe nicht nur eine gut eingerichtete Küche, sondern mache zufälligerweise auch noch die besten Burritos in ganz Savanna Springs.«

Okay, das war übertrieben, aber es stimmte, dass ich gerne kochte. Es war meine Leidenschaft. Außerdem gefiel mir der Gedanke, in meiner Wohnung mit ihr zu essen. Nicht nur, weil ich duschen und mir frische Sachen überziehen konnte, sondern weil ein Restaurant nicht unbedingt den geeigneten Rahmen bot, um sich mir gegenüber zu öffnen.

Ihr Blick blieb skeptisch und nach der Party gestern war es kein Wunder, dass sie mir misstraute.

»Ich bin nicht wie diese Typen, die dich mit den Augen ausgezogen haben«, versprach ich. Um meine Worte zu unterstreichen, legte ich die Finger der rechten Hand auf mein Herz und streckte die der linken in die Luft. »Ich schwöre dir, dass das hier eine unschuldige Sache ist. Alles, was ich will, ist mit dir zu essen.«

»Okay.« Sie schnallte sich ab. »Dann beweis mir mal, ob du wirklich so gut kochen kannst, wie du sagst.«

Ich schnappte mir die restlichen Kaffeebecher vom Rücksitz und bedeutete Ashley, mir zu folgen. Mit dem Fahrstuhl fuhren wir in den sechsten Stock, wo wir vor der Eingangstür meines Apartments zum Stehen kamen. Sie nahm mir den Kaffee ab, damit ich die Tür aufschließen konnte. Ich warf den Schlüssel in das Glas neben der Tür, griff die Kaffeebecher und marschierte auf die Theke zu. Als ich mich anschließend zu Ashley umdrehte, stand sie noch immer an der Schwelle zu meinem Apartment, ihre Augen weit aufgerissen.

»Irgendwie hatte ich gedacht, du würdest weniger ...«

»Weniger was?«

Sie machte eine ausschweifende Handbewegung. »... luxuriös wohnen.«

Im Gegensatz zu dem schäbigen Zimmer, in dem sie die letzte Nacht verbracht hatte, wirkte mein Apartment sicherlich wie ein teures Luxusapartment, dabei war es nichts im Vergleich zu dem Haus, in dem ich aufgewachsen war. Auf den siebzig Quadratmetern befanden sich zwei Schlafzimmer, ein großer offener Wohnbereich mit Küche und eine Dachterrasse.

Sie trat ein, schloss die Tür und fummelte an dem Träger ihrer Handtasche. Langsam bewegte sie sich durch den Raum, ließ den Blick schweifen. »Es ist wirklich schön. Wie lange wohnst du schon hier?«

Ich holte die Zutaten aus dem Kühlschrank. »Seit einem halben Jahr.« Ich zog die Schublade auf, griff nach dem Messer und legte es ebenfalls auf das Schneidebrett. Ash blieb neben mir stehen und sah zu, wie ich nacheinander Tomaten, Zwiebeln und Paprika würfelte. »Das erste Jahr auf dem College habe ich noch bei meinen Eltern gewohnt, aber dann wollte Trev raus und wir dachten, wir ziehen zusammen.« Ich löffelte die Avocado aus der Schale, warf sie mit Limettensaft, Knoblauch und etwas Olivenöl in den Mixer. »Aber, wie du siehst, wohnt er nicht hier, sondern im Strandhaus seiner Mom.«

Der Mixer sprang an, als ich den Knopf betätigte. Ich nutzte die Zeit, um das Hackfleisch, den Käse und die Teiglinge zu holen.

»Und warum seid ihr nicht zusammengezogen?«, fragte Ashley, sobald die Guacamole gemixt war und der Mixer erstarb. Ich schnitt die Hackfleischpackung auf, gab das Fleisch in eine heiße Pfanne und begann, es zu braten. »Weil das etwa der Zeitpunkt war, als er das von seiner Adoption erfahren hat und sich vor allen zurückgezogen hat.«

»Das habe ich nicht gewusst«, sagte sie leise. »Hat er deshalb so wütend auf mich reagiert?«

Ich rührte in der Pfanne.

»Vermutlich.« Es war komplizierter, als ich ihr in diesem Moment sagen wollte. Es war seine Geschichte, nicht meine, und außerdem wollte ich, dass er selbst darüber sprach. »Im Moment weiß keiner von uns, wie er wann worauf reagiert. Aber ja, die Adoption ist ein rotes Tuch für ihn.«

Nicht nur die Adoption. Alles war ein rotes Tuch für ihn.

Ich machte die Burritos fertig, richtete sie auf zwei Tellern an und trug sie zum Glastisch vor dem Sofa. Ash folgte mir. Seit unser Gespräch auf Trevor gekommen war, schwieg sie, sah nachdenklich aus, irgendwie ... durcheinander.

Ich klopfte neben mir auf das Sofa, und als sie sich setzte, schob ich ihr einen der beiden Teller zu. »Die sind nicht so gut wie mit selbst gemachtem Teig, aber ich wollte unsere Mägen nicht noch länger überstrapazieren.«

Sie nahm einen ersten, zögerlichen Bissen und stöhnte leise auf.

»Schmeckt's?«

Sie wischte etwas Guacamole aus ihrem Mundwinkel. »Ich glaube, ich habe noch nie so was Leckeres gegessen«, sagte sie und biss sofort noch mal ab. Wieder verließ ein leises Stöhnen ihre Lippen und ich unterdrückte ein Grinsen.

So hatte bisher kaum jemand auf mein Essen reagiert.

»Was hältst du davon, wenn wir ...«, begann ich, wurde jedoch von dem Klingeln meines Handys unterbrochen. Ich zog es aus der Hosentasche, um den Anruf wegzudrücken. »Das war Keaton, der will sicher wissen, wo ich stecke.«

Ich tippte eine kurze Nachricht, dann warf ich das Handy neben mich und griff stattdessen nach der Fernbedienung. »Auf Netflix gibt's ein paar neue Filme. Hast du Lust, etwas anzuschauen, während wir essen?«

Als sie nickte, schaltete ich den Fernseher ein, wartete, bis das Menü aufploppte, und drückte ihr die Fernbedienung in die Hand. »Such du was aus«, wies ich sie an. »Und ich besorg uns was zu trinken zu den Burritos.«

ASHLEY

»Hast du sie etwa heute Morgen abgefüllt?«, fragte jemand neben mir und riss mich damit aus einem traumlosen Schlaf.

»Warum sollte ich das tun?« Jakes Stimme vermischte sich mit dem leisen Klirren von Besteck.

»Keine Ahnung«, erklang die Stimme erneut, diesmal näher. Sie kam mir bekannt vor, aber ich konnte nicht erklären, woher. »Ist das da etwa ein Pickel an ihrer Stirn?«

Abrupt setzte ich mich auf und tastete mit der freien Hand nach meinem Gesicht. Da war kein Pickel.

Ein kehliges Lachen erklang neben mir, und als ich den Kopf drehte, entdeckte ich Keaton. Breitbeinig lümmelte er auf dem Sessel direkt neben dem Sofa, auf dem ich lag.

Wieso lag ich hier?

»Wusst' ich doch, dass du wach bist!« Grinsend griff er nach einer Packung gesalzener Erdnüssen, die auf der Sofakante deponiert war, und hielt sie mir entgegen. »Auch welche?«

Als ich den Kopf schüttelte, zuckte er die Schultern, schüttete Erdnüsse in seine Hand und begann, sie sich in den Mund zu werfen.

»Ich hab doch gesagt, du sollst sie schlafen lassen.« Jake, der eine grün gesprenkelte Tasse in der Hand hielt und von der Küche zum Sofa kam, warf ihm einen bösen Blick zu. Dann wandte er sich an mich: »Tut mir leid, Keat hat es nicht so mit Rücksichtnahme.«

Keaton schnaubte verächtlich. »Und was war an dem Tag, an dem ich dir und Trev die Händchen gehalten habe?« Kauend deutete er auf Jake. »Du weißt schon, der Absturz damals? Der Abend, an dem ihr mir beide auf die Füße gekotzt habt.«

»Das ist vier Jahre her«, erklang eine weibliche Stimme vom anderen Ende des Raumes. Sie gehörte zu der Frau, die gestern bei Trevor gestanden hatte und heute waren sowohl die Perlen in ihrem Haar als auch das Sommerkleid, das sie trug, grün. »Und du hast dich nur um sie gekümmert, weil du das Zeug angemixt hast und deshalb ein schlechtes Gewissen hattest.«

Sie kam auf mich zu und streckte ihre Hand in meine Richtung aus. »Ich bin Zara«, stellte sie sich vor. »Und am besten beachtest du Keat einfach nicht.«

»Was soll das denn heißen?«, fragte er, nahm eine Erdnuss und warf sie in ihre Richtung.

Zara fing die Erdnuss auf. »Das weißt du genau«, erwiderte sie und schleuderte die Erdnuss zurück zu ihm. Im Schneidersitz ließ sie sich auf dem Boden neben mir nieder, darin vertieft, ein Wortgefecht mit Keaton auszutragen, das ich nicht verstand.

Während sie redeten, versuchte ich, die seltsame

Situation, in der ich mich hier befand, irgendwie zu ordnen. Heute Morgen – *war es erst heute Morgen gewesen* – hatte Jake in meinem Motelzimmer gestanden. Mit Kaffee. Mit dieser irrsinnigen Menge Kaffee. Irgendwie hatte er mich überredet, mit mir etwas zu essen – woraufhin wir hier, in seinem Apartment, gelandet waren. Er hatte diese leckeren Burritos gemacht und dann? Hatten wir einen Film gesehen. Irgendeinen Thriller, der auf Netflix lief. Genau. Und dabei … musste ich eingeschlafen sein.

Dunkel erinnerte ich mich an die Müdigkeit, an das Gefühl, satt und zufrieden zu sein und … seit langem das erste Mal nicht alleine. Mir mussten die Augen zugefallen sein. Die Decke, die auf mir lag, sprach zumindest dafür.

Ich war immer noch dabei, die letzten Stunden zu rekonstruieren, als Keaton mich aus meinen Gedanken riss. »Also«, begann er. »Wie lautet der Plan? Wie bekommen wir Mr. Stinkstiefel dazu, sie anzuhören?«

»Ich habe dir gesagt, dass Ash noch darüber

nachdenkt.« Jake warf mir einen entschuldigenden Blick zu.

Richtig, wir hatten darüber gesprochen. Darüber, wie wichtig Jake es fand, dass Trevor von Tami erfuhr.

Keaton sah mich an. »Versteh mich nicht falsch, Ash«, sagte er mit einer Stimme, aus der jeglicher Schalk gewichen war. »Ich halte Trev im Moment für eines der größten Arschlöcher, die ich kenne, aber diese Sache, die sollte er wissen.« Ich setzte mich auf, zog die Beine an und schlang die Arme um meine Knie. »Aber er ist nicht sonderlich scharf auf das, was ich zu sagen habe.« Und ich war nicht scharf darauf, von ihm wie Dreck behandelt zu werden.

Zara und Jake wechselten einen Blick, während Keaton bloß mit den Schultern zuckte. »Das ist nichts Neues, glaub mir.«

Er erklärte mir seine Worte nicht, doch von Jake wusste ich genug, um mir auszumalen, dass Trevors Verhalten für niemanden in Ordnung war.

»Was uns zu meiner grandiosen Idee bringt.«

»Und die wäre?«, fragte Jake langsam.

Lässig verschränkte Keaton die Arme hinter dem Kopf und grinste. »Sagen wir, ich appelliere an den alten Teil in ihm und schlage ihm einen Deal vor. Ihr wisst doch, wie er ist. Er wird das nicht auf sich sitzen lassen können.«

Ich betrachtete die blauen Flecken an meinem Handgelenk. Die Schwellung war zurückgegangen, doch es tat noch immer weh und erinnerte mich an alles, was letzte Nacht geschehen war.

Keatons Blick streifte mein Gelenk. »Ash«, sagte er. »Wenn ich dir verspreche, nicht zuzulassen, dass er dich körperlich angreift ... bist du dann dabei?«

»Keats Plan könnte wirklich funktionieren«, bestätigte Jake. »Aber es ist und bleibt deine Entscheidung. Es ist okay, wenn du darüber nachdenkst.«

Das musste ich nicht.

»Nein«, erklärte ich. »Ich bin dabei.«

Die Sonne stand bereits tief am Himmel, als wir in Keatons Truck gemeinsam Richtung Strandhaus aufbrachen.

»Es wird ihm nicht gefallen, dass wir sie mitbringen«, prophezeite Zara, die ihre nackten lackierten Füße auf dem Armaturenbrett abgelegt hatte. »Nicht, dass ich nicht eurer Meinung wäre. Aber ihr wisst doch, wie er ist.«

»Er hat sich lange genug wie eine Diva aufgeführt«, warf Jake ein, griff nach meiner zitternden Hand. Es war nichts weiter als eine kleine Geste, doch sie genügte, um die Nervosität in meinem Inneren zu bändigen.

Keaton hatte weder erklärt, wie der Plan konkret aussehen würde, noch hatte ich danach gefragt. Doch Jake und er waren überzeugt, dass es funktionieren würde, und mehr musste ich nicht wissen. Nicht, wenn es klappte und Trevor mir zuhören würde.

Keaton drehte die Musik auf. Ich lehnte mich zurück, schloss die Augen. Konzentrierte mich auf die Melodie des alten Rocksongs, der aus der Anlage drang und versuchte, den Gedanken an Trevor und die bevorstehende Begegnung wegzuschieben.

Das zweite Mal in nicht einmal vierundzwanzig Stunden trat ich durch das Tor, folgte Jake, Keaton und Zara über den Weg bis zur Villa.

Der gestutzte Rasen war übersäht von weggeworfenen Plastikbechern und auch im Inneren des Hauses sah es nicht besser aus.

»Als wir gegangen sind, sah es nicht annähernd so furchtbar aus«, murmelte Zara und verzog angewidert das Gesicht.

Ich konnte es ihr nicht verübeln. Becher und leere Flaschen bedeckten die Böden und überall lag Müll. Ein säuerlicher Geruch drehte mir den Magen um.

»Was macht *die* hier?«, erklang Trevors Stimme von einem der Sofas. Er saß auf einem der Sessel in der Ecke, eine Kippe im Mund, und sah besser aus als gestern. Frisch geduscht und rasiert trug er nichts weiter als eine tiefhängende Jeans. Doch der Blick, mit dem er mich bedachte, war derselbe.

Als er aufsprang, wich ich unwillkürlich zurück. Erst als ich Jakes Hand auf meiner Schulter spürte, entspannte ich mich wieder. Denn diesmal war ich ihm nicht alleine ausgesetzt.

»Sie ist hier, damit du ihr zuhörst«, erklärte Keaton und versperrte ihm den Weg zu mir.

»Und mir die Lügen meines Dads reinziehe?«, fragte Trevor. »Hast du sie noch alle?«

Keaton verschränkte die Arme vor der Brust. »Im Gegensatz zu dir bin ich klar, Ash hat nichts mit deinem Dad oder seinen Lügen zu tun.«

»Weißt du was, Keat? Leck mich!« Trevor drehte sich um und reckte beim Laufen den Mittelfinger in die Höhe. »Leckt mich alle!«

»Gestern meintest du, du schlägst mich immer noch blind. Beweis es.«

»Du willst mit mir wetten?« Trevor drehte sich um und deutete auf mich. »Für so eine?«

Seine Gehässigkeit schnürte mir die Luft ab, erinnerte mich an die Worte meiner Mutter, an das, was sie sagte, um mich zu verletzen.

»Ich hoffe ernsthaft, dass du dich für dein Arschloch-Gen entschuldigst, sobald ich gewonnen habe.« Keaton machte einen Schritt auf ihn zu. »Denn dann wirst du Ash zuhören.«

Trevor schnaubte. Seine Augen glitten abfällig über mich, ehe er sagte: »Wenn du verlierst, Keat, und glaub mir, das wirst du, dann verpisst sie sich.«

»Gut.« Keaton und er besiegelten ihren Deal mit einem Handschlag. »In einer Stunde am alten Flugfeld. Und sei pünktlich.«

ASHLEY

In der anbrechenden Dämmerung fand ich mich vor einem mit hohem Bauzaun umspannten Grundstück wieder. Etwa hundert Meter vom Parkplatz entfernt schlüpften wir durch einen Spalt ins Innere. Ich stieg über Bauschutt und Glas hinweg, wich Löchern im Boden aus und lauschte Zara, die mir erklärte, was es mit dem alten Flugfeld auf sich hatte. Vor einigen Jahren war es an einen Investmentbanker aus Los Angeles verkauft worden, der vorgehabt hatte, hier, am Rand von Savanna Springs, mehrere Luxusapartmenthäuser hochzuziehen. Doch seit seine Firma pleite gegangen war, standen die Bauarbeiten still.

»Und was macht ihr hier jetzt genau?«, fragte ich Keaton, der vor einem der sechs Gebäude stehen geblieben war. Sie alle sahen gleich aus. Riesige Stahlkonstruktionen, die in den Himmel ragten. Nackt. Ohne Wände, ohne Böden.

»Wir klettern.« Keaton zog Handschuhe über seine Finger.

»Ihr wollt … da hochklettern?«, fragte ich und deutete nach oben, nicht sicher, ob ich ihn richtig verstanden hatte.

»Ja.« Keaton zwinkerte mir zu.

Ich wusste nicht, was für eine Art von Deal ich eigentlich erwartet hatte, aber damit, dass sie ungesichert auf ein hohes, nicht fertiggestelltes Gebäude klettern wollten, hatte ich nicht gerechnet.

»Bereit?«, rief er Trevor zu, der ein paar Meter entfernt am Fuße des Gebäudes stand.

Als dieser nickte, marschierte er los.

»Du brauchst dir keine Sorgen zu machen, Süße.« Zara trat neben mich. »Keat weiß, was er tut.«

»Ich mache mir gar keine Sorgen.«

Es stimmte. Die Wahrheit war, dass es mich faszinierte, statt mich zu ängstigen. Dass es mich anzog, statt mich abzuschrecken. Es hatte schon immer diesen Teil in mir gegeben, der von genau jenen Dingen angezogen wurde, die ich verurteilen oder furchtbar finden sollte. Und die Vorstellung, ohne Sicherung dort oben zu stehen, gefiel mir. Sie gefiel mir viel zu gut.

»Wie hoch ist das Gebäude?«, fragte ich, während Keaton und Trevor ihre Hände an das Stahlgerüst legten.

»Vierzig Meter. Ungefähr.«

Wie musste es sich anfühlen, vierzig Meter

über der Erde zu stehen? Auf alles hinabzublicken? Die Welt zu sehen?

Meine Finger begannen zu kribbeln.

Keaton und Trevor kletterten schnell.

Stück für Stück ließen sie den Boden hinter sich und zogen ihre Körper Strebe um Strebe höher.

Ihre Griffe waren geschmeidig und präzise. Sie wirkten wie Spinnen, die sich ihrer Beute näherten. Es war unglaublich, dabei zuzusehen, und ein winziger Teil in mir wünschte, mit dort oben zu sein. Zu sehen, was sie sahen, zu fühlen, was sie fühlten.

Meine Augen klebten auf ihren Körpern. Ich konnte nicht wegsehen.

»Er wird dir zuhören müssen«, erklärte Zara, kurz bevor Keatons Siegesschrei ertönte, der auf der Dachkante angekommen war. Erst jetzt fiel mir auf, dass das, was vor meinen Augen ablief, den Schmerz, der mich seit Wochen fest umklammert hielt, zurückgedrängt hatte. Doch schon Zaras Bemerkung genügte, um ihn zurückkehren zu lassen.

»Du hast es einfach nicht mehr drauf, Mann.« Sobald Keaton den Boden erreichte, boxte er Trevor grinsend gegen die Schulter.

»Beim nächsten Mal schlag ich dich«, erwiderte Trevor siegessicher und nahm einen Schluck aus der Wasserflasche, die Jake ihm entgegenstreckte. Dann sah er zu mir. »Ich geb ihr fünf Minuten für ihre Geschichte.«

»Sei nicht immer so ein Wichser.« Keaton riss ihm die Wasserflasche aus der Hand und schraubte den Deckel ab. »Ash ist nicht dein Feind.«

Trevor schnaubte, verkniff sich jedoch einen Kommentar und richtete stattdessen seine Augen auf mich. War darin gestern nichts als Abscheu zu lesen gewesen, funkelte jetzt noch etwas anderes darin. Interesse.

»Ich schlage vor, dass wir uns bei mir treffen und ihr dort redet.« Jake sah zwischen Trevor und mir hin und her. »In Ruhe und so lange, wie es dauert.«

Ich stimmte zu und setzte mich in Bewegung, ohne darauf zu warten, dass sie mir folgten. Plötzlich war mir nicht mehr danach zu reden. Ja, ich wollte, dass Trevor von ihr wusste, dass er alles erfuhr, was wichtig war. Doch zeitgleich bereitete mir der Gedanke entsetzliche Angst. In der Klinik hatte man mir Tabletten verabreicht, mich zu Gesprächen aufgefordert, mir Therapien verordnet – und trotzdem – *trotzdem* – hatte ich kein einziges Mal über Tami gesprochen. Nicht über sie; nicht über das, was passiert war; nicht über diese Nacht, die alles verändert hatte.

Ich schob mich durch das Loch im Bauzaun und lief weiter, bis ich den Truck erreichte. Erschöpft sank ich gegen die Karosserie und schloss die Augen. Erklärte mir selbst, dass ich das schaffen würde.

Ich musste einfach.

Auf dem Rückweg legten wir einen kurzen Zwischenstopp an meinem Motel ein, um meinen Rucksack zu holen. Ich wusste, dass Trevor mehr brauchen würde als bloße Worte. Er brauchte Gewissheiten, Fakten, schwarz auf weiß. Und mit der Mappe meines Dads konnte ich ihm diese Fakten liefern.

Als wir am Apartment ankamen, blieb ich eine Weile in der offenen Tür stehen, kämpfte gegen den Drang an, umzudrehen und davonzurennen. Doch dann gab ich mir einen Ruck. Mit zittrigen Schritten hielt ich auf das Sofa zu, vor dem Zara wie heute Mittag im Schneidersitz auf dem Boden saß. Keaton hatte rechts von ihr Platz genommen und Trevor lümmelte in dem Sessel. Ich ließ mich neben Jake auf das Sofa sinken. »Meine Eltern haben deine Schwester Tami als Pflegekind bei sich aufgenommen. Sie war meine beste Freundin.« Mit zitternden Fingern öffnete ich den Reißverschluss meines Rucksacks, um aus dem Innenfach die gerollte rote Mappe zu ziehen. »Das ist die Mappe, die mein Dad bekommen hat, als Tami mit dreizehn zu uns kam. Darin sind alle Informationen über sie. Von vorherigen Pflegestellen über Zeugnisse bis zu Krankenhaus- und Untersuchungsergebnissen. Alles eben, was in irgendeiner Weise wichtig sein könnte. Eigentlich ist sie nicht für die Kinder bestimmt, nur für die Pflegeeltern, aber ... vor etwa einem halben Jahr hat Tami versucht, mehr über ihre Eltern herauszufinden. Sie wollte wissen, wer sie waren und wie ihr Leben ausgesehen hat, und während dieser Recherche ist sie auch auf diesen Zeitungsartikel gestoßen, in dem von dem Tod ihrer Eltern berichtet wird. Sie wusste, dass sie einen Autounfall hatten und gestorben sind. Aber in dem Artikel stand noch mehr, nämlich, dass ein geplatzter Reifen einen schweren Auffahrunfall zur Folge hatte, bei dem der Fahrer noch an der Unfallstelle gestorben ist und dass die schwangere Beifahrerin mit schweren Verletzungen ins nächste Krankenhaus gebracht wurde, wo sie ein paar Stunden später starb, nachdem sie Zwillinge zur Welt gebracht hat. Ein Junge und ein Mädchen.« Ich schlug die Mappe auf und blätterte bis Seite vier, auf der die Kopie des Artikels abgebildet war, um ihn Trevor zu zeigen. »Der Junge war gesund, aber das Mädchen hatte einen Herzfehler und musste mehrfach operiert werden, deshalb hat Tami vier Monate im Krankenhaus verbracht und kam anschließend in ihre erste Pflegefamilie.« Ich blätterte durch allerhand medizinischer Unterlagen, die bestätigten, was ich erzählte, bis weiter zu dem, was ich suchte. Die Kopie seiner Adoptionsurkunde. »Sie hat natürlich versucht herauszufinden, was mit diesem Bruder passiert ist, und als wir nichts fanden, da … haben wir die Mappe gestohlen und fanden raus, dass es nach dem Tod ihrer Eltern nur einen Großvater gab, der die Kinder wegen Krankheit und Alter nicht versorgen wollte und deshalb beide Kinder zur Adoption freigegeben hat, doch weil sie krank war, ist nur er adoptiert worden.«

Abscheu und Ablehnung in Trevors Blick waren verschwunden. Ich sollte erleichtert darüber sein, doch das war ich nicht, denn der schwerste Teil stand noch bevor.

»Wo ist sie jetzt?« Ich sah die Hoffnung in seinen Augen und wünschte, es wäre Juni und nicht September, wünschte, Tami und ich wären gemeinsam hier.

»Sie ist tot, Trev.« Jake sprach aus, was ich nicht konnte.

»Sie ist ... tot?« Trevors Stimme war nur noch ein Flüstern.

Tränen traten mir in die Augen, als ich nickte. Der Schmerz brannte wie Feuer in meinen Lungen. Er verbrannte mein Herz.

»Ja.« Ich atmete mehrmals tief ein und aus, dann blätterte ich zur letzten Seite. Ich umklammerte die Mappe so fest, dass sie am unteren Ende zerknickte, doch als ich es endlich schaffte, Trevor den Artikel entgegenzuhalten, nahm er ihn nicht. Stattdessen sah er mich an.

»Wie?«, fragte er. »Wie ist es passiert?«

»Sie ...« Bilder blitzten vor meinen Augen auf. Ihr toter Körper, der umgekippte Stuhl, das Blut ... »Sie ... Sie hing in ihrem Wandschrank.«

Zara stieß den Atem aus. Keaton fluchte. Jake versteifte sich neben mir. Trevor starrte mich an.

»Hat sie einen Brief dagelassen?«, fragte Jake.

»Zum Abschied, damit du weißt, warum sie … sterben wollte.«

Ich schüttelte den Kopf, hielt dann jedoch inne.

War dort eine Botschaft gewesen?

Ein Zettel? Ein Brief? Irgendetwas?

»Als ich in ihr Zimmer kam, da habe ich nicht danach gesucht. Ich …« Mein Mund war trocken und ich schluckte mehrfach, ehe ich es schaffte weiterzureden. »Ich habe nur versucht, das Seil von ihrem Hals zu lösen. Ich erinnere mich nicht an einen Brief.«

Es war still geworden. Viel zu still.

Trevor war aufgesprungen. Tigerte zwischen Küche und Sessel hin und her. Sein Blick versteinert, nahezu leer.

Jakes Hand umklammerte meine, war wie der Anker, der mich hielt, während ich fiel – doch nichts konnte mich vor dem Sturz bewahren, vor dem Schmerz, der mich in die Tiefe zerrte. Zurück in die Dunkelheit, die seit Wochen darauf lauerte, mich vollständig zu verschlingen.

Ich löste meine Finger aus seiner Hand, murmelte eine Entschuldigung und sprang auf. Flüchtete auf die Dachterrasse, wo ich an dem rauen Mauergestein der Hauswand hinabrutschte und die Augen schloss, während die Erinnerung mich überrollte.

ASHLEY

Neun Wochen zuvor

Erleichtert atmete ich auf, als wir nach der Geburtstagsfeier und der einstündigen Fahrt endlich die Einfahrt unseres Hauses erreichten. Die Besuche bei meinen Großeltern glichen ohnehin schon jedes Mal einer Nervenprobe, doch in Verbindung mit Ians ständigen Sticheleien war es noch zermürbender gewesen. Nicht mal auf der Rückfahrt hatte er aufgehört, mich seine Abneigung spüren zu lassen, und alles, wonach ich mich jetzt sehnte, war meine beste Freundin, um ihr von dem verkorksten Abend und den furchtbaren Gesprächen zu erzählen.

Beim Aussteigen streifte mein Blick ihr Fenster im ersten Stock, in dem anders als sonst kein Licht brannte. Schon am Morgen hatte sie krank ausgesehen, über Übelkeit und Kopfschmerzen geklagt und war deshalb zu Hause geblieben.

Ich schlüpfte aus Jacke und Schuhen und ignorierte Ian, der vor mir die Treppe hochpolterte und in seinem Zimmer am Ende des Gangs verschwand. Ihn zu ignorieren war das Beste, was ich tun konnte, wo er doch die gesamten Semesterferien hier verbringen würde. Alles andere tat viel zu weh. Ich schüttelte die Gedanken an ihn und meine verletzten Gefühle ab, trat vor Tamis Zimmertür und öffnete sie leise.

Ein komisches Gefühl überfiel mich, als ich die Stille wahrnahm. Es war zu still. Viel stiller als sonst.

»Tami?«, fragte ich in die Dunkelheit des Zimmers hinein, doch erhielt keine Antwort.

Das komische Gefühl wuchs.

»Tami ...?« Ich tastete nach dem Schalter neben der Tür. Schaltete das Licht ein.

Das Bett war leer.

Sie war nicht hier.

Ich machte einen Schritt in den Raum hinein, weiter in Richtung des Wandschranks.

»Tami?«, flüsterte ich und starrte auf den fahlen Streifen Licht unter dem Türspalt. »Bist du da drinnen?«

Ich streckte meine Finger aus. Drehte den Knauf. Öffnete die Tür.

Jemand schrie. Schrie so laut, dass es wehtat.

Ihr lebloser Körper baumelte an der Decke. Ihre Finger hatten sich in dem Strick verfangen, der um ihren Hals gebunden war. Und da war Blut. Es klebte an ihren Armen, *ihre Handgelenke waren mit Schnitten übersäht.*

Nein. Nein. Nein.

Ich stieg auf den umgefallenen Stuhl, zerrte an dem Strick um ihren Hals, versuchte, den Knoten zu lösen, doch er ging nicht ab. Er ging einfach nicht ab. Aber er musste.

Er musste von ihrem Hals, weil sie doch sonst keine Luft bekam.

Er musste weg.

Sofort.

Ich fiel vom Stuhl, stolperte zur Schublade, dorthin, wo sie ihr Nagelset aufbewahrte. Ich riss die Schere heraus. Ich sägte und schnitt. Es musste ab.

Ab.

Ab.

Ab.

»Ash!« Hände zerrten an mir. Weg von ihr. Fort von dem Strick.

Ich riss mich los.

Ich. Musste. Ihr. Helfen.

»Ash!«

Die Hände packten fester zu.

Sie trugen mich weg.

Weg von Tami.

Weg. Weg. Weg.

»GAVIN!«, schrie Ian nach meinen Eltern. »PENELOPE!«

Ich schlug nach ihm. Ich schlug und schlug und schlug.

»Lass mich los«, kreischte ich zwischen den Schreien, die zu mir gehören mussten. »Ich muss ihr helfen!«

»Es ist zu spät«, schrie er zurück und schüttelte mich. »Sie ist tot, verstehst du nicht?! Sie ist tot.«

Tot.

Tot

Tot.

Tami war tot.

JAKE

Mein Kopf sackte nach hinten. Ich presste die Hände vor mein Gesicht und schloss die Augen.

Scheiße. Scheiße. Scheiße.

»Hast du es gewusst?«, fragte Keaton neben mir.

»Nur, dass sie gestorben ist, aber nicht, wie.« Wir hatten nicht darüber gesprochen, doch jetzt wünschte ich, wir hätten es getan. Wünschte, ich hätte gewusst, dass Tami nicht durch einen Unfall oder eine Krankheit gestorben war, sondern weil sie sich umgebracht hat. Gewusst, dass es Ashley selbst gewesen war, die sie gefunden hatte. Dass sie sie nicht nur gefunden, sondern auch versucht hatte, den Strick um ihren Hals zu lösen.

»Wie schlimm muss das gewesen sein. Sie so ... zu finden«, sagte Zara mit bebender Stimme.

»Es muss grauenvoll gewesen sein.« Ich hatte gespürt, dass jedes ihrer Worte Ashley Überwindung gekostet hatte.

Ich setzte mich auf und sah hinüber zu der geschlossenen Schiebetür, die auf die Dachterrasse führte. Vor wenigen Minuten war Ashley dort hinausgerannt und jetzt saß sie dort draußen. Alleine. In der Dunkelheit.

»Wenn du es gewusst hast«, fragte Trevor durch zusammengebissene Zähne. »Wieso sollte ich es mir dann anhören?«

Er hatte aufgehört umherzulaufen und stand mit verschränkten Armen und zusammengepresstem Kiefer auf der anderen Seite des Couchtisches.

»Weil sie deine Schwester war«, antwortete ich. Ich hatte diese Frage erwartet, genau wie seine Reaktion.

»Und was habe ich davon?« Er lachte trocken auf. »Eine weitere tote Verbindung zu meinen verfluchten Wurzeln, oder was?«

Ja.

»Es war wichtig, dass du es erfährst.«

»Wozu?«, fragte er mit zusammengekniffenen Augen. »Damit ich noch mehr tote Verwandte habe?«

»Nein, damit du die Chance hast, etwas über deine Wurzeln zu erfahren und um –«

»Weißt du was?« Trevor riss seine Hände in die Höhe und stoppte mich. Natürlich wollte er das nicht hören, denn es bedeutete, dass er sich mit der Adoption, mit dem Tod seiner Adoptivmutter und dem Schmerz auseinandersetzen musste. Mit all dem, vor dem er seit Monaten davonrannte.

»Spar's dir, Jake. Ich brauch diesen Scheiß nicht.« Kopfschüttelnd marschierte er auf die Eingangstür zu und riss sie auf. In der Tür jedoch drehte er sich noch mal um und deutete Richtung Dachterrasse. »Weißt du, was es ihr gebracht hat außer noch mehr Schmerz? Gar nichts!«

Die Tür knallte hinter ihm ins Schloss und kurz war ich versucht, ihm nachzulaufen, doch ich tat es nicht, weil es keinen Sinn hatte. Trevor musste darüber nachdenken. Und sobald er die Chance darin erkannte, würde er von sich aus auf Ashley zukommen. Zumindest hoffte ich das.

»Es wäre so toll gewesen, wenn er seine Schwester hätte kennenlernen können.« Zara wischte Tränen aus ihren Augenwinkeln. »Das hätte vieles verändert.«

»Er kann sie durch Ash kennenlernen«, warf ich ein, obwohl ich wusste, dass das nicht dasselbe war. Trotzdem ... Mit dem Tod seiner Mom und der Offenbarung seiner Adoption hatte Trevor jegliche Verbindung zu seinem Leben verloren. Ashley war ein Rettungsseil, das ihm helfen konnte, zumindest einen Teil davon zurückzugewinnen. »Ich werde nach ihr sehen.«

Ich drückte die Schiebetür auf und betätigte den Lichtschalter, ehe ich auf die Dachterrasse hinaustrat.

Ash lehnte zusammengekauert an der Mauer, die Arme um ihren Körper geschlungen, das Gesicht dazwischen vergraben. Ich schob die Tür zu und öffnete den Mund, um etwas zu sagen, doch ich wusste nicht, was. Ihr zu sagen, dass es mir leidtat, änderte gar nichts. Zu erzählen, dass es besser werden würde, war nichts weiter als eine Phrase, denn es gab kein Zaubermittel, mit dem man Schmerz verwandeln konnte. Ihre Freundin war gestorben. Nicht nur gestorben, sie hatte sich erhängt und Ash hatte sie gefunden. Ich versuchte mir vorzustellen, wie es wäre, einen meiner Freunde auf diese Weise zu finden. Allein der Gedanke war grausam genug, um Enge in meine Brust zu treiben. Dabei wusste ich, dass meine Vorstellung nicht einmal annähernd etwas mit der Realität zu tun hatte.

»Ich habe es nicht gewusst ...«, riss Ashleys leise Stimme mich aus meinen Gedanken. »Sie muss es geplant haben und ich habe nichts gemerkt.« Sie lehnte den Kopf gegen die Mauer und schlug die Augen auf. »Wie kann ich ihre beste Freundin sein und nicht merken, dass sie sterben will?«

Ich setzte mich neben sie auf dem Boden.

»Ich versteh es einfach nicht. Ich denk darüber nach, weißt du. Immer wieder. Ich suche nach einem Punkt, aber ich finde ihn einfach nicht, dabei hätte ich es sehen müssen!«

»Es ist nicht deine Schuld.« Ich legte meine Hand an ihr Gesicht und zwang sie, mich anzusehen. »Es. Ist. Nicht. Deine. Schuld«, wiederholte ich meine Worte. »Wenn jemand wirklich sterben will, dann hält ihn nichts und niemand davon ab. Es ist eine einsame, traurige Entscheidung.«

Ashleys Unterlippe begann zu beben. Tränen glänzten in ihren Augen und das Schluchzen, das aus ihrer Kehle drang, wurde vom Stoff meines Shirts gedämpft, als ich sie in meine Arme zog.

Sie schluchzte an meiner Brust, ihre Hände in mein Shirt gekrallt. Durch den Stoff konnte ich ihre warmen

Tränen auf meiner Haut spüren. Ich hielt sie fest und es dauerte lange, bis ihr Schluchzen verebbte.

»Tut mir leid«, murmelte sie, als sie ihr Gesicht von meinem Shirt löste. Ihre Augen hafteten an dem beachtlichen Fleck, den ihre Tränen hinterlassen hatten. Mit meinem Daumen fing ich eine Träne auf, die über ihre Wange rann. »Ich …«

»Schon okay. Ich stelle mich gerne als überdimensionales Taschentuch zur Verfügung, wenn es hilft.«

Ein hauchzartes Schmunzeln umspielte ihre Mundwinkel, während weitere Tränen kullerten.

»Normalerweise habe ich mich besser im Griff.« Sie wischte die Tränen aus dem Gesicht und zupfte einzelne Haarsträhnen vor ihre geröteten Augen.

»Es muss dir nicht unangenehm sein, dass du deine Freundin vermisst oder dass du deswegen geweint hast«, sagte ich. Mir gefiel nicht, wie distanziert sie auf einmal wirkte. Als wäre eine Tür in ihrem Inneren zugeschlagen worden. »Weinen gehört dazu. Es ist völlig normal, traurig zu sein.«

Ich legte meine Hand auf ihre, doch sie löste sich von mir und stand auf.

»Ich sollte jetzt wohl besser gehen«, sagte sie und öffnete die Schiebetür. »Wenn du mich nicht zurück ins Motel fahren willst, ist das okay. Ich kann den Bus nehmen.«

Der Gedanke, dass sie ging, gefiel mir nicht. Er gefiel mir überhaupt nicht.

»Quatsch.« Ich kämpfte mich auf die Beine und folgte ihr ins Innere meines Apartments. »Ich bring dich zurück, das ist kein Problem.«

»Okay, … dann …« Sie wischte sich über das Gesicht. »Ich werd nur kurz auf die Toilette gehen, dann können wir los.«

Mit schnellen Schritten durchquerte sie die Küche und verschwand um die Ecke, wo das Badezimmer lag.

»Glaubst du, es ist eine gute Idee, wenn sie jetzt alleine ist?«, fragte Zara vom Sofa. »Sie sieht total fertig aus.«

»Nicht nur fertig«, warf Keaton neben ihr ein. »Ich sag's ja nicht gerne, Leute, aber sie wirkt, als wäre sie kurz davor, Tami in den Tod zu folgen.«

Keaton hatte recht. Ash wirkte völlig … zerbrochen. Als wäre in ihr nicht viel mehr als ein kleiner Funke Lebenswille zurückgeblieben.

»Sie sollte raus, statt sich zu verkriechen«, redete er weiter. »Wir sollten irgendwas machen, das sie auf andere Gedanken bringt, und ich weiß auch schon, was.«

ASHLEY

Warum?

Das war die Frage, die sich in meinem Kopf drehte. Die Frage, die nie ruhte und auf die ich einfach keine Antwort fand, egal wie oft ich darüber nachdachte oder in meinem Kopf das Geschehene vor- und zurückspulte.

Warum wollte sie sterben?

Warum hatte sie das getan?

Wir hatten Pläne. Dem Leben in Chicago, meinen Eltern, Ian den Rücken kehren. Erst das College, dann die weite Welt sehen.

»Diese Stadt ist zu klein für mich, Ash. Ich will die Welt sehen. Lass uns weggehen und nie wieder zurückkommen.«

Die Tür zum Toilettenraum sprang auf und die Musik wurde lauter. Eine durchgeschwitzte Blondine schob sich neben mich an das Waschbecken. Sie zückte einen Lippenstift aus ihrer lachsfarbenen Wildledertasche, beugte sich dichter an den Spiegel heran und zog ihre Lippen nach. Durch den Spiegel musterte sie meine Hände und schüttelte den Kopf. Langsam drehte sie den Lippenstift zurück, setzte den Deckel darauf und stopfte ihn zurück in die Tasche.

Ich starrte auf ihre Tasche, dann auf meine Hände. Unter dem kalten Wasserstrahl rieben sie aneinander und mittlerweile spürte ich sie kaum noch.

Der Refrain von *Thousand Foot Krutchs The end is where we begin* hallte bis in den Toilettenraum, als die Blondine auf ihren High Heels hinausstakste.

Ich zwang mich, den Wasserhahn zuzudrehen, und zog ein paar Papiertücher aus dem Spender, um meine Hände zu trocknen. Als die Schwingtür das nächste Mal aufschwang, war es keine Fremde, die eintrat, sondern Zara. Sie trug das grüne, sehr taillierte Sommerkleid von heute Morgen und ihr Haar hatte sie bis auf einzelne Strähnen locker im Nacken zurückgebunden. Mit einem Lächeln auf dem Gesicht kam sie auf mich zu, sah auf meine Hände und zog kurzerhand die zerknüllten Papiertücher aus meinen Fingern. Mit einem gezielten Wurf landeten sie im Mülleimer neben mir.

»Perfektes Timing. Jake ist gerade mit den Drinks an den Tisch gekommen.« Sie griff meine Hand und zog mich hinter sich her durch die Toilettentür ins Innere des Clubs zurück. Ich stolperte mit, an der Tanzfläche und unzähligen Menschen vorbei, deren Gesichter ich in dem dämmrigen Licht nicht ausmachen konnte.

Im nächsten Moment landete ich auf einem Stuhl.

»Da wären wir«, verkündete sie über die Musik hinweg und griff zwei Drinks von einem Tablett. Sie drückte mir einen in die Hand und ließ sich mit ihrem auf dem freien Stuhl zwischen Keaton, Jake und mir nieder.

Ich betrachtete das schmale Glas in meinen Fingern, das mit einer durchsichtigen Flüssigkeit gefüllt war. In der Vergangenheit hatte ich es vermieden, harte Sachen zu trinken, weil der Gedanke, betrunken zu sein, viel zu beängstigend war. Doch heute war das anders. Deshalb setzte ich das Glas an die Lippen und kippte den Inhalt herunter. Der Alkohol brannte meine Kehle hinab, doch das Brennen war nichts im Vergleich zu dem Schmerz, der in mir wütete.

Trevor von Tami zu erzählen hatte die quälenden Fragen zurückgebracht. Die Erinnerungen und die Rätsel um ihren Tod in mir zu verschließen, mit dickem Klebeband zu umwickeln und sie nicht anzusehen war so viel einfacher gewesen, als darüber zu sprechen. Denn zu reden brachte die Fragen zurück, auf die ich keine Antworten fand. Und mit den unbeantworteten Fragen kamen die Bilder. Bilder, die bedeuteten, dass sie nie zurückkommen würde. Dass sie fort war. Für immer.

»Willst du noch einen?« Jake deutete auf das Tablett und ich nickte, ohne ihn anzusehen. Seine Fürsorge brachte mich durcheinander. Er brachte mich durcheinander. Ich verstand nicht genau, warum ich ihn kümmerte. Erst war er mir nachgerannt, dann hatte er mich in mein Motel, ja sogar bis in mein Zimmer gebracht. Am nächsten Morgen war er mit Kaffee aufgetaucht, hatte mich bekocht und nebenbei seine Freunde dazu gebracht, mir zu helfen. Und dann hatte er mich getröstet, als wäre es das Normalste der Welt, eine Fremde in den Arm zu nehmen. Denn genau genommen waren wir genau das: Fremde, die nur zufällig aufeinandergetroffen waren. Und doch hatte Jake in den letzten Stunden weit mehr für mich getan als jeder, den ich kannte. Es war das erste Mal seit langer Zeit, dass ich in den Arm genommen worden war, und vielleicht war seine Fürsorge der Grund, warum ich jetzt hier war, zugestimmt hatte, mit Keaton, Zara und ihm ins *Pacific Tragedy* zu gehen anstatt zurück in mein Motelzimmer. Denn die Wahrheit war, dass ich nicht alleine sein wollte. Ich hatte Angst. Angst davor, der Versuchung nachzugeben. Jetzt, wo ich Tamis Wunsch erfüllt hatte, wäre es so leicht aufzugeben. Mich Stück für Stück aufzulösen, bis nichts mehr von mir übrig war.

Jakes Blick ruhte auf mir, während ich erst den zweiten und dann noch einen dritten Drink herunterkippte. Je mehr ich davon trank, umso weniger störte mich das Brennen. Im Gegenteil, ich genoss, wie der Alkoholnebel sich behutsam an den Schmerz schmiegte. Wie er ihn einhüllte, die Kanten glättete.

»Willst du tanzen?«, fragte Zara und ich nickte, weil zu tanzen so viel besser klang als zu grübeln oder zu weinen oder zusammenzubrechen. Gemeinsam schoben wir uns durch die Menge bis auf die Tanzfläche. Eine Weile gab es nichts anderes als sie, mich und die Musik. Ich bewegte meinen Körper, und als der Alkohol seine volle Wirkung entfaltete, verblassten die Erinnerungen. Der Schmerz verschwand, die Traurigkeit, einfach alles.

Erst im Morgengrauen verließen wir das *Pacific Tragedy*. Die Sonne kämpfte sich zwischen Hochhausbauten empor und tauchte alles in ein orangerotes Licht.

Ich kicherte unentwegt, während Jakes Hände fest um meine Taille lagen. Es fiel mir schwer, auch nur einen einzigen geraden Schritt zu machen, deshalb stützte er mich. Ich schmiegte mich an ihn, wohl wissend, dass es mir unangenehm sein sollte, doch ich genoss seine Hände um meinen Körper viel zu sehr. Sie hatten etwas Tröstendes.

»Ich habe Hunger«, nuschelte ich und drückte mich fester gegen Jake. Er roch gut.

Wieso konnte er nach einer Nacht im Club nur so gut riechen?

Ein paar Minuten später saßen wir in einer Sitznische des *Magaret's*. Einem Non-Stop-Diner, das laut Keaton die besten Shakes und Burger hatte, die dieser Teil von Savanna Springs zu bieten hatte.

Mehrere Tabletts voller Essen stapelten sich auf unserem Tisch. Burger mit Pommes, gebratener Bacon, Rührei mit Speck, mexikanische Teigtaschen und Brownies. Keaton schaufelte alles durcheinander auf einen Teller. Zara schlürfte an einem Frozen Yoghurt und tunkte Pommes in jede Menge Mayonnaise.

Ich verschlang einen Cheeseburger, aß fettige Fritten und trank einen übersüßen Vanilla Latte.

Keaton und Zara unterhielten sich, während ich die Ruhe genoss, die dank des Alkohols meinen Kopf ausfüllte. Alles in mir war still. Die Musik aus dem Club rauschte noch immer durch meinen Körper, und als ich die Augen schloss, stellte ich mir vor, jemand anderes zu sein. Irgendjemand, nur nicht Ashley Stone aus Chicago, deren Leben aus nicht viel mehr als Chaos und Schmerz bestand. Doch das funktionierte nur so lange, bis Zara mich mit einer Frage zurück in die unliebsame Realität holte.

»Was hast du jetzt eigentlich vor?«, fragte sie. »Willst du nach Chicago zurück?«

Ich schlug die Augen auf und blinzelte. Die Frage drehte mehrere Runden in meinem vernebelten Kopf, bis ich schließlich die Schultern zuckte. Es war nicht so, als hätte ich groß darüber nachgedacht, bevor ich mein letztes Geld genommen, die Mappe gestohlen und nach Kalifornien aufgebrochen war.

»Wenn ich nach Hause fahre, werden meine Eltern mich zwingen, aufs College zu gehen, und da will ich nicht hin.« Aufs College zu gehen war das Letzte, was ich wollte. Ich konnte es nicht. Nicht ohne Tami. Nicht nach allem, was passiert war.

»Also bleibst du in Savanna Springs?«, bohrte sie nach.

»Keine Ahnung …« Ich grabbelte nach einer Fritte auf dem Teller in der Mitte, tunkte sie in Ketchup und stopfte sie mir in den Mund. »Ich hab nicht mal genug Geld, um das Zimmer länger als zwei Wochen zu bezahlen.« Ich tunkte eine weitere Fritte in den Ketchup, hob sie an meinen Mund und starrte auf den Ketchup, der an der Seite heruntertropfte. »Eigentlich stimmt das gar nicht. Ich habe …« Ich ließ das Pommesstäbchen auf den Teller sinken und versuchte zu zählen. »… vierhundertfünfzig Dollar und zweiunddreißig Cent. Das heißt, es reicht für zwölf Tage, wenn ich aufhöre zu essen.« Zufrieden darüber, dass ich das trotz meines betrunkenen Zustandes ausgerechnet hatte, sank ich in meinem Stuhl zurück und nickte. Ja, das Busticket hatte den Großteil meines Ersparten verschlungen. Der Rest war für das schäbige Zimmer, Essen und die Fahrt zu Cliff Gossows Adresse draufgegangen.

Jake, der neben mir saß, ließ seinen Burger sinken und sah mich an. Sauce klebte an seinem Kinn und ich streckte die Hand aus, um sie mit dem Daumen wegzuwischen.

»So schlimm ist es nicht. Ich habe ein Sparkonto, da ist auch noch Geld drauf. Aber –« Ich runzelte die Stirn. Das Geld auf dem Sparkonto war fürs College. Ich hatte es gespart, um mir ein altes Auto zu kaufen und die erste Zeit auf dem College ohne Job überbrücken zu können. »– ich schätze, das ist keine gute Idee.«

Um an das Geld zu kommen, müsste ich meine Eltern bitten, mir die Karte zu schicken. Wozu ich ihnen sagen müsste, wo ich abgeblieben war. Was bedeuten würde, dass sie kommen und mich nach Hause holen würden. »Nein, das ist absolut gar keine gute Idee.« Ich schüttelte den Kopf so heftig, dass sich alles drehte. Fluchend presste ich die Handflächen gegen meinen Kopf.

Mein Brustkorb zog sich zusammen. Der Gedanke, ohne Tami aufs College zu gehen, machte mir Angst. Der Gedanke, unser Haus noch einmal zu betreten, ausgerechnet den Ort, an dem sie gestorben war, ließ mich aufschluchzen.

Ich konnte das nicht.

Plötzlich spürte ich eine Hand auf meinem Knie. »Du kannst fürs Erste das leere Zimmer in meinem Apartment haben«, erklärte Jake. »Dann sparst du dir das Geld für das Motelzimmer und wir überlegen zusammen, wie es weitergeht.«

»Gute Idee«, stimmte Keaton zu. Mit seiner Hand pulte er Schokostückchen aus einem Brownie und stopfte sie in den Mund. »Das Zimmer ist sowieso leer. Du zahlst keine Miete und kannst in Ruhe nach einem Job suchen, um an Kohle zu kommen.«

»Und wir könnten uns besser kennenlernen«, warf jetzt Zara ein und überreichte mir eine Serviette, mit der ich mir die Nase putzte.

»Ich weiß nicht ...«, sagte ich. »Seid ihr sicher, dass Trevor das so gut findet, wenn ich mich noch weiter in euer Leben dränge?«. Er hatte mir unmissverständlich klargemacht, dass er mich nicht ausstehen konnte, und meine Informationen über Tami dürften daran nicht wahnsinnig viel geändert hatten. Immerhin war er nicht mehr im Wohnzimmer gewesen, als ich zurückgekommen war.

»Also erstens drängst du dich nicht in unser Leben.« Zara sah mich an. »Und zweitens kriegt der sich wieder ein. Und dann wird er froh sein, dass du noch hier bist, glaub mir.«

Ich ließ die Vorteile und Nachteile durch meinen benebelten Kopf wandern. Es war schwer, eine Entscheidung zu treffen, denn im Moment war ich betrunken und verzweifelt und das ließ Jakes Vorschlag nahezu perfekt wirken. Sein Apartment war groß und schön, das genaue Gegenteil des schäbigen Zimmers, das ich im Motel bewohnte. Außerdem war er nett und freundlich und ich ertrug den Gedanken nicht, alleine zu sein. Und trotzdem …

»Unter einer Bedingung«, sagte ich und sah zwischen den Dreien hin und her. »Wenn Trevor dagegen ist, schmeißt ihr mich raus.«

JAKE

Der Stapel auf dem Schreibtisch wuchs. Zehn Mappen. Fünfzehn. Zwanzig. Ich heftete ein neues Blatt in eine weitere graue Mappe, dann hielt ich in meiner Arbeit inne. Ich hob den Blick von den ausgedruckten Exposés und sah stattdessen zum Fenster hinaus.

Die Immobilienfirma, für die ich arbeitete – *C.G. Real Estates* – lag im zwanzigsten Stock des zweithöchsten Gebäudes von Savanna Springs, doch der magische Ausblick auf die Skyline war jedoch so ziemlich das Einzige, was gut an diesem Job war – abgesehen von der Bezahlung und den Chancen, die mir damit offenstanden.

Zwischen all dem Stahl und dem Grau erhob sich links von mir der Ozean. Ich sah in den wolkenlosen blauen Himmel und wünschte mir nicht zum ersten Mal am heutigen Tag, die Fenster aufzureißen und den Wind auf meiner Haut zu spüren.

Ich nestelte an der Krawatte um meinen Hals

und richtete meine Konzentration stattdessen erneut auf die Mappen, die ich fertigstellen musste. Exposés von Luxusapartments. Eine Stadtvilla im Barockstil und Baupläne für Häuser, die noch gebaut werden sollten.

Ich beugte mich gerade über die fünfte Mappe, als die Bürotür links von mir aufging und Cliff Gossow in seinem teuren Armani-Anzug und den polierten Lederschuhen eintrat und mich zu sich winkte. »Jake, komm doch bitte kurz in mein Büro.«

Ich legte die Mappe auf den Stapel, den ich auf meinem Schreibtisch angehäuft hatte, und stand auf, um meinem Onkel durch die angelehnte Bürotür zu folgen. Denn jemanden wie Cliff Gossow ließ man niemals warten.

»Hast du die Mappen fertiggestellt?«, fragte er, sobald ich die Glastür hinter mir zugezogen hatte.

»Fast, Sir.« Schon als Trevor und ich Kinder gewesen waren, hatte mein Onkel darauf bestanden, mit *Sir* angesprochen zu werden. Wir hatten uns daran gehalten – denn Cliff war ein angsteinflößender Mann. Doch während er die meisten Angestellten noch heute in Angst und Schrecken versetzen konnte, hatte er diesen Einfluss auf mich verloren. Denn jedes Mal, wenn ich ihn jetzt ansah, erinnerte ich mich an Familienfeiern, bei denen er über den Durst getrunken und sich wie ein Vollidiot aufgeführt hatte, und an das, was zwischen Trevor und ihm vorgefallen war. Wie eiskalt er seinem Sohn in den Rücken gefallen, ihm falsche Hoffnungen gemacht hatte. Wie er ihn angelogen hatte, wohlwissend, dass er ihn dadurch nur noch mehr verletzen würde.

»Gut.« Cliff faltete seine zerfurchten Hände auf dem mahagonifarbenen Schreibtisch. »Wie geht es meinem Sohn?«

Ich versuchte, mir nicht anmerken zu lassen, wie sehr mich seine Fragen anwiderten. In den letzten Monaten stellte er sie mir immer wieder und wie jedes Mal gab ich ihm dieselbe Antwort. »Es geht ihm gut«, sagte ich und fügte stumm hinzu: *So gut es einem eben gehen kann, wenn man erfährt, dass das bisherige Leben eine einzige Lüge war.* Es brachte nichts, Cliff diese Wahrheit an den Kopf zu knallen, er wollte sie nicht hören, nicht an seine Fehler oder an die Tatsache erinnert werden, dass er die Beziehung zu Trevor eigenhändig zerstört hatte.

»Wohnt er noch im Strandhaus?«

»Ja, Sir.«

Cliff löste seine Hände, griff in die oberste Schublade und hielt mir einen Umschlag entgegen. »Ich möchte, dass du ihm das von mir gibst.«

»Was ist das?«

»Etwas, das ihn zur Vernunft bringen wird.«

»Sir, ich denke nicht, dass –«

Cliff stoppte mich. »Deine Meinung dazu interessiert mich nicht, Jake. Mach die Mappen fertig und dann geh, um diese Sache zu erledigen.« Als ich mich nicht regte, lehnte er sich in seinem Stuhl zurück. »Oder gibt es ein Problem?«

Ich schüttelte den Kopf. »Nein, Sir. Kein Problem.«

»Gut, denn es wäre wirklich schade, wenn ich-mich in dir getäuscht hätte.« Cliff lächelte, doch sein Lächeln erreichte seine Augen nicht. »Dann wären wir hier fertig.«

Ich griff den Umschlag vom Schreibtisch, verabschiedete mich höflich und trat auf die Tür zu.

»Und Jake?«, erklang Cliffs dunkle Stimme hinter mir. »Ich erwarte, dass du dafür sorgst, dass er ihn öffnet.«

»Alles klar.« Meine Finger legten sich fester als notwendig um den grazilen Türgriff. Cliff benutzte mich, weil er wusste, dass ich auf diesen Job angewiesen war. Und das Schlimmste war, dass ich es zuließ, obwohl ich ihm sagen wollte, dass er sich zum Teufel scheren sollte.

Ich kümmerte mich um die letzten Mappen, ehe ich den Laptop herunterfuhr und Maria, unserer Sekretärin, die fertiggestellen Exposés überreichte.

Ich verstaute Cliffs Brief in der Hosentasche, verließ das Büro, stieg in den Fahrstuhl und atmete erst auf, als er sich ruckelnd in Bewegung setzte.

Im oberen Stockwerk sah ich mich um und vergewisserte mich, dass ich alleine war, ehe ich nach links ins Treppenhaus einbog. Ich betrat den kleinen Balkon und schlüpfte durch die angrenzende Tür in einen anderen Teil des Gebäudes, In einen Raum, der nicht mehr als zwei mickrige

Quadratmeter umfasste, aber mit einer Leiter ausgestattet war, die aufs Dach führte. Ein Lächeln stahl sich auf mein Gesicht, als ich die Stufen hinaufkletterte und einen Moment später das moosbewachsene Dach betrat.

Atmen.

Der Wind zerrte an meinen Haaren, als ich langsam an die Kante herantrat. Ich sog die unverbrauchte Luft in meine Lungen, hievte mich auf den fünf Zentimeter breiten Mauervorsprung und ließ meine Beine über den Rand baumeln.

Vierundzwanzig Stockwerke unter mir wirkte das pulsierende Leben Savanna Springs jedes Mal aufs Neue unbedeutend und unwichtig. Autos und Menschen auf den Straßen wurden zu nichts weiter als Punkten. Sie huschten wie Ameisen umher. Rastlos, ohne jegliche Pause.

Ich hob den Kopf, ließ den Wind durch mein Gesicht peitschen und krempelte die Hemdärmel hoch, um die Sonne direkt auf meiner Haut spüren zu können. Die Schwere, die den gesamten Tag auf meiner Brust gesessen und mir die Luft abgeschnürt hatte, löste sich Stück für Stück.

Hier oben erlaubte ich mir, was ich mir sonst nirgends erlaubte: das Gefühl von Freiheit auszukosten, nach dem ich mich mehr sehnte als nach irgendetwas sonst. Hier schmeckte ich sie auf der Zunge, spürte sie auf meiner Haut. Hunderte Meter über der Welt fühlte sich mein Herz weniger schwer und das Leben weniger mühsam an.

Ich drehte den Kopf, betrachtete den Ozean in

der Ferne und dachte daran, dass es eine Zeit gegeben hatte, in der sich meine Träume echt und erreichbar angefühlt hatten. Doch das war, bevor mein Leben in einen Abgrund gerutscht war, aus dem ich nicht zurückkehren konnte. Weil mein Leben in Ketten lag. Ketten, die ich mir selbst umgelegt hatte.

JAKE

Seit Trevors Flucht aus meinem Apartment waren vier Tage vergangen. Wir hatten uns seitdem weder gesehen noch wirklich gesprochen. Ich hatte ihn angerufen, aber nichts weiter als eine Nachricht erhalten, in der er mir mitteilte, dass er nicht mit mir reden wolle. Nicht über die Adoption, nicht über Ashley, nicht über die Sache mit seiner Schwester.

Ich wusste, dass er Zeit brauchte. Zeit, um das, was er erfahren hatte, zu verdauen. Zeit, um sich mit dem Gedanken anzufreunden, dass er eine Schwester gehabt und sie verloren hatte. Und genau deshalb hasste ich den Gedanken, ihm Cliffs Brief überreichen zu müssen. Auch ohne den zusätzlichen Druck seines Vaters gab es genug, womit Trevor zurechtkommen musste.

Als ich den Vorgarten betrat, stellte ich überrascht fest, dass die Überreste der letzten Party allesamt verschwunden waren. Keine Pappbecher, keine Zigarettenkippen, kein zerbrochenes Glas zierte den Platz vor dem Strandhaus.

Ich trat durch die unverschlossene Haustür. Auch im Inneren war es überraschend sauber und ordentlich. Sofas und Sessel standen an ihrem angedachten Platz, der Boden war gefegt und bis auf einige wenige geleerte Bierflaschen stand nichts herum.

»Trev?« Ich sah in der Küche, dem Badezimmer und auf der Terrasse nach, doch als Trevor nirgends zu finden war, machte ich mich auf den Weg nach oben.

Schon als ich die Treppe erreichte, hörte ich die Musik. Ich erklomm die Stufen und hämmerte an der Tür, aus der sie drang. Einen Moment später verklang die Musik und ausgerechnet Jackson erschien im Türrahmen.

»Widmann. Das nenn ich ja mal 'ne Überraschung.« Er entblößte eine Reihe makelloser, weißer Zähne. »Hast wohl Lust auf eine kleine Privatparty bekommen, was?«

Ich sah an ihm vorbei in den Raum. Die Vorhänge waren zugezogen, die Sofaecke voller Leute und auf dem Couchtisch thronte zwischen Flaschen ein Bong. Es roch nach Zigaretten, billigem Alkohol und jeder Menge *Marihuana*.

»Wo steckt Trev?«, fragte ich, denn zwischen den Fremden im Raum, die rauchten und tranken, konnte ich ihn nicht entdecken.

Jackson stieß sich vom Türrahmen ab, schlenderte auf das cremefarbene Sofa zu und rutschte neben eine Brünette, die ihm einen lüsternen Blick zuwarf.

»Der ist mit Mariellas magischen Lippen beschäftigt, wenn du verstehst, was ich meine.« Grinsend imitierte er mit Hand und Mund einen Blowjob.

»Wenn du wartest, kümmert sie sich bestimmt auch um dich. Du wirkst etwas steif, Kumpel.«

Seine rechte Hand verschwand im tiefsitzenden Ausschnitt der Brünetten. Ich wandte den Blick ab.

»Wir beide sind schon lange keine Kumpel mehr«, sagte ich. Unsere Verbindung hatte an genau dem Tag geendet, als er meine Freundin unter Drogen gesetzt und mit ihr rumgemacht hatte. »Sag Trev, ich warte unten auf ihn.«

Ich drehte mich um und bemühte mich, möglichst schnell nach dem Türgriff zu greifen, um seinen Anblick zu verdecken. Jackson widerte mich an. All das hier widerte mich an. Jackson, sein Gefolge, der Zustand des Zimmers und der Umstand, dass Trevor mit diesen Leuten abhing. Ich wollte in mein Apartment. Essen, abschalten und vergessen.

»Deine Maya besorgt's dir wohl nicht mehr ordentlich, was?« Bei der Erwähnung ihres Namens drehte ich mich um. Ich stürzte aufs Sofa zu, packte den Rand seines weißen Shirts und zerrte ihn auf die Beine. Ich wusste, dass er high war. Ich wusste, dass es ihm Spaß machte, mich zu provozieren, und dass es das Beste wäre, ihn einfach zu ignorieren. Aber er hatte Mayas Namen in seinen Mund genommen und sie damit beleidigt.

»Was? Ich hab nicht etwa recht?« Jackson legte einen Finger an seine Lippen und tat, als würde er überlegen. »Wenn ich mich recht erinnere, geht sie ganz schön ab, wenn –«

»Halt. Deine. Verfluchte. Fresse!«, knurrte ich und zwang mich, ihn loszulassen. Ich presste die Finger fest in meine Handflächen, um nichts zu tun, was ich später bereuen würde. Jackson war das nicht wert, erinnerte ich mich. Ich wusste das. Irgendwo in mir wusste ich das. Doch da war auch der andere Teil, der, der sich nach Gerechtigkeit sehnte und noch immer wütend auf den Freund war, der mich verraten hatte.

»Was machst du hier, Jake?«, erklang Trevors Stimme vom Flur.

»Dein Kumpel verträgt keine Kritik, Mann«, erklärte Jackson. »Hat mich einfach angegriffen.«

»Klappe, Jackson, dich hab ich nicht gefragt.« Er wandte sich mir zu. »Also?« An seinem Arm hing eine Blondine in einem billigen roten Kleid. Mariella, nahm ich an.

»Ich will mit dir reden.«

Ohne den Klammergriff der Blondine zu lösen, schob er sich in den Raum und griff nach der Bong, die mitten auf dem Couchtisch thronte. »Ist das so, ja?«

Ich wandte mich ab. Ich hasste es, ihm dabei zuzusehen, wie er rauchte. Es widerte mich an, wie er das Zeug benutzte, um vor dem Schmerz zu fliehen.

»Ja«, antwortete ich. »Lass uns unten reden. Alleine.«

Ohne seine Antwort abzuwarten, verließ ich den Raum und machte mich auf den Weg nach unten.

In der Küche schenkte ich mir ein Glas Wasser ein und massierte meine Schläfen, die mit einem Mal schmerzhaft pochten.

Trevor erschien kurz nach mir, schlenderte durch die Küche und zog die Kühlschranktür auf, um eine Bierflasche hervorzuholen.

»Also?« Mit einem Feuerzeug löste er den Kronkorken. »Was ist so wichtig, dass du es mir nicht am Telefon sagen kannst?«

»Seit wann muss ich anrufen, um mit dir zu sprechen?« Früher war ich ein willkommener Gast gewesen, nicht nur in seinem Haus, sondern in seinem Leben.

Mein Einwand fruchtete nicht, deshalb fischte ich Cliffs Umschlag aus meiner Hosentasche und hielt ihn Trevor entgegen. »Den hat er mir für dich gegeben.«

Die Bierflasche krachte auf die Marmorplatte, ehe er den Brief aus meiner Hand riss. Achtlos riss er den Briefumschlag auf. Mit versteinerter Miene huschten seine Augen über das aufgefaltete Papier, ehe er es zerknüllte und gegen die Wand pfefferte.

»Was will er von dir?«

Trevor griff die Bierflasche und setzte sie an seine Lippen.

Als er mir keine Antwort gab, bückte ich mich und entfaltete den Brief. Ungläubig starrte ich auf den Text. »Das ist nicht sein Ernst!«

»Und ob das sein Scheißernst ist.« Trevor entriss mir das Kaufangebot und beförderte es in den Mülleimer, ehe er wieder nach seiner Flasche griff. »Womit eindeutig bewiesen wäre, wie wenig ihm Mom wirklich bedeutet hat. Oder ich.« Er prostete mir zu. »Auf meinen Dad und seine Ideen.«

Cliff Gossow versuchte nicht etwa, sich dafür zu entschuldigen, dass er Trevor sein Leben lang belogen hatte, oder dafür, dass er ihm Hoffnung gemacht hatte, er könnte seine Mom retten, als sie im Sterben lag. Nein. Stattdessen schickte er teure Geldgeschenke, stockte regelmäßig seinen College-Fonds auf oder schenkte ihm eine Asien-Rundreise, um Trevor an die Vorteile seiner Rolle zu erinnern. Daran, dass er trotz allem sein Vater war. Aber ihm ein Kaufangebot für die Strandvilla zu überreichen mit dem Hinweis, ihm die Last der Erinnerungen abnehmen zu wollen, die daran hingen, damit er endlich nach vorne sah und sich wieder wie sein Sohn verhielt: Das war geschmacklos. Trevor liebte dieses Haus. Die Erinnerungen an meine Tante steckten überall: In den liebevollen Details, den Möbeln, ja, selbst in den Tassen und Tellern in den Schränken.

»Ich werde ihm sagen, dass du ihm das Haus

nicht verkaufst, dann ist das vom Tisch.« Zumindest vorläufig. So wie ich Cliff kannte, würde er weitere Möglichkeiten ausloten, um Trevor wahlweise zu kaufen oder in die Enge zu treiben. Ich wünschte, er würde verstehen, dass er ihn auf diese Weise nur noch weiter von sich stieß, anstatt ihn zurückzugewinnen. Wenn er sich entschuldigen würde, sich erklären – dann hätte er vielleicht eine Chance. Aber nicht auf die Weise.

»Tut mir leid. Wegen Jackson. Das war daneben.« Trevor begann, den Hals der Bierflasche zwischen zwei Fingern zu drehen.

»Du kannst nichts dafür, dass er ein Arschloch ist.«

»Nein, aber dafür, dass er überhaupt hier ist. Ich weiß, dass euch das nicht in den Kram passt.« Er sah mich an. »Sag mir beim nächsten Mal Bescheid, dann komm ich bei dir vorbei. Es ist einfach keine gute Idee, wenn ihr alleine aufeinandertrefft. Nicht, wenn er high ist.«

»Du weißt aber schon, das Ash bei mir wohnt?« Ich hatte Trevor eine Nachricht mit der Info über ihren Einzug geschickt, war jedoch nicht sicher, ob er sich daran überhaupt erinnerte.

»Ist mir nicht entgangen«, murmelte er.

Gelächter, gefolgt von einem Poltern erklang von der Treppe.

Ein paar Sekunden später tauchten zwei Typen und eine Frau in der Küche auf. Ein Mexikaner und ein braungebrannter Sunnyboy, im Arm die Brünette, die oben neben Jackson gesessen hatte. Im Laufen hob der Mexikaner die Hand. »Wir sind dann weg, Alter. Bis zum nächsten Mal.«

Ich stellte mich in den Türrahmen und sah ihnen nach. Gemeinsam schwankten sie über den Flur, wichen dabei der Vase vor dem Spiegel und der Garderobe aus.

Die Brünette stakste auf ihren Pumps, kurz davor, das Gleichgewicht zu verlieren.

»Jake?« Trevor, der jetzt neben mir stand, sah mich fragend an. »Geht es Ash gut?«

Seine Frage überraschte mich nicht, ich hatte damit gerechnet, dass er irgendwann nach ihr fragen würde. Denn das, was Ashley erzählt hatte – von Tami, von sich selbst, das konnte ihn gar nicht kalt lassen, auch wenn er aller Welt weismachen wollte, dass es ihn nicht interessierte.

»Nein.« Ash überspielte ihre wahre Verfassung, aber ich merkte, dass es ihr alles andere als gut ging. »Sie reißt sich zusammen und versucht es so aussehen zu lassen, als wäre alles gut, aber ihre Freundin ist gestorben, Trev. Du weißt selbst, dass man so was nicht einfach wegsteckt.«

»Klar.« Er nickte unmerklich und setzte sich in Bewegung. »Ich werde mal sehen, was Jackson treibt.«

»Trev …«

»Du solltest jetzt gehen«, erklärte er, ehe er mich alleine in der Küche zurückließ.

ASHLEY

Tamis Haar tanzte im Wind. Sie drehte sich auf der Wiese hinter dem Haus und ihr Lachen hallte bis zum offenen Küchenfenster, in dem ich saß und ihr zusah.

»Ash ...« Sie tänzelte auf mich zu. »Komm zu mir. Los. Los.«

Ich kletterte über den Fenstersims, plumpste ins Gras und lief ihr entgegen.

Unsere Hände fanden sich.

Wir wirbelten im Kreis. Schnell. Immer schneller.

Atemlos purzelten wir schließlich ins Gras, den Blick in den wolkenverhangenen Himmel gerichtet.

»Du bist der wichtigste Mensch in meinem Leben, Ash. Vergiss das nie.«

»Werde ich nicht«, versprach ich.

Ich spürte ihre Finger in meinen, doch schon im nächsten Moment verschwanden sie und alles war dunkel.

Eine Tür knarrte.

Nackte Füße tapsten über den Dielenboden meines

Zimmers. Das Bett sackte ein, als sie zu mir kroch und sich an mich schmiegte. Ihr feuchtes Haar kitzelte an meiner Schulter.

»Hattest du wieder einen Alptraum?«, fragte ich schlaftrunken, doch sie antwortete mir nicht.

Stumm zog sie die Decke über unsere Körper und ich fiel zurück in den Schlaf, ihren Körper dicht an meinem, ihren Atem in meinem Haar.

»Alles ok?«

Ich lockerte den Klammergriff um die Decke, die ich über meinen Kopf gezogen hatte, und ließ sie gerade weit genug sinken, um Jake über den Rand ansehen zu können. Er stand neben dem Sofa mit nichts mehr als einem blauen Handtuch bekleidet, das er um seine Hüften geschlungen hatte. Wasser tropfte aus seinem Haar und auch seine Haut war noch feucht vom Duschen.

»Ich habe nur ... geträumt.«

Jake nahm auf der Kante des Sofas Platz. »Von Tami?«

Ich nickte, ließ die Decke sinken und presste die Hände stattdessen auf die Augen, um die Bilder zu vertreiben. »Seit ihrem Tod träume ich ständig von ihr. Manchmal davon, wie ich sie finde ... von dem Seil um ihren Hals oder den Schnitten an ihren Handgelenken und manchmal ...bloß von Dingen, die wir erlebt haben. Von den schönen Momenten. Von ihrem Lachen oder ihrer Musik. Dann sehe ich sie vor mir, genau so, wie sie war.«

In den Nächten, in denen ich von ihr träumte, war das Aufwachen am schlimmsten, weil es sich anfühlte, als hätte ich sie gerade noch einmal verloren. Als wäre die Welt ein weiteres Mal stehengeblieben.

Vielleicht war das Grausamste daran, dass ich sie nicht festhalten konnte. Dass sie jedes Mal wieder verschwand.

Ich drehte meinen Kopf, durch die Fenster war nur noch Dunkelheit zu erkennen. Es war offenbar bereits später Abend und ich konnte mich weder daran erinnern, wie ich den Tag verbracht hatte, noch hatte ich Jakes Rückkehr bemerkt. Mein Kopf war wie leergefegt, nachdem ich den Tag in einer Art Starre auf dem Sofa verbracht hatte. Mein Blick fiel auf den Teller belegter Brote vor mir auf dem Tisch. Heute Morgen, bevor er aufgebrochen war, hatte Jake sie mir gemacht, und obwohl ich mir fest vorgenommen hatte, wenigstens eins davon zu essen, hatte ich es nicht getan. Sie waren komplett unangetastet.

Stöhnend presste ich die Hände erneut vor mein Gesicht.

»Als Kind habe ich auch manchmal geträumt«, erzählte er, als ich die Wärme seiner Hand in meinem Nacken spürte. In bedächtigen Kreisen streichelte er über meinen Rücken, während er weitersprach. »In einem dieser Träume musste ich vor einer Horde Clowns weglaufen und habe dabei Trev und Keaton verloren. Ich weiß noch genau, dass ich ins Endlose gefallen, aber nie aufgekommen bin. Das war ziemlich schräg. Aber als ich aufgewacht bin, wusste ich, dass sie noch da sind und wir uns später in der Schule sehen werden.« Ich löste die Hände von meinem Gesicht, sah ihn an. Sein mitfühlender, warmer Blick ruhte auf mir.

»Ich kann mir nicht mal annähernd vorstellen, wie es sich anfühlen muss, sie wirklich zu verlieren.«

Aber ich wusste es.

»Es fühlt sich wie Sterben an«, flüsterte ich. »Als wäre ich mit ihr gestorben und trotzdem noch am Leben.«

Zum ersten Mal hatte ich es laut ausgesprochen. Selbst während des Klinikaufenthalts hatte mich niemand dazu bringen können, darüber zu sprechen, wie ich mich fühlte oder was Tamis Tod mit meinem Leben anstellte. Ich hatte niemandem anvertraut, dass mit ihr auch etwas in mir gestorben war. Dass ich mich irgendwo zwischen dem Augenblick, in dem ich die Tür zu ihrem Zimmer öffnete, und dem Moment, in dem ich versuchte, das Seil von ihrem Hals zu lösen, selbst verloren hatte. Dass ich mit ihr verschwunden war und nicht wusste, wie ich mich wiederfinden sollte.

»Ash …« Jakes Hand auf meinem Rücken hielt in ihrer Bewegung inne. Er schluckte.

»Also kennt ihr euch schon immer?«, wechselte ich das Thema, weil ich nicht mehr über Tami oder meine Gefühle sprechen wollte. »Trevor, Keaton und du, meine ich?«

»Ja und nein ...« Kurz wirkte er irritiert, fing sich jedoch gleich wieder und antwortete auf meine Frage. »Trev und ich sind zusammen aufgewachsen. Cliff, also sein Adoptivvater, ist mein Onkel und seine Schwester, also meine Mom, und seine Frau, waren gute Freundinnen. Wir haben uns fast jeden Tag gesehen. Aber Keat, den haben wir auf einem Spielplatz in unserem Viertel kennengelernt.« Er lehnte sich zurück, ließ die Hand jedoch weiter über meinen Rücken wandern. »Er stand auf diesem hohen Spielturm und hat uns zugerufen, dass er schneller und stärker sei als alle anderen. Trev hat das ziemlich provoziert, also haben sie eine Wette abgeschlossen. Keat hat gewonnen und Trev musste ihm sechs Schokoriegel kaufen, seitdem sind wir Freunde.« Lachend schüttelte er den Kopf. »Du ahnst nicht, wie viel Unsinn wir seitdem zusammen angestellt haben.«

Er begann, mir Anekdoten ihrer gemeinsamen Kindheit zu erzählen, und ein wohliges Gefühl breitete sich in mir aus. Jake zuzuhören, zu erfahren, wie nah sie sich seit diesem Tag standen, ließ mich spüren, wie wichtig sie einander waren. Im Gegensatz zu Jake hatte ich als Kind kaum Freunde gehabt. Bis Tami in mein Leben getreten war, hatten meine Freundschaften eher aus oberflächlichen Begegnungen als aus einer tiefen Verbundenheit bestanden. Doch bei Jake, Trevor und Keaton war das schon damals anders gewesen.

Jake fuhr sich mit der Hand über die Augen. »Ich glaube, jetzt brauche ich dringend einen Kaffee.«

Er stand auf, schob sich am Couchtisch vorbei und ging auf die offene Küchenzeile zu. Dass er nichts weiter als ein Handtuch um seine Hüften trug, schien ihn nicht im Geringsten zu stören.

Vor dem Kaffeevollautomaten blieb er stehen und drehte sich zu mir um. »Magst du auch?«

Mein Blick fiel auf seinen flachen Bauch, auf den schmalen Pfad aus dunklen Haaren, der von seinem Nabel abwärts verlief und in den Tiefen seines Handtuchs verschwand.

»Ash?« Ich zwang mich, meine Augen zurück auf Jakes Gesicht zu lenken weg von dem Handtuch um seine Hüften. »Latte Macchiato oder Milchkaffee?«

»Latte Macchiato.« Ich konzentrierte mich auf die Musterung der Sofakante, um nicht in Versuchung zu geraten, Jakes halbnackten Körper weiter zu begutachten. »Und Zara?«, fragte ich. »Wie lange sind Keat und sie zusammen?«

»Oh, Keat und sie sind kein Paar, nur Freunde«, erklärte er. »Als sie sich kennengelernt haben, konnten sie sich nicht ausstehen. Er hielt sie für eine Tussi. Sie dachte, er wäre ein Volltrottel. Frag mich nicht, wie genau es passiert ist, aber nachdem sie im Geographiekurs zusammenarbeiten mussten, waren sie plötzlich unzertrennlich.«

Mit zwei hohen Gläsern kam Jake zurück, stellte den Latte Macchiato vor mir ab und setzte sich wieder aufs Sofa. Direkt neben mich.

»Die meisten Leute halten die beiden für ein Paar, aber das liegt einfach daran, dass sie so vertraut miteinander umgehen.«

Ich nahm einen Schluck und seufzte leise auf.

Kaffee war genau das Richtige. Er half, die letzten Überreste des Alptraums abzuschütteln und meinen leeren Magen zu füllen.

Über den Rand meines Glases linste ich zu Jake, starrte auf die feine Maserung aus Muskeln, die sich auf seinen Oberarmen abzeichneten, und verharrte bei den tätowierten Buchstaben, die seine Haut zierten.

»Was bedeutet das?«, fragte ich und streckte meine Hand aus, um über die grazil geschwungene Schrift zu streichen. Seine Haut war warm und fühlte sich zugleich weich und rau an. *Wow*.

Er folgte meiner Hand. »Das?«, fragte er und tastete nach der Tätowierung, auf der meine Finger noch immer ruhten. »Es ist eine Zeile aus einem Song«, erklärte er und begann, die Melodie zu summen.

»Eine Zeile aus *Outside*«, flüsterte ich. Ich kannte diesen Song. Ich kannte ihn besser als jeden anderen, weil er beschrieb, wie ich mich gefühlt hatte, bevor Tami in mein Leben trat. Er repräsentierte einen Teil meines Lebens.

Unsere Blicke trafen sich, während seine Finger gegen meine stießen und einen Stromschlag durch meinen Körper jagten. »*Staind* war meine Lieblingsband«, plapperte ich. »Sehr lange sogar. Ich liebe alle Alben. Besonders *Break the Cyrcle*. Ihre Musik, die ist einfach der Wahnsinn.«

Er lächelte und automatisch bogen sich auch meine Mundwinkel nach oben. Jakes Finger, das Lächeln auf seinem Gesicht, der Spruch auf seiner Haut – es ließ mich eine Verbundenheit fühlen, die ich seit Wochen nicht mehr empfunden hatte.

»Willst du wissen, warum ich ihn mir tätowiert habe?«, fragte Jake, der seine ozeanblauen Augen auf mich gerichtet hatte.

»Warum?«

»Er soll mich daran erinnern, dass es immer Platz für die Zukunft gibt, ganz gleich, wie düster das Jetzt aussieht.«

Jakes Daumen fuhr in sanften Kreisen über meinen Handrücken. Dann, als sein Blick von meinem Gesicht auf unsere Hände fiel, ließ er so plötzlich los, als hätte er sich verbrannt.

»Ich sollte mich wohl besser anziehen«, murmelte er, rutschte vom Sofa und lief in Richtung seines Zimmers. An der Tür blieb er stehen. »Ich zieh mir was an, telefoniere kurz und danach mache ich uns was zu essen. Überleg dir einfach, worauf du Lust hast.«

Als sich die Tür hinter ihm schloss, presste ich meine zitternden Hände gegen meine Oberschenkel. Mein ganzer Körper kribbelte, während Melodie und Text von *Outside* durch meinen Kopf rauschten. Dieser Song beschrieb genau, wie ich mich all die Jahre gefühlt hatte und wie ich mich auch jetzt wieder fühlte.

Abseits.

Irgendwo anders, aber nicht in mir.

Dass Jake ausgerechnet diese Textzeile auf seiner Haut verewigt hatte, war ... verrückt. Das, was die Berührung seiner Finger in mir auslöste, war verrückt. Ich hatte mich seit Wochen nicht mehr gespürt, doch gerade tat ich es. Ich fühlte mich. Mich, nicht die Taubheit oder den Schmerz, der alles überlagerte.

JAKE

»Stör ich dich gerade?«, fragte ich und klemmte das Handy zwischen Ohr und Schulterblatt, um den Knopf meiner Jeans zu schließen. Als ich den Kopf hob, streifte mein Blick den Spiegel und fiel auf die Tätowierung, die meine linke Brust zierte. Alle glaubten, die Buchstaben repräsentierten nichts weiter als eine beliebige Zeile aus einem meiner Lieblingssongs. Doch er war mehr als das. Viel mehr.

»Quatsch«, drang Mayas Stimme durch den Hörer. »Ich brauche sowieso eine kleine Pause. Die Hausarbeit raubt mir den letzten Nerv.« Sie seufzte. »Ich hätte nie gedacht, dass wir sofort nach den Sommerkursen mit Hausarbeiten und Ausarbeitungen überschüttet werden würden.«

Ich trat näher an den Spiegel heran. Strich über den Spruch, der mir jeden Tag aufs Neue zeigen sollte, dass es weiterging, der mir vor Augen führte, dass es ein Morgen geben würde, auch wenn es sich mitunter nicht so anfühlte.

Mein Herzschlag beschleunigte, als ich das Bild von Ashleys warmen Fingerspitzen heraufbeschwor. Wie andächtig sie über die filigrane Schrift gestrichen hatte. Fast so, als würde etwas Heiliges in der Tätowierung ruhen.

»Naja, ich schaff das schon.« Maya seufzte erneut und ich zwang mich, die Erinnerung fortzuschieben und mich stattdessen auf das Gespräch zu konzentrieren. »Es ist eine superkomplexe Aufgabenstellung und ich weiß nicht, wie ich dem Thema gerecht werden kann, aber morgen treff ich mich mit Rachel und wir gehen es zusammen durch.« Rachel war ihre Kommilitonin. Die beiden verbrachten viel Zeit miteinander, halfen sich gegenseitig und waren in diesem Sommer enge Freundinnen geworden. Bisher hatte ich sie erst dreimal getroffen, doch sie war nett. Ich mochte sie.

Das Rascheln am anderen Ende der Leitung verriet mir, dass Maya die Unterlagen am Schreibtisch zusammengeklappt hatte und aufgestanden war. Ich konnte sie vor mir sehen, wie sie vom Wohnzimmer ins Schlafzimmer laufen und sich auf die Kante des Bettes setzen würde, nur um einen Augenblick später nach hinten auf die Matratze zu sinken. Am Anfang des Sommers, kurz nachdem sie aus Savanna Springs weggezogen war, hatte sie mir bei jedem Telefonat erzählt, was sie tat. Damit ich sie mir vorstellen konnte und wir uns einander näher fühlten, als wir es tatsächlich waren.

Ich schloss die Augen, stellte sie mir vor: ihr kinnlanges rötliches Haar, das sich fächerförmig auf dem riesigen Bett ausbreitete, ihre geschlossen Augen, die vollen Lippen, die nur leicht geöffnet waren, die Finger, die auf ihrem Brustkorb ruhten, nur Millimeter von der Stelle entfernt, an der sich ihre Brustwarzen durch den dünnen Stoff des Shirts drückten, das sie trug. »Ich vermisse dich.«

»Ich vermisse dich auch, Jake«, sagte sie. »Aber am Wochenende sehen wir uns. Das sind bloß noch fünf Nächte, das schaffen wir.«

Fünf Nächte waren nichts gemessen an den zehn, die hinter mir lagen, oder zu den vierzehn, die folgen würden. Und doch waren sie zu viel im Vergleich zu den wenigen Nächten, die wir tatsächlich miteinander verbringen konnten. Uns alle zwei Wochen für ein Wochenende zu sehen war zu wenig. Es zehrte an uns, an unserer Beziehung, an mir. Es war ein elender, zermürbender Teufelskreis, aus dem es nur einen Ausweg gab. Nämlich den, mein Leben, mein Studium, meine Freunde zurückzulassen und zu ihr nach San Francisco zu ziehen. Ein Schritt, für den ich nicht bereit war. Noch nicht.

Während Maya von ihrem Tag, der Uni und allem, was in den letzten Tagen passiert war, erzählte, lehnte ich mich zurück und lauschte ihrer Stimme. Denn dem Klang ihrer Stimme zu horchen, gaukelte mir eine Weile vor, wir würden tatsächlich nebeneinander auf dem Bett liegen und reden, statt an zwei unterschiedlichen Orten zu leben. Ich war so in den Singsang ihrer Stimme versunken, dass erst ihre Frage mich aufschrecken ließ.

»Sag mal, ist alles okay bei dir? Du bist so still und irgendwie ... Ist etwas passiert?«

Ich dachte an die Woche, die vergangen war. An den Streit mit Trevor, die Party, Ashs Auftauchen und Jackson. Es war eine Menge passiert, seit wir uns das letzte Mal unterhalten hatten. Sieben Tage hatten wir nicht miteinander gesprochen, weil Maya nichts davon hielt, jeden Tag am Telefon die Wunden aufzureißen. Sie wollte sich auf ihr Studium und das Leben in San Francisco konzentrieren. Es fiel ihr leichter, wenn wir uns nicht ständig daran erinnerten, wie verkorkst das alles war.

»Ja.« Ich zögerte. Ich musste ihr von Ashley erzählen. Nicht nur davon, wer sie war und warum sie aufgetaucht war, sondern auch, dass sie im Moment bei mir wohnte. Es war eine Information, die wichtig war. Immerhin war Maya meine Freundin. Doch ich tat es nicht. Stattdessen sagte ich: »Ich habe mich heute mit Jackson angelegt.« Auf der anderen Seite wurde es still, also redete ich schnell weiter. »Er war high und es hat mich wütend gemacht, wie er über dich gesprochen hat. Ich hasse es einfach, wenn er über dich redet.«

»Das damals hatte nichts zu bedeuten, das weißt du doch«, sagte sie. »Dass ich mit ihm geschlafen habe, Jake, das war falsch, aber ich ...«

»Ich weiß ...« Ich wischte mir über die Stirn

und seufzte lautlos auf. Ich erinnerte mich nicht gerne daran zurück. An diesen Abend, unseren Streit, daran, dass ich mich wie ein Idiot verhalten und sie damit sozusagen direkt in seine Arme getrieben hatte.

»Baby, das weiß ich. Es ist okay, aber immer, wenn ich ihn sehe, ist er wie ein rotes Tuch.«

»Mir gefällt nicht, dass du überhaupt mit Trev zusammen bist, solange er mit diesen Idioten abhängt«, sagte Maya. »Versteh mich nicht falsch, aber ich will nicht, dass du in Schwierigkeiten gerätst. Das können wir in unserer Situation nicht auch noch gebrauchen.«

Sie hatte recht. Aber Trevor war nicht irgendwer. Er war mein bester Freund. Meine Familie. »Er wird sich bald fangen.«

»Ehrlich gesagt glaube ich das erst, wenn ich das mit eigenen Augen sehe. Vor einem Monat hast du mir dasselbe gesagt. Und – hat sich seitdem etwas verändert? Nein. Weißt du, ich glaube immer noch, dass er nur dann zur Besinnung kommt, wenn ihr nicht mehr versucht geradezubiegen, was er an die Wand fährt.«

Maya war überzeugt, Trevor würde aufwachen, wenn wir uns von ihm abwandten. Doch ich konnte das nicht. Ich konnte weder dabei zusehen, wie er sich selbst zerstörte, noch ihn damit alleine lassen.

»Jake, ich muss jetzt Schluss machen. Ich liebe dich.«

»Ich liebe dich auch. Bis bald«, verabschiedete

ich mich und lauschte einen Augenblick dem Tuten in der Leitung.

Gerade als ich das Handy zurück in die Hosentasche stopfen wollte, vibrierte es in meiner Hand.

MAYA: Ich freue mich auf Samstag.

Darunter ein Foto, auf dem sie mir einen Kussmund zuwarf. Mit dem Daumen strich ich über die glatte Oberfläche des Displays und verharrte einen kurzen Moment dort. Dann schoss ich ein Foto, tippte dieselben Worte und schickte beides an ihre Nummer.

Aus dem Schrank holte ich ein dunkles Muskelshirt, zog es über und verließ das Zimmer.

Ash saß noch immer an derselben Stelle auf der Couch. Ihre Arme hatte sie dicht an ihren Körper gepresst und starrte ins Leere. Der Teller auf dem Tisch war noch immer unangetastet.

Nein, ich hatte nicht gelogen, als ich Trevor vorhin gesagt hatte, dass es ihr alles andere als gut ging.

Sie aß kaum, schlief wenig, und wenn, dann auf dem Sofa vor dem Fernseher.

Neben dem Sofa blieb ich stehen und fragte: »Hast du dir überlegt, was wir kochen wollen? Oder soll ich irgendwas machen?«

Ash drehte den Kopf in meine Richtung und

begann, an den Fransen ihrer Jeans zu zupfen. »Eigentlich habe ich gar keinen Hunger.«

Mit dieser Antwort hatte ich gerechnet und beschloss, sie nicht zu akzeptieren. Nicht diesmal.

»Mitkommen.« Ich griff nach ihrer Hand, zog sie auf die Beine und lotste sie mit mir in die Küche. Ich öffnete den Kühlschrank und deutete auf die Lebensmittel darin. »Diese ganzen Sachen warten darauf, gegessen zu werden, und ich kann das unmöglich alleine schaffen, ohne mich zu überfressen und wie eine Kugel über den Boden zu rollen.« Ich ließ meine Stimme theatralisch und verzweifelt klingen und fasste mir dabei übertrieben an die Brust. »Du musst mir also helfen.«

Ihre Mundwinkel zuckten. »Okay«, sagte sie schließlich. »Und was machen wir?«

Ich linste zur Uhr an der Mikrowelle. Es war kurz vor Acht. Perfekt.

»Pizza«, erklärte ich und holte mein Handy hervor, um Keaton eine Nachricht zu schicken.

ICH: Lust auf einen spontanen Filmabend mit Pizza? Ash braucht Ablenkung.

»Ich mach den Teig –« Ich legte das Handy auf der Arbeitsfläche ab und griff an Ashley vorbei in den Kühlschrank, um die frische Hefe herauszuholen. »– du schneidest den Belag.«

Das Handy piepste.

KEAT: Zu deinem Essen sag ich doch nie Nein. Gib uns eine Stunde. Zara sitzt gerade noch an irgendwas für die Uni.

»Und wir sollten anfangen, denn Keat und Zara kommen zum Essen vorbei.« Ich tippte eine schnelle Antwort, dann wählten wir zusammen die Zutaten aus, die als Belag dienen sollten.

Ashley holte ein Messer aus der Schublade. Nach und nach türmten sich Tomaten, Zwiebeln, Peperoni, grüne Paprika und Oliven auf dem Brett, während ich den Teig knetete.

Als Keaton und Zara schließlich auftauchten, duftete das gesamte Apartment nach Paprika-Peperoni-Pizza und Oliven-Pizza.

Mit dem Essen und den Getränken machten wir es uns auf Sofa und Sessel bequem und starteten einen Film bei Netflix.

Während die Schärfe der Peperoni sich durch meine Mundschleimhaut arbeitete, fiel mein Blick immer wieder auf Ash. Mit angewinkelten Beinen lehnte sie an der Sofalehne, ein Stückchen Pizza in der einen Hand, das sie mit der anderen Hand stützte. Ihre Augen klebten nahezu an dem flackernden Bildschirm. Immer wieder zuckten ihre Mundwinkel, und als sie plötzlich auflachte und unsere Blicke sich trafen, schlug mein Herz für einen Augenblick schneller als sonst.

Ich musterte das blonde Haar, das ihr locker ins Gesicht fiel, die Stupsnase, die vollen Lippen. Ich ließ meinen Blick wandern, das Kinn hinab, über das rechte Schlüsselbein, das sich sanft unter ihrer Haut abzeichnete, bis hinab zu ihren Fingern. Finger, die es mit einer einzigen Berührung geschafft hatten, ein Kribbeln durch meinen gesamten Körper zu jagen, und damit mitten in mein Herz gelangt waren.

Eine Verbundenheit wie in diesem Moment hatte ich lange nicht mehr gespürt. Nicht mit einer so simplen Berührung. Nicht einmal bei Maya.

ASHLEY

Heißer Sand quetschte sich zwischen meine Zehen, als ich nacheinander beide Schuhe von meinen Füßen zerrte. Ich verstaute sie in meiner Tasche, hob den Iced Vanilla Latte von dem Stein, auf dem ich ihn abgestellt hatte, und sah aufs Meer hinaus. Ein einsamer Surfer trotzte den Wellen, die sich in einem stetigen Treiben am Ufer brachen.

»Es ist wunderschön, oder?«, fragte Zara, die neben mir an ihrem Milchshake schlürfte. »Ich liebe es hierherzukommen.«

Der Ausblick war nicht nur wunderschön, er war atemberaubend. Der Pazifik. Endloses Blau, soweit ich schaute. Es fühlte sich an, als stünde ich am Ende der Welt.

»Danke, dass du mich überredet hast mitzukommen.« Vor eineinhalb Stunden, als Zara im Apartment aufgetaucht war, hatte ich nicht sonderlich begeistert reagiert, als sie vorschlug, etwas zu unternehmen. Doch jetzt war ich froh, dass ich mitgekommen war. Es war eine schöne Abwechslung zu dem Dämmerzustand, in dem ich die letzten fünf Tage zwischen Couch und Fernseher verbracht hatte. »Es tut gut, draußen zu sein.«

»Das sollte es auch«, meinte sie und drehte sich im Laufen zu mir um. »Ich meine, du bist hier immerhin in Kalifornien, dem Staat mit dreihundert Sonnentagen im Jahr.«

In Chicago war der Sommer im September größtenteils vorbei. Wirklich heiße Tage waren rar und es würde nicht mehr lange dauern, bis die Bäume begannen sich zu verfärben. Aber hier war nichts davon zu sehen. Die Sonne brannte so heiß wie im Sommer, die Palmenblätter strahlten grün. Nichts deutete auf den bevorstehenden Herbst hin.

»Wie ist es hier im Winter?«, fragte ich, als wir das Wasser erreichten. Gischt umspülte meine Fußknöchel. »Kann man dann noch schwimmen?«

»Manche sagen ja, aber mir ist es dann zu kalt. Ich bin eine Frostbeule.«

»In Chicago liegt im Winter immer dicker Schnee. Das eine Jahr waren die Straßen so vereist, dass die Straßenbahn nicht mal mehr fahren konnte.«

Zara hob eine Muschel aus dem Sand. »Ich kann mir das gar nicht vorstellen. Alles unter zehn Grad fühlt sich für mich nach reiner Folter an.« Sie drehte die Muschel zwischen den Fingern. »Monatelange Minustemperaturen würden mich umbringen.«

Eine Weile schlenderten wir am Ufer entlang, ehe wir etwas abseits eine Decke ausbreiteten und uns setzten. Die Sonne brannte heiß vom Himmel herunter, während ich in Gedanken versunken mit meinen Zehen Muster in den Sand malte.

Neben mir kramte Zara in ihrer Handtasche.

»Ash?«, fragte sie und streckte mir eine Tube Sonnenschutzcreme entgegen. »Kannst du vielleicht meinen Rücken eincremen?«

»Klar.« Ich wartete, bis sie das Kleid abgelegt hatte und in ihrem schwarzen Bikini bäuchlings auf die Decke gerutscht war, dann griff ich nach der Tube. Ich gab etwas Creme auf meine Hand und verteilte sie großzügig auf ihrem braungebrannten Rücken.

»Du hast deinen Bikini gar nicht mit, oder?«

»Ehrlich gesagt besitze ich keinen mehr.«

Zara stemmte sich auf die Ellenbogen und sah mich mit weit aufgerissenen Augen an. »Wie bitte kannst du keinen Bikini besitzen?«

Ich zuckte mit den Schultern. »Er ist letztes Jahr kaputtgegangen.« Mit sanftem Druck brachte ich Zara dazu, sich wieder hinzulegen, und gab Sonnencreme auf ihren unteren Rücken. »Die Strände rund um den Michigansee sind mir meistens zu voll gewesen, deshalb waren wir nur ein paarmal im Jahr da, und weil ich Schwimmbäder nicht ausstehen kann, war es mir nicht so wichtig, mir einen neuen zu kaufen.« Ich verteilte den letzten Rest der Sonnencreme auf ihrer gebräunten Haut und bedeutete ihr, dass sie fertig sei.

»Wir werden dir einen Bikini kaufen müssen«, erklärte Zara, die eine Sonnenbrille aus ihrer Tasche fischte und sie auf ihre Nase schob.

»Das ist nett, aber ... ich habe dafür kein Geld, Zara.«

»Dann frag ich beim nächsten Telefonat, ob meine Schwester Kim einen ihrer Bikinis entbehren kann, die sie dagelassen hat. Kann gut sein, dass dir einer davon passt und in Boston braucht sie die gerade ohnehin nicht. Oder weißt du was?« Sie schob die Sonnenbrille von der Nase und grinste. »Ich kauf dir einfach einen.«

»Zara ...« Mir gefiel nicht, dass sie das für mich tun wollte. Sie und Jake und Keaton hatten schon genug getan, für das ich mich niemals würde revanchieren können.

»Keine Widerrede.« Sie schüttelte den Kopf. »Du kannst unmöglich in Kalifornien leben und keinen Bikini besitzen. Das geht nicht.« Sie linste über die Gläser ihrer Sonnenbrille. »Du willst doch noch hierbleiben, oder?«

Der Gedanke, zurück zu meinen Eltern zu ziehen oder, wie sie geplant hatten, auf die University of Illinois in Urbana Champaign zu gehen, löste Panik in mir aus. Savanna Springs war weit weg von meiner Mom und ihren Erwartungen, die mich schon mein ganzes Leben zu ersticken gedroht hatten. Ich wollte nicht dorthin zurück. Ich wollte ja noch nicht mal mein Handy einschalten und mich bei ihnen melden, damit sie wussten, dass es mir gut ging.

»Schon«, sagte ich und drehte mich auf die Seite, um aufs Meer hinaus zu sehen. Eine Welle rollte heran, brach sich am Ufer. »Aber ich weiß nicht, was ich hier machen soll. Ich kann ja schlecht ewig in Jakes Apartment wohnen und Löcher in die Luft starren.«

Denn nichts anderes tat ich. Ich schlief auf dem Sofa vor dem Fernseher ein, und sobald er zur Uni aufbrach, war alles, was ich tat, abwechselnd den Fernseher und die Decke anzustarren. Alleine in seinem Apartment ertrank ich in einer Mischung aus Schmerz und Einsamkeit. Grübelte. Weinte. Grübelte wieder. Es war ein Sog, der mich selbst anödete, aber der mich jedes Mal aufs Neue in seine Klauen zog, mich gefangen hielt und nicht von mir abließ.

»Er hätte dir das mit dem Einzug nicht angeboten, wenn es für ihn nicht okay wäre, Ash«, beruhigte mich Zara. »Und was das Tun angeht: Du hast zwar erwähnt, dass du nicht auf die Uni willst, aber vielleicht wäre das ja doch eine Idee. Die Savanna Springs University hat wirklich einen guten Ruf. Und wenn deine Eltern dich eh auf der Uni sehen wollen, vielleicht bezahlen sie dann dafür.« Zara setzte sich auf, um das Haargummi aus ihrem Zopf zu lösen. »Lass es dir einfach durch den Kopf gehen, ja?«

Als ich nickte, sank sie zurück auf die Decke.

Und ich verbrachte die restliche Zeit damit, über ihren Vorschlag nachzudenken.

Doch selbst als Zara mich am Nachmittag vor Jakes Apartment absetzte und wir uns verabschiedeten, wusste ich noch nicht, ob ich mich mit ihrer Idee anfreunden konnte. Ein Studium war nie mein Traum gewesen, nur eine Möglichkeit, um von zu Hause zu entkommen. Für meine Eltern war nie etwas anderes infrage gekommen als ein Studium an der UIUC. An derselben Uni, an der sie sich nicht nur kennengelernt hatten, sondern an der unsere Familie seit Generationen studierte. Tami und ich hatten vorgehabt, nicht länger als ein oder zwei Semester zu bleiben, ehe wir unsere Sachen gepackt hätten und verschwunden wären. Doch jetzt, wo sie tot war, wusste ich nicht einmal mehr, was ich stattdessen tun wollte, weil sich alles falsch anfühlte.

Weiter in Gedanken versunken stieg ich im oberen Stockwerk aus dem Fahrstuhl. Ich schob den Schlüssel ins Schloss, drückte die Tür auf und trat in das geräumige Apartment. Ich streckte die Hand aus, um den Schlüsselbund in das Glas neben der Tür zu werfen. Doch mitten in der Bewegung hielt ich inne, starrte auf Trevor, der mit seinem Handy in der Hand breitbeinig in dem Sessel saß.

»Ich dachte schon, du würdest gar nicht mehr auftauchen.« Er setzte sich auf, um das Handy in der Hosentasche seiner ausgewaschenen Jeans verschwinden zu lassen.

Was zur …?

Langsam ließ ich den Schlüsselbund in das Glas sinken. »Wie bist du hier reingekommen?« Es war Nachmittag und Jake konnte ihn unmöglich reingelassen haben, weil er noch bis zum frühen Abend in der Firma seines Onkels beschäftigt sein würde.

Trevor deutete auf einen Schlüssel, der vor ihm auf dem Couchtisch lag, direkt neben dem Teller mit Rührei und Brot, den ich nicht angerührt hatte. »Ersatzschlüssel.«

Natürlich.

Natürlich hatte er einen Ersatzschlüssel. Was auch sonst? Irgendwie war es ja sogar seine Wohnung, schließlich hatte er sie mit Jake zusammen ausgesucht und vorgehabt einzuziehen.

»O-Okay.« Ich warf meine Tasche in die Ecke neben der Garderobe und lief in die Küche.

Aus dem Kühlschrank holte ich eine Flasche Wasser und setzte sie an die Lippen. Mit einem Mal fühlte sich mein Mund staubtrocken an.

Als ich die Flasche wieder absetzte und Trevor dicht neben mir wahrnahm, fuhr ich zusammen. Augenblicklich erinnerte sich mein Körper an die Gefahr, die Trevor beim letzten Mal bedeutet hatte. An den Schmerz und die Demütigung. Ich wich zurück, um den Abstand zwischen uns zu vergrößern. Ich schob mich rückwärts, knallte mit der Hüfte gegen die offene Kühlschranktür und verlor den Halt. Ich machte mich darauf gefasst, hart auf dem Boden aufzukommen, doch in dem

Moment schellten Trevors Hände vor. Sie umfassten meine Taille und verhinderte so, dass ich fiel.

»Fass mich nicht an«, fauchte ich und entwand mich seinem Griff.

»Scheiße, Ash, ich wollte dir doch keine Angst einjagen«, erklärte er, als ich mich rückwärts durch den Raum Richtung Sofa bewegte, um so viel Abstand wie nur irgend möglich zwischen uns zu bringen. Es war nicht so, dass er im Moment sonderlich wütend oder bedrohlich wirkte. Aber ich traute ihm nicht. Ich konnte mich noch zu gut daran erinnern, wie seine Finger mein Handgelenk zerquetscht hatten. An den Schmerz und an die Demütigung.

Ich würde das nicht ein weiteres Mal riskieren.

»Wirklich«, beteuerte er. »Ich bin hier, um mich bei dir zu entschuldigen. Dafür, wie ich mich verhalten habe. Für einfach alles. Ich –« Langsam, Schritt für Schritt, kam er auf mich zu. »– war ein Vollidiot und es tut mir leid.« Hinter dem Sessel blieb er stehen und sah mich an. »Wenn ich darf, dann möchte ich dir erklären, warum ich mich so verhalten habe. Nicht, dass es irgendwas entschuldigen kann oder soll, aber … ich will es trotzdem.«

Hatte Jake mir nicht prophezeit, dass genau das passieren würde? Dass Trevor sich einkriegen und bei mir entschuldigen wollen würde? Dass es ihm leidtäte?

Ich musterte ihn argwöhnisch, suchte in

seinem Blick nach etwas, das seine Worte als Lügen enttarnte, doch seine Augen strahlten nichts als reine Ehrlichkeit aus.

Es tat ihm leid, wie er mich behandelt hatte. Er war hier, um mir sein Verhalten zu erklären. Und jener Teil in mir, der sich nichts mehr wünschte, als in Trevor einen Teil von Tami wiederzufinden, der wollte genau das: verstehen.

»Okay. Schieß los.« Ich ließ mich aufs Sofa sinken und griff nach einem der Kissen, um die Fransen um meine Fingerkuppeln zu wickeln. Es beruhigte mich. Minderte die Unruhe in mir und besänftigte meinen Kopf.

Eine ganze Weile sah Trevor mich einfach nur an, doch schließlich setzte er sich zurück in den Sessel.

»Vor vier Monaten ist meine Mom gestorben.« Er knetete seine Hände. »Sie war schon eine ganze Weile krank, aber als sich ihr Zustand verschlechterte, brauchte sie dringend eine Spenderniere. Sie wollte nicht, dass ich ihr meine Niere spende, aber mein Dad hat mich überredet, mich testen zu lassen. Aber ich konnte ihr nicht helfen, weil unsere Blutgruppen nicht kompatibel waren. So erfuhr ich, dass ich gar nicht ihr Sohn war.« Er schnaubte verächtlich, doch mir entgingen die Tränen nicht, die in seinen Augenwinkeln schimmerten. »Mein ganzes Leben hat sich mit einem Mal wie eine einzige verfickte Lüge angefühlt. Ich war wütend, Ash. Wütend auf mich, weil ich sie nicht retten konnte, obwohl ich nichts anderes wollte als das. Wütend auf meine Mom, weil sie sterben würde, obwohl ich sie über alles liebte. Wütend auf meinen Dad, weil er zugelassen hat, dass ich mich testen lasse. Mir Hoffnungen gemacht hat, dass ich derjenige sein könnte, der sie retten würde. Denn das hat er getan. Er hat mir gesagt, ich sei ihre Chance, obwohl er wusste, dass ich niemals als Spender infrage kommen würde. Und als sie gestorben ist, da ... Es hat mir den Boden unter den Füßen weggerissen.«

Ich wusste nicht, was ich sagen sollte. Jake hatte mir erzählt, dass das Thema Adoption ein rotes Tuch für Trevor war. Doch erst jetzt begriff ich, warum. Trevor hatte jemanden verloren, genau wie ich. Und mit seiner Mom hatte er auch seine Identität verloren.

»Bis auf Jake, Keat, Zara und meine Familie weiß niemand davon. Ich rede nicht darüber. Nie. Mit niemanden. Und als du aufgetaucht bist, da ... Ich dachte, mein Dad hat dich geschickt. Ich dachte, es wäre einfach sein nächster mieser Manipulationsversuch. Ein hübsches Mädchen schicken, die mich um den Finger wickelt. Eine weitere Lügengeschichte, um mich dazu zu bringen, aus Dankbarkeit zurück nach Hause zu kommen.«

Trevor erzählte mir, dass Cliff Gossow in den letzten Monaten nichts unversucht gelassen hatte, um seinen Sohn zurückzugewinnen. Geld, teure Geschenke, eine Frau, die dafür bezahlt worden war, zu behaupten, seine Eltern gekannt zu haben.

Ich brauche nicht noch mehr beschissene Lügen in meinem Leben, hatte er mir an den Kopf geknallt. Ich hatte es nicht verstanden. Doch jetzt, jetzt verstand ich es. Und weil ich es verstand, konnte ich nicht mehr wütend auf ihn sein.

Und ich wollte es auch nicht mehr.

JAKE

»Hey, Kumpel.« Ich musste zweimal blinzeln, um die Gestalt zu realisieren, die auf meinem Sofa saß und mir zuzwinkerte.

»Was machst du hier?«, fragte ich, irritiert, dass Trevor ohne Vorankündigung in meinem Apartment saß. Denn er war – von dem Tag abgesehen, an dem er zähneknirschend hergekommen war, um Ashley zuzuhören – seit Monaten nicht mehr hier aufgetaucht.

Ich sah zu, wie seine Finger vorschossen und nach dem Stück Brot griffen, das auf einem Teller auf dem Couchtisch lag.

Mit dem Rücken drücke ich die Tür ins Schloss und löste die Krawatte von meinem Hals. Mitsamt dem Jackett warf ich sie in Richtung Garderobe. Am liebsten würde ich mir augenblicklich auch die Anzugshose und das gebügelte Hemd vom Leib reißen, um in bequeme Hosen und ein Shirt zu schlüpfen. So wie ich es normalerweise tat, sobald ich vom Büro nach Hause kam. Doch jetzt saß Trevor hier und das Bedürfnis, den Grund für sein Kommen herauszufinden, war größer als mein Wunsch, mich umzuziehen und zu duschen.

»Ach, ich habe mich bloß bei Ash entschuldigt«, antwortete er und schaufelte mit einer Gabel das kalte Rührei in den Mund, das ich Ashley heute Morgen gemacht hatte.

Er hielt im Kauen inne und deutete mit der Gabel auf den Teller. »Ey, das ist gut, was ist da drin? Ingwer?«

»Ja. Ingwer, Knoblauch und frischer Koriander«, antwortete ich in dem Moment, in dem Ashley aus dem Gästezimmer kam.

»Oh hey, du bist schon zurück«, begrüßte sie mich mit einem Lächeln. Mit einem Handy, das ich zum ersten Mal sah, und einem Ladekabel in der Hand setzte sie sich aufs Sofa.

Direkt neben Trevor.

»Es ist leer«, erklärte sie und reichte Trevor das Kabel, damit er es in die Steckdose neben dem Sofa stecken konnte. »Ich hab es seit Chicago nicht mehr angehabt.«

»Kein Problem.« Trevor grabschte sich das letzte Stückchen Brot, steckte es in den Mund und wandte sich kauend an mich: »Jake, jetzt guck nicht so skeptisch. Wir –« Er deutete zwischen sich selbst und Ash hin und her. »– haben diese Sache geklärt. Sie verzeiht mir.« Er sah sie an. »Tust du doch, oder?«

»Tu ich«, erklärte sie. Ein Lächeln stahl sich auf ihre Lippen, um im nächsten Augenblick einem erschrockenen Ausdruck zu weichen, als ihr Handy wie wild zu piepen begann.

»Was ist los?«, fragte ich, als ich sah, wie sie auf ihrer Unterlippe herumkaute und auf das Display starrte.

»Nichts«, sagte sie ausweichend. »Nur ein paar Nachrichten.«

Ich bezweifelte, dass die Nachrichten die sie bekommen hatten, *nichts* waren. Denn es sah aus, als würde allein die Tatsache, dass sie sie bekommen hatte, sie erschüttern.

»Vom wem?«

Statt mir zu antworten, tippte sie ein weiteres Mal auf das Display und überreichte es Trevor. »Hier, das sind Fotos vom letzten Jahr.«

Trevor murmelte ein »Danke« und begann, über das Handydisplay zu streichen. Ich trat direkt hinter ihn. Sah zu, wie Foto um Foto einer jungen, wunderschönen Frau vorbeizog. Einer Frau, die dieselben Augen und dasselbe Lächeln hatte wie er.

Das musste Tami sein.

Auf den meisten waren Ash und sie zusammen. Es waren Selfies. In einem Zimmer mit Fotos an den Wänden. Im Grünen. Mitten in der Stadt, mit Coffee-to-go-Bechern in den Händen. Ich sah Fotos von Ashley. Ashley in einem Kleid, das sich perfekt um ihren Körper schmiegte. Ashley auf einem Sessel mit einem Buch in der Hand. Tami mit XXL-Sonnenbrille in einer blauen Hängematte. Ich sah Kussmünder und lachende Gesichter und die beiden mit verwuschelten Haaren und Cremmasken im Gesicht.

Es waren Bilder einer Zeit, die nie zurückkommen würde. Momentaufnahmen, auf denen man sehen konnte, wie nah die beiden sich gestanden hatten.

Ich schielte zu Ash, die in den Sessel gesunken war und vor sich hinstarrte. Als ich neben sie auf die Lehne rutschte und meine Hand auf ihre Schulter legte, sah sie zu mir auf. Ich musste sie nicht fragen, wie es ihr ging. Ich sah es auch so. In ihren Augen loderte Schmerz.

Ich überlegte gerade, sie in den Arm zu nehmen, als Trevor die Stille mit einer Frage durchbrach: »Sie hat oft Gitarre gespielt, oder?«

Er drehte das Handy in unsere Richtung. Auf dem Foto saß Tami mit einer Gitarre auf dem Boden. Ihre Augen waren geschlossen und sie lächelte.

»Jede freie Minute«, antwortete Ashley. »Sie und ihre Gitarre, sie waren wie eins. Sie hatte sie überall dabei. Hat in den Schulpausen gespielt oder wenn wir auf den Bus gewartet haben oder abends am Fenster.« Sie schloss die Augen, während sie weitersprach. »An dem Tag, an dem sie zu uns gezogen ist, da kam ich von der Schule nach Hause und sie saß auf der Veranda vor dem Haus. Sie hatte ihre Gitarre auf dem Schoß und hat *Creep* von *Radiohead* gespielt. Ich habe da gestanden und sie einfach nur angestarrt, während sie völlig versunken war. In die Musik. In jeden einzelnen Griff. Ich glaube, ich habe noch nie etwas so Gefühlvolles gehört wie in diesem Moment. Ihre Stimme war einfach nur wunderschön.«

»Ich wünschte, ich wäre dabei gewesen«, sagte Trevor mit belegter Stimme.

Eine Träne rollte über ihre Wange, die sie mit dem Handrücken fortwischte. Eine ganze Weile musterte sie Trevor, dessen Augen wieder auf ihrem Handy ruhten. Dann plötzlich sprang sie auf. »Warte kurz«, erklärte sie, bevor sie in Richtung ihres Zimmers davonlief.

Trevor ließ das Handy sinken. »Was ist los? Sollen wir ihr –«

Er hatte den Satz noch nicht zu Ende gesprochen, da tauchte Ashley bereits wieder auf. Ihre Finger umklammerten einen quadratischen, pinken iPod, um den weiße In-Ear-Kopfhörer gewickelt waren.

»In der Nacht, bevor ich in den Bus nach Kalifornien gestiegen bin, um herzukommen, hat Lily, unser Nachbarmädchen, mir ein Päckchen gegeben, das Tami ihr scheinbar ein paar Tage vor ihrem Selbstmord gegeben hat, damit sie es mir überreicht.« Ash strich über den iPod, während sie weitersprach. »Ich war eine ganze Weile nicht zu Hause, deshalb konnte sie es mir nicht direkt nach der Beerdigung geben, so wie sie es sollte. In dem Päckchen war ein kleiner Zettel, auf dem einfach nur »*Finde ihn für mich, Ash*«, stand und … ihr iPod.« Langsam trat sie vor und legte ihn behutsam vor Trevor auf den Tisch. »Sie hat Musik für mich aufgenommen. Ich weiß nicht, wie viele Songs es sind, weil es zu weh tut, ihre Stimme zu hören, aber wenn du willst, dann kannst du ihn eine Weile haben.«

Trevor streckte die Hand nach dem quadratischen Gehäuse aus, doch im letzten Moment zog er sie zurück. »Ich glaube, ich pack das jetzt nicht, Ash. Ich muss gleich los und ich würde mir das gerne in Ruhe anhören. Nicht zwischen Tür und Angel.«

»Klar. Sag einfach Bescheid, wenn du –«, begann sie, doch ich stoppte sie, weil ich eine Idee hatte.

»Ich könnte die Songs auf einen USB-Stick ziehen«, schlug ich vor. »Dann kann Trev sie anhören, aber du hast die Originale hier und musst sie nicht aus der Hand geben.«

»Ja«, sagte sie, während sie den iPod fixierte. »Ich glaube, das ist eine gute Idee.«

Am nächsten Morgen, eine Stunde bevor ich in der Uni sein musste, fuhr ich mit dem USB-Stick in der Tasche bei Trevor vorbei und stellte überrascht fest, dass weder Jackson noch sein Gefolge im Strandhaus zu sehen waren. Trevor saß alleine mit Kaffee in der einen und einem Buch in der anderen Hand am Tresen in der Küche.

»In der Kanne ist noch Kaffee, wenn du willst«, sagte er, den Blick weiter auf das Buch gerichtet.

»Gern.« Ich umrundete den Tresen, um mir eine Tasse aus dem Schrank zu holen.

Als ich neben Trevor auf den freien Hocker rutschte, schob er ein abgegrabbeltes Lesezeichen zwischen die Buchseiten und klappte das Buch zu.

»Ist Jackson hier?«, fragte ich, um sicherzugehen. Seit Wochen lungerte er hier herum, und wenn er gerade in diesem Haus war, dann war es gut, wenn ich das wusste, mich darauf einstellen konnte, dass ich ihm womöglich begegnen konnte.

»Nein«, sagte er und wechselte das Thema. »Wie geht es Ash?«

»Besser.« Gestern Abend, als Trevor gegangen war, hatte sie trotz des Gesprächs über Tami gelöster gewirkt. Ich nahm einen Schluck von meinem Kaffee und genoss das bittere Aroma, das sich auf meiner Zunge ausbreitete. »Ich glaube, es hat ihr gutgetan, dass ihr euch ausgesprochen habt.«

Trevor nickte abwesend. »Ich habe die halbe Nacht wachgelegen und darüber nachgedacht, dass Tami sich erhängt hat, und mich gefragt, warum.« Trevor lehnte sich zurück, legte die Hände auf seine Augen und ließ sie langsam über sein Gesicht gleiten. »Ich kapier das einfach nicht. Wenn sie mich finden wollte, wenn Ash und sie weggehen wollten, warum verflucht hat sie sich dann das Leben genommen?«

»Ich weiß es nicht, Trev«, seufzte ich. »Und ich bin mir nicht sicher, ob wir es je herausfinden werden.« Laut Ashley hatte Tami keinen Abschiedsbrief hinterlassen, nur ihren iPod und die Botschaft, mehr nicht. Ashley war ihre beste Freundin gewesen, und wenn sie ihr schon keine Antwort auf das Warum hinterlassen hatte, bezweifelte ich, dass es irgendwo sonst einen Anhaltspunkt oder eine Erklärung geben würde.

»Als Mom starb, wusste ich, dass es die Krankheit war, die sie umgebracht hat. Und damals, als wir acht waren und Grandpa starb, da wussten wir, dass es war, weil er alt war. Aber Tami ...« Er schüttelte den Kopf.

Ich wusste, was Trevor meinte. Auch der Tod seiner Mom und der unseres Großvaters hatten uns sprach- und fassungslos zurückgelassen. Doch immerhin hatten wir ihn verstanden, hatten gewusst, weshalb es passiert war. Tamis Tod jedoch verstanden wir nicht. Er glich einem Rätsel, das man nicht lösen konnte, egal, wie sehr man es auch versuchte.

Denn das wichtigste Puzzleteil fehlte.

ASHLEY

Mein Handy blinkte zum dreizehnten Mal in achtundvierzig Stunden.

Wenn man die hinterlassenen Nachrichten dazuzählte, die allein in den ersten Minuten aufgeploppt waren, als ich das Handy nach zwei Wochen wieder eingeschaltet hatte, machte das vierundzwanzig erfolglose Versuche, Kontakt mit mir aufzunehmen.

Ich linste auf das Display und widerstand dem Drang nur etwa zehn Sekunden, ehe ich die Hand ausstreckte und die Nachricht las.

PHIL: Ich mach mir Sorgen um dich, Sis. Und Mom hört nicht auf, mich mit Anrufen zu nerven. RUF SIE AN.

Einen Augenblick schwebte mein Daumen über der Antwortfunktion, doch dann drückte ich seine

Nachricht weg und warf das Handy stattdessen neben mich aufs Sofa. Ich wusste, dass ich meinen Bruder schon viel zu lange ignorierte. Seit wir uns am Busbahnhof voneinander verabschiedet hatten, hatte ich mich nicht mehr bei ihm gemeldet.

Nicht bei ihm, nicht bei meinen Eltern.

Die Bandbreite ihrer Nachrichten reichte von ›*Wo steckst du?*‹ über ›*Das ist kein Spaß und ich hoffe für dich, dass du eine gute Erklärung für dein Verschwinden hast*‹ bis zu ›*Wenn ich rausfinde, wo du dich versteckst, werde ich dich an den Haaren bis zum College zerren. Also Gnade dir Gott, Ashley, dass ich dich nicht vor der Polizei finde*‹.

Ich hatte vorgehabt, Phil eine kurze Nachricht zu schicken, dass es mir gut gehe, und wollte ihn bitten, diese an meine Eltern weiterzuleiten, doch ich hatte mich nicht getraut und es hätte sie ohnehin nicht zufriedengestellt. Meine Mutter wäre nicht Penelope Stone, wenn es das tun würde.

Ich wusste, dass ich sie anrufen musste. Nicht nur, damit ihre Anrufe endeten und die Polizei aufhörte, nach mir zu suchen, sondern weil ich über Zaras Idee mit der Savanna Springs University nachgedacht hatte. Mein Abschlusszeugnis war gut und das Semester hatte gerade erst begonnen, sodass ich mich einschreiben und einfach anfangen könnte. Ich war mir zwar immer noch nicht sicher, ob ich überhaupt studieren wollte, aber mir war klar, dass ich mehr tun musste als meine Tage damit zu verbringen, in Jakes Apartment auf dem Sofa herumzulungern und im Wechsel die Decke und den Fernseher anzustarren.

Denn das brachte mich zum Grübeln.

Über die Leere, die alles überspannte, seit es sie nicht mehr gab. Über die Dunkelheit, an deren Abgrund ich stand und in die ich nicht stürzen wollte.

Und wenn ich nicht stürzen wollte – und das wollte ich nicht – dann musste ich irgendwie weitermachen. Eine Strebe finden, an dem ich mich festhalten konnte. Etwas, um das ich den losen Faden wickeln konnte, der mein Leben ausmachte.

Hier in Kalifornien aufs College zu gehen klang wie ein annehmbarer Kompromiss zwischen den Zielen meines alten Lebens und den Trümmern, die davon übrig waren.

Meine Finger tasteten nach dem Handy, das neben mir zwischen die dicken Polster gerutscht war. Einen Moment hielt ich inne, ehe ich allen Mut zusammennahm und die Nummer meiner Mom wählte.

Dreimal klingelte es, dann nahm sie ab.

»Hey, Mom.«

»Ist das dein Ernst, Ashley?«, schrie sie. »Du verschwindest spurlos und meldest dich mit einem *Hey, Mom*? Hast du eine Ahnung, was hier deinetwegen los ist? Wir mussten die Polizei rufen. *Die Polizei*!«

»Es tut mir leid, Mom …«, begann ich, wurde

jedoch von ihrem hysterischen Kreischen gestoppt.

»Was genau tut dir leid, Ashley? Dass die Polizei seit mehr als einer Woche nach dir sucht? Dass die Nachbarn hinter unserem Rücken tuscheln? Dass zwei Mandanten abgesprungen sind, weil der Rummel um unsere Familie einfach nicht abflaut?«, fragte sie mit einem kalten Unterton. »Dein Dad hat die letzte Woche dreimal mit dem Dekan telefoniert, um deinen Platz auf

der Uni freizuhalten, ist dir das klar?«

»Mom ...«

»Du wirst nach Hause kommen und das in Ordnung bringen, Ashley. Ich werde der Uni nicht weitere hunderte von Dollar in den Arsch blasen, nur weil du dich nicht zusammenreißen kannst. Hast du mich verstanden?«

Ich hatte meine Mutter noch nie Worte wie *»in den Arsch blasen«* hören sagen. Sie hielt es für Gossensprache, und dass sie es benutzte, zeigte nur, wie wütend sie wirklich auf mich war.

»Ich werde nicht nach Hause kommen«, sagte ich.

Einen Moment war es still. Dann fragte sie: »Meinst du wirklich, Tamila hätte das gewollt? Dass du dein Leben wegwirfst? Dass du alles aufgibst, wofür *wir* hart gearbeitet haben? Ian sagt, dass –«

»Es ist mir scheißegal, was gerade *er* dazu sagt!«

Beruhig dich, ermahnte ich mich selbst und atmete tief durch. Meine Mutter brachte Ian immer ins Spiel. Als wäre alles, was er von sich gab, das Klügste und Allerheiligste, was jemand sagen konnte. Dabei ... Ich schluckte das Gefühl von Verrat und Enttäuschung, das auch nach zwei Jahren noch wie Teer auf meinem Herz klebte, herunter.

»Tami ist tot, Mom«, sagte ich mit einem Zittern in der Stimme. »Sie ist tot, verstehst du das überhaupt? Ich kann nicht einfach weitermachen, als wäre das nicht passiert. Ich bin nicht du. Ich kann das nicht.« Meine Augen füllten sich mit Tränen, doch ich machte mir nicht die Mühe, sie zurückzuhalten. Seit ich in Jakes Armen zusammengebrochen war, schaffte ich das nicht mehr.

»Oh nein, Ashley, wir werden das nicht noch einmal diskutieren. Wir haben es besprochen und wir waren uns einig, dass du lange genug in dieser Klinik warst, um das hinter dir zu lassen. Ich habe nicht so viel Geld in den Rachen dieser Klinik geworfen, damit das Drama jetzt von vorne losgeht.«

»Mom ...«

»Du wirst nach Hause kommen, das ist mein letztes Wort.«

Die Verbindung erstarb. Das Handy rutschte mir aus den Fingern und landete in meinem Schoß. Tränen tropften auf das Display, während ich die Verkleidung auseinanderriss, den Akku entfernte und ihn Richtung Garderobe schleuderte. Er landete zwischen Jakes teuren Lederschuhen im offenen Regal. Den restlichen Teil warf ich in dieselbe Richtung, ehe ich die Knie anzog und in Tränen ausbrach.

Manchmal fühlte ich mich wie Unkraut. Wie ein Gänseblümchen, das vor unserem Haus wuchs und das einfach nicht zu dem immergrünen Gras passen wollte, das meine Eltern liebten. Sie versuchten, es loszuwerden, es zu verformen und an seiner Stelle eine Rose zu pflanzen. Aber egal, wie sehr sie versuchten, etwas anderes aus mir zu machen, als ich war: Ich blieb das schnöde Gänseblümchen.

Unerwünscht.

Falsch.

Befremdlich.

JAKE

»Komm schon, Mann.« Keaton, der auf der Stelle joggte, warf ungeduldig seinen Kopf hin und her, während ich den Wasserschlauch von meinem Gürtel löste.

»Seit wann bist du so ungeduldig?« Ich nahm einen tiefen Schluck und ließ das Wasser meine trockene Kehle hinabrinnen.

»Seit du zur Schildkröte mutiert bist und wir für die drei Meilen doppelt so lang brauchen wie früher.«

»Ich bin aus der Übung«, erklärte ich, drehte den Deckel zurück auf den Schlauch und befestigte ihn wieder an meinem Gürtel.

»Kein Wunder, wenn du den ganzen Tag nur in klimatisierten Büros hockst und Cliff Gossows Hintern küsst.«

»Ich küsse nicht seinen –«

Keaton unterbrach mich. »Nicht reden, laufen.«

Ohne auf mich zu warten, setzte er sich in Bewegung.

Seufzend drängte ich das Gefühl in meinem Inneren zurück und konzentrierte mich auf den Asphalt unter meinen Füßen, die Luft, die in meine Lungen drang, und den Ozean, dessen Wellen regelmäßig gegen die aufgetürmten Steine des Piers schlugen.

Keaton gefiel es genauso wenig wie Trevor, dass ich bei meinem Onkel arbeitete. Er glaubte, dass ich mein Potenzial verschwendete und das Falsche tat. Den falschen Job aus den falschen Gründen. Für Geld, das mir früher, bevor die Sache mit Maya passierte, nichts bedeutet hatte. Jetzt war es anders, und egal wie sehr ich es hasste, für Cliff zu arbeiten: Es öffnete mir Türen und das war alles, was zählte.

Bis auf einzelne Spaziergänger und Fahrradfahrer war dieser Teil des Piers angenehm leer. Ich genoss es, endlich wieder zu laufen. Den gesamten Sommer über hatte ich im Büro gesessen und die Tage damit verbracht, Akten zu sortieren, Exposés zu erstellen und mir Cliffs Ideen anzuhören, wie er Trevor davon überzeugen würde, sich wieder wie sein Sohn zu verhalten.

Früher waren Keaton und ich regelmäßig gelaufen und ich hatte ganz vergessen, wie gut es tat.

Wir liefen weitere zwei Meilen, ehe wir umdrehten und die gesamte Strecke zurückliefen.

»Scheiße, tat das gut«, seufzte Keaton, der sich

neben mich in den Sand fallen gelassen hatte. »Wieso haben wir noch mal damit aufgehört?«

»Weil wir nicht mehr in der Highschool sind«, sagte ich.

Das erste Collegejahr hatten wir es noch versucht, doch es war schwer gewesen, gemeinsame Zeiten dafür zu finden. Stattdessen war er mit Kimberly gelaufen, Zaras Schwester. Zwischen Kursen, Arbeit und Maya hatte ich einfach kaum Zeit gefunden, um regelmäßig mit ihm zu laufen.

Unsere Rhythmen hatten sich nach der Highschool verändert, denn er hatte sich gegen ein Studium entschieden und für das, was er liebte: tätowieren. Anders als Trevor und ich war Keaton nicht im Luxus aufgewachsen. Er kam aus bescheidenen Verhältnissen und hatte die ersten zwölf Jahre seines Lebens in einer schmuddeligen Sozialwohnung verbracht. Erst als seine Mom seinen Stiefvater Gregory heiratete, konnte er sein ärmliches Zuhause hinter sich lassen. Er begann, bei ihm zu jobben und lernte in kürzester Zeit zu tätowieren. Jetzt arbeitete er dort und ging seiner Leidenschaft nach.

Da es Keatons Credo war, nur zu tun, was man liebte – und er alles andere für Heuchelei hielt – gerieten wir nicht selten aneinander. Denn ich arbeitete bei Cliff und hatte mich für ein Leben entschieden, das ich hasste.

»Kommt Maya jetzt am Wochenende eigentlich?«, fragte Keaton, als mein Herzschlag sich beruhigt und ich den Rest aus meinem Wasserschlauch geleert hatte.

»Morgen.«

Es waren noch genau zwanzig Stunden und dreiunddreißig Minuten, bis ich sie vom Flughafen abholen würde.

»Sollen Zara und ich Ash fragen, ob sie bei uns übernachten will? Damit ihr beide, na du weißt schon, euer Wiedersehen feiern könnt?«

Bei dem Wort feiern malte er Anführungszeichen in die Luft und grinste verschlagen. »So eine Mitbewohnerin kann ganz schön störend sein, weißt du?«

Plötzlich wurde mir schlagartig bewusst, dass ich Maya noch immer nichts von Ashley erzählt hatte. Genauso wenig wie Ashley von Maya. Kurz stellte ich mir Mayas Gesicht vor, wenn wir zusammen ins Apartment traten und das Erste, was sie sah, Ash war, die auf meiner Couch lungerte und Trash-Sendungen ansah.

Sie würde das alles andere als gut aufnehmen. Und zwar nicht, weil sie eifersüchtig war, sondern weil es zu den Dingen gehörte, die man sich erzählte.

Keaton schnippte vor meinem Gesicht, bis ich meinen Kopf in seine Richtung drehte. »Wohin bist du gerade verschwunden, Mann?« Das Grinsen auf seinem Gesicht erstarb. »Was ist los?«

»Es könnte sein, dass ich Maya noch nichts von Ash erzählt habe …«

»Das ist nicht dein Ernst, oder?«

»Es hat sich einfach noch nicht ergeben«, rechtfertigte ich mich. Es war eine lahme Entschuldigung dafür, dass ich meiner Freundin, mit der ich seit drei Jahren zusammen war, diese bedeutsame Veränderung verschwiegen hatte.

»Scheiße …« Keaton starrte mich an und fuhr sich dann mit der Hand langsam über sein Gesicht. »Dann, mein Freund, solltest du das dringend nachholen. Und am besten legst du dir eine gute Geschichte zurecht, warum du es ihr nicht sofort erzählt hast.«

Er hatte recht.

Die halbe Stunde, die ich brauchte, um vom Pier zurück zu meinem Wagen zu laufen, überlegte ich, wie ich Maya die Sache am besten beibringen konnte. Als ich dort ankam und auf den Fahrersitz rutschte, beschloss ich, einfach die Wahrheit zu sagen. Dass ich es ihr hatte sagen wollen, aber nicht gewusst hatte, wie sie darauf reagieren würde.

Ich zog das Handy aus der Mittelkonsole, wo ich es zurückgelassen hatte, und sah, dass sie versucht hatte, mich zu erreichen.Ich drückte auf *Zurückrufen*, sank tiefer in den Sitz und sah auf den Pier hinaus.

»Hi.«

»Hey«, begrüßte ich sie. »Ich war joggen und hab das Handy im Auto vergessen. Hast du mich angerufen, weil du mich so sehr vermisst wie ich dich?«

Im Hintergrund hörte ich Kinderlachen und Gekreische, dann wurde es still.

»Wir müssen reden, Jake.«

Das klang nicht gut. »Okay. Worüber?«

»Über uns.« Ich hörte, wie sie Luft holte. »Ich werde morgen nicht kommen.«

Was?

»Ich weiß, dass wir uns lange nicht gesehen haben, und ich habe mich auch auf dich gefreut, aber … Ich muss diese Hausarbeit machen, Jake. Sie muss bis Dienstag fertig sein und ich dachte, dass ich das schaffe, aber es ist ein komplexes Thema und die Woche war anstrengend. Mom war vorgestern krank und Rachel hatte auch keine Zeit, also konnte ich nicht so viel für die Uni tun, wie ich wollte. Wir müssen das dieses Wochenende nachholen. Es tut mir leid.«

Ich fuhr mir mit der Hand übers Gesicht und starrte nach draußen in Richtung Pier. »Kommst du dann wenigstens nächstes Wochenende?«

»Nein.« Sie seufzte. »Ich kann erst in vier Wochen wieder kommen. Ich mach doch bei dieser Studie mit und das Praktikum fängt am Montag an.«

Ich schluckte. »Alles klar.«

Es raschelte in der Leitung. »Jetzt tu bitte nicht so, als wäre das alles meine Schuld. Wenn du hier wohnen würdest, wäre das alles anders.«

»Und du weißt, dass das für mich nicht so einfach ist.«

»Das sagst du immer, Jake.« Sie klang wütend

und verletzt. Also genau so, wie ich mich fühlte. »Ich muss jetzt Schluss machen. Mom muss los. Ich melde mich am Montag bei dir.«

Als ich den Mund öffnete, um mich zu verabschieden, klickte es bereits in der Leitung. Sie hatte aufgelegt. Einfach so.

Knurrend schmetterte ich das Handy auf den Beifahrersitz, drehte den Schlüssel und startete den Motor.

Mit lauter Musik fuhr ich zurück zum Apartment und drehte noch eine große Runde um den Block, um die Wut und die Frustration, die sich in mir angestaut hatten, loszuwerden. Doch es war zwecklos, wie jedes Mal.

Ich lotste den Wagen in eine freie Parklücke und ließ meinen Kopf auf das Lenkrad hinabsinken. Ich wusste nicht, was mich am meisten frustrierte: dass wir uns nicht sehen würden oder dass sie wieder einmal darauf herumgeritten war, dass ich nicht sofort zu ihr zog. Denn jedes Mal, wenn etwas passierte, was mich verletzte, erklärte sie mir, dass es schlussendlich meine Schuld war.

Weil ich nicht bei ihr war.

Maya hatte einen festen Plan im Kopf. Alles in ihrem Leben war durchgetaktet und organisiert, bis ins letzte Detail. Sie folgte einem Zehnjahresplan, den sie bereits mit vierzehn entwickelt hatte: die Highschool abschließen, ein Stipendium erarbeiten, nach San Francisco gehen, dort bei ihrer Mom wohnen und Medizin studieren. Die letzten drei Jahre hatte sie zielstrebig darauf hingearbeitet und ja, sie hatte es geschafft. Sie war am Ende des Schuljahres als Jahrgangsbeste abgegangen – trotz allem.

Im Gegensatz zu mir hatte sie immer gewusst, was sie wollte. Denn bis ich Maya kennenlernte und unsere Leben unwiederbringlich miteinander verstrickt wurden, war alles, was ich gewollt hatte, meinen Abschluss zu machen und etwas zu tun, was mir Spaß machte. Doch dann kam sie – und alles veränderte sich.

Ich studierte zwar in Savanna Springs, aber nicht so, wie ich es mir vorgestellt hatte. Statt mich auszuprobieren, arbeitete ich in einem Job, der mir nicht lag, für Chancen, die ich nicht wollte, um Geld zu verdienen, das ich früher nicht gebraucht hätte, und das alles für sie. Um nächstes Jahr zu ihr ziehen zu können. Weil sie es wollte. Weil ich es versprochen hatte. Weil ich es ihr verdammt noch mal schuldig war.

Meine Familie, meine Freunde, mein gesamtes Leben war hier. Alles, was ich kannte, alles, was ich liebte, war in Savanna Springs. Ich war hier aufgewachsen und verwurzelt. Und obwohl sie wusste, wie schwer das für mich war, hielt sie mir bei jeder passenden Gelegenheit vor, dass es mir schwerfiel, mich zu entwurzeln.

Manchmal – dann, wenn wir uns stritten oder es zu wehtat – wünschte ich mir nichts sehnlicher, als die Zeit zurückzudrehen und damals, an diesem Tag, andere Entscheidungen getroffen zu haben. Aber das konnte ich nicht. Niemand konnte das.

Ich hievte meinen Rucksack vom Rücksitz und stapfte den kurzen Weg bis zum Apartmenthaus, ehe ich den Fahrstuhl nach oben nahm.

Ja, das mit Maya und mir war kompliziert. Aber ich wollte nicht mehr darüber nachdenken. Nicht jetzt.

Ich war es einfach leid.

Als ich die Tür aufschloss und einen Schritt in die Wohnung machte, knackte es unter meinen Schuhen.

Was zur ...?

Ich trat zur Seite und bückte mich nach dem silbernen Stück Plastik, von dem eine Ecke abgebrochen war. Einen halben Meter neben mir entdeckte ich das Handy, zu dem die Abdeckung gehörte. *Ashleys Handy.*

Ich riss meinen Kopf in die Höhe, darauf gefasst, sie auf der Couch zu sehen, doch sie war nicht da und auch der Fernseher lief nicht.

»Ash?« Keine Reaktion.

Ich ließ den Rucksack von der Schulter rutschen, drückte die Tür mit dem Fuß zu und hob die Teile des Handys hoch, um sie auf den Wohnzimmertisch zu legen.

»Ash?«, rief ich noch mal. »Bist du hier?«

Irgendetwas musste passiert sein. Normalerweise saß sie auf der Couch, schaute Serien und wartete darauf, dass ich nach Hause kam, damit wir zusammen kochten.

Doch diesmal nicht. Diesmal fehlte von ihr jede Spur und ihr Handy lag in Einzelteilen im Flur.

Der Streit mit Maya trat in den Hintergrund. Ich zog das Handy heraus, um Trevor anzurufen, ihn zu fragen, ob er wusste, wo Ash steckte, oder eine Ahnung hatte, was passiert sein könnte. Doch noch während ich durch die Kontaktliste scrollte, entdeckte ich sie durch ein Fenster auf der Dachterrasse. Ich schob das Handy zurück in die Hosentasche und öffnete die Schiebetür, um zu ihr zu gehen.

Mit geschlossenen Augen lehnte sie an der Mauer. Tamis iPod in den Händen, Kopfhörer im Ohr. Ihre Wangen schimmerten feucht.

Als ich mich neben sie auf den Boden fallen ließ und einen der Ohrstöpsel aus ihrem Ohr zog, öffnete sie ihre Augen.

»Darf ich mithören?«

Stumm nickte sie. Ich rutschte näher an sie heran und drückte den Stöpsel in mein Ohr. Eine unglaublich warme, gefühlvolle Stimme empfing mich.

Tami sang *Creep* von *Radiohead*. Mit so viel Gefühl, dass sich eine Gänsehaut auf meinem Körper bildete.

Als der Song endete, schaltete Ashley den iPod aus und ich gab ihr den Kopfhörer zurück.

»Heute fehlt sie mir besonders.« Eine Träne kullerte aus ihren Augen. »Ich hätte nicht geglaubt, dass es noch schlimmer werden könnte, aber … Früher, wenn ich mit meiner Mom gestritten habe, ist Tami immer irgendwann in mein Zimmer gekommen. Sie hat sich mit ihrer Gitarre auf mein Bett gesetzt und für mich gespielt, so lange, bis ich mich besser gefühlt habe. Aber diesmal ist sie nicht hier. Und das tut weh, Jake.« Schluchzend presste sie den iPod gegen ihre Brust. »Es tut so verflucht weh, dass ich nicht weiß, wie ich das aushalten soll.«

Deshalb also. Sie musste mit ihrer Mutter telefoniert haben und mit ihr gestritten haben.

»Komm her«, forderte ich sie auf und öffnete die Arme, damit sie sich an mich lehnen konnte.

Nach einem kurzen Zögern rutschte sie näher, schmiegte sich an mich. Ich schloss meine Arme um ihren Körper, bettete mein Kinn auf ihrem Kopf und ließ meine Hände beruhigend über ihren Rücken kreisen.

Mein Herzschlag beschleunigte sich, als ich auf einen Streifen nackter Haut auf ihrem Rücken traf.

Warm. Weich. Perfekt.

»Kann ich irgendwas für dich tun?«, fragte ich in die Stille hinein. Ich wollte mehr machen, als sie nur im Arm zu halten und zu trösten. Irgendetwas, das ihr helfen würde, mit dem Verlust zurechtzukommen.

»Nein«, sagte sie leise. »Außer du kennst ein Mittel, mit dem ich endlich wieder atmen kann.«

ASHLEY

»Und du hast wirklich keine Angst zu fallen?« Ich sah an dem Gebäude vor mir hoch, dessen Stahlsprossen in der tiefstehenden Sonne glänzten.

»Nein.« Jake streifte sich die fingerlosen Handschuhe über, die farblich zu dem dunkelblauen Achselshirt, den verwaschenen Jeans und den Boots passten, die er trug. »Beim ersten Mal war ich nervös. Aber Angst hatte ich nie.«

»Wie fühlt es sich an?«, fragte ich, während ich hinaufstarrte. Es war die Frage, die in meinem Kopf kreiste, seit Jake mir vor zwei Stunden draußen auf der Dachterrasse erzählt hatte, dass er etwas kannte, das einen atmen ließ. Das hier.

»Unbeschreiblich«, antwortete Jake dicht neben mir. Ich löste meinen Blick von dem glänzenden Stahl und sah stattdessen ihn an. Schon seit ich das erste Mal in seinen Armen zusammengebrochen war, verfolgte mich dieses merkwürdige Gefühl. Diesmal war es intensiver. Es war, als wären da noch immer seine warmen Hände auf meiner Haut oder seine Finger in meinem Haar, während er meine Tränen trocknete.

Unsere Blicke trafen sich, ehe er in seinen Rucksack griff und ein identisches Paar Handschuhe herauszog, um es mir entgegenzuwerfen. »Die wirst du brauchen, wenn du wirklich mit mir da hoch willst.«

»Ich will.« Etwas in mir warnte mich, dass ich Angst haben sollte. Dass ich mich fürchten müsste. Dass ich Jakes Idee zum Teufel jagen sollte – doch ich ignorierte die Stimme. Ich ignorierte sie, weil sie unwichtig war. Weil sie um ein Leben bangte, das ich längst verloren hatte. Weil ich es spüren wollte. Wissen wollte, ob es mich ebenso lebendig machte, wie es Jake beschrieben hatte.

Ich hob den Kopf noch einmal. Das Gebäude ragte so hoch in den Himmel, dass es mir schwerfiel, seine wirkliche Höhe einzuschätzen.

Ich zog die Handschuhe an und Jake versetzte mir einen leichten Stoß, damit ich vortrat. »Und denk dran: immer nur nach oben gucken.«

Ich nickte. Er hatte es mir mehrere Male erklärt:

Nicht nach unten sehen. Mich auf jeden Schritt konzentrieren. Gut festhalten. Feste Schuhe tragen. Langsam machen.

Meine Hände legten sich um die erste Sprosse der maroden Stahlkonstruktion. Einen Atemzug lang glaubte ich, dass ich loslassen und davonlaufen würde; doch ich tat es nicht. Ein letztes Mal sah ich zu Jake, der mir von der gegenüberliegenden Seite ermutigend zulächelte.

Ich erinnerte mich noch einmal an das, was er mir erklärt hatte. Dann endlich setzte ich den linken Fuß auf die erste Sprosse – und zog mich hoch.

Nicht nach unten sehen, befahl ich mir.

Die Abstände des Stahlgerüsts variierten. Bei einigen musste ich meine Arme durchstrecken, bei anderen nicht. Doch je höher ich kam, umso einfacher wurde es.

Meine Arme und Beine verselbständigten sich.

Ich musste die Arme ausstrecken, das Gestänge greifen und meinen Körper nachziehen. Kontrollieren, ob ich einen festen Stand hatte, und alles wiederholen.

Ich kletterte.

Und nach einer kurzen Weile gab es nichts anderes als das Gefühl des Stahls an meinen Händen und den Wind, der durch mein Haar fuhr. Ich verlor jedes Zeitgefühl, bis ich die Spitze erreichte.

Jake lächelte, als ich über den Rand rutschte. Beine und Arme brannten vor Anstrengung. Meine Lungen sogen einen Augenblick mehr Luft, doch dann beruhigte sich meine Atmung.

»Hier.« Er hielt mir eine Flasche Wasser entgegen, die ich dankbar ergriff. Ohne abzusetzen, leerte ich sie bis zur Hälfte, ehe ich mich neben ihn auf den Mauervorsprung setzte. Ich wagte einen Blick nach unten: Autos und Felder wirkten wie Miniaturgebilde. In den Ausläufen von Savanna Springs standen Häuser wie Pickel in der Landschaft. Ein Zug donnerte über Schienen.

»Und?«, fragte er. »Wie fühlst es sich für dich an?«

»Unbeschreiblich.« Ich saß hier oben und alles andere verlor an Bedeutung, fiel von mir ab und stürzte in die Tiefe.

Mein Kopf war leer. Doch da war noch mehr. Ein prickelndes Gefühl, das ich nicht beschreiben konnte. Es fühlte sich wie tausend Stromstöße gleichzeitig an.

Jake grinste, dann sagte er: »Immer wenn ich auf einem Gebäude bin, fühle ich mich frei. Alles in mir ist plötzlich still. Es ist, als hätte ich alles, was schwer ist, dort unten zurückgelassen.«

Er zog die Wasserflasche aus meinen Fingern und schraubte sie auf. Sein Adamsapfel hüpfte, während er trank. Dann wischte er sich über die Lippen.

Ich fragte: »Wie bist du auf die Idee gekommen, so was auszuprobieren?«

»Ich habe im Netz ein Video entdeckt. Von Roofern aus Russland, die sich selbst gefilmt haben, während sie auf ein Gebäude geklettert sind. Das hat mich nicht mehr losgelassen und irgendwann habe ich es ausprobiert.« Seine Mundwinkel zuckten. »Ich bin auf dieses Baugrundstück von Cliff, nachts. Trev und ich haben den Schlüssel geklaut, sind da draufmarschiert und den Kran hochgeklettert. Wir haben uns in das Fahrerhäuschen gesetzt und gewartet, bis die Sonne aufging. Es war unglaublich, also haben wir es immer wieder gemacht. Dort, hier, überall eben, wo es ging.«

Bisher hatte ich geglaubt, diese Wette, die Keaton und Trevor meinetwegen abgezogen hatten, wäre nichts weiter als das gewesen. Jetzt begriff ich, dass mehr dahintersteckte. Dass sie das nicht zum ersten Mal getan hatten.

Jake zog sein linkes Bein höher, stellte es auf dem Mauervorsprung ab und lehnte sein Kinn darauf. »Manchmal ist oben zu sein das Einzige, was mich atmen lässt«, sagte er und musterte mich von der Seite. »Ich kenne das Gefühl, Ash. Keine Luft mehr zu bekommen. Von den Dingen erstickt zu werden. Deshalb komme ich hier hoch. Hier oben fühle ich mich frei.«

Frei.

»Tami hat einmal zu mir gesagt, dass Lebendigsein mehr sei als nur zu atmen« erzählte ich, während mein Blick über die Landschaft streifte. Damals hatte ich geglaubt, verstanden zu haben, was sie meinte. Doch jetzt begriff ich, dass ich das volle Ausmaß ihrer Worte nie verstanden hatte. Erst hier oben kamen sie mir logisch vor. Ich verstand, was sie gemeint hatte, als sie davon sprach, die Stadt sei zu klein für sie. Sie könne dort nicht glücklich werden. Und sie hatte geglaubt, mir ginge es genauso wie ihr. »Sie wollte immer, dass ich mehr aus meinem Leben mache. Mehr als das, was meine Mom und mein Dad von mir erwarten. Manchmal glaube ich, Tami kannte mich besser als ich mich selbst.«

»Was haben deine Eltern von dir erwartet?«, fragte Jake und ich überlegte, ob ich ihm eine ausweichende Antwort geben oder ihm die Wahrheit sagen sollte.

Ich entschied mich für die Wahrheit. »Mein Dad ist Anwalt und es war ihnen immer wichtig, dass wir nach außen einen guten Eindruck machen. Also bestand mein Leben daraus, zu sein, wie sie es wollten. Ich habe mich für das Jurastudium angemeldet, weil sie es erwartet haben, und nicht, weil ich wirklich Anwältin werden will.«

Jura würde mich nicht glücklich machen. Das hätte es damals nicht getan und das würde es auch jetzt nicht tun. Ich hasste alles, was mit Gesetzen zu tun hatte. Sie waren trocken und staubig und der Gedanke, meine Tage mit Aktenbergen an einem Schreibtisch zu verbringen, gefiel mir nicht. Stundenlang in Gerichtssälen zu hocken, mit Richtern und Geschworenen und einer verfeindeten Anwaltspartei zu kämpfen, bescherte mir nichts weiter als ein beengendes Gefühl in der Brust.

»Ich kann mir dich gar nicht als Anwältin vorstellen«, sagte er und wir begannen, uns über tiefergehende Dinge zu unterhalten. Über unsere Träume. Über unsere Eltern.

Ich erfuhr, dass er eine zehn Jahre ältere Schwester hatte, die zusammen mit seinem Dad an der Highschool arbeitete, in die er, Keaton und Trevor gegangen waren. Sie als Vertrauenslehrerin – er als Direktor. Seine Mom hingegen war Oberärztin im Krankenhaus.

Ich erzählte ihm von meiner Mom. Von den Pflegekindern, die sie aufgenommen hatte. Immer wieder. Von meinem Bruder Phil, der auf der Chicago State University studierte, und dass wir bis zu seinem Auszug ein schwieriges Verhältnis gehabt hatten. Es tat gut, mit Jake hier oben zu reden, denn es fühlte sich an, als würde alles Schwere direkt die Tiefe fallen.

Es konnte sich nicht wie sonst an mir festkrallen. Und das war gut.

Wir blieben zwei Stunden auf dem Gebäude, ehe die Sonne so tief stand, dass wir beschlossen, uns auf den Rückweg zu machen.

Jake verstaute die leere Wasserflasche in seinem Rucksack und erklärte mir, wie ich am besten herunterkam.

Er kletterte über den Mauervorsprung und wartete, bis ich es ihm gleichtat.

Ich ließ mir Zeit, denn das Herunterklettern erwies sich als weitaus komplizierter als das Hochklettern.

Es dauerte, bis sich meine Koordination eingependelt hatte. Meine Hände zitterten und ich musste mich zwingen, mehr Kraft dafür aufzuwenden, mich festzuhalten. Aber schließlich kam der Punkt, an dem ich mich eingespielt hatte, und die letzten Meter gingen wie von Selbst.

Unten ließ ich mich in das verbrannte Gras purzeln. Mein Brustkorb hob und senkte sich, während ich nach oben blickte. In der untergehenden Sonne war die Gebäudespitze kaum noch zu erkennen.

Jake zog mich auf die Beine.

Und während wir zu seinem Wagen traten, um zurück ins Apartment zu fahren, wünschte ich mir, das Gefühl festhalten zu können. Damit es niemals wieder verschwand.

JAKE

»Können wir das bald noch mal machen?«, fragte Ashley über die Musik hinweg. Sie griff an das Armaturenbrett, um die Lautstärke herunterzudrehen.

»Klar.« Ich setzte den Blinker und fädelte mich in die rechte Abbiegespur ein, um in die Straße zu meinem Apartment einzubiegen. »Beim nächsten Mal können wir Trev und Keat mitnehmen, wenn du willst.«

Ich schlug es vor, spürte jedoch, dass ich den Moment am liebsten mit ihr alleine erleben wollte. Mit Ashley dort oben zu sein war anders gewesen, als es mit Trevor oder Keaton je gewesen war. Wenn ich mit meinen Freunden kletterte, dann saßen wir auf den Gebäuden und alberten herum. Doch mit ihr hatte ich mich unterhalten. Über meine Highschoolzeit und wie es gewesen war, von meinem Dad und meiner Schwester Sandy gleichzeitig beobachtet zu werden. Wir hatten über sie gesprochen. Über ihre Eltern. Ihren Bruder. Tami.

»Klettert Zara auch mit?«, riss Ash mich aus meinen Gedanken.

»Nein.« Ich fand eine Parklücke vor dem Haus und lenkte den Wagen hinein. »Sie kommt eher mit, wenn

wir uns durch Parkhäuser auf die Dächer schleichen. Das Klettern selbst gefällt ihr nicht so sehr, wie oben zu sein.« Ich stellte den Schalthebel auf Parken, drehte den Zündschlüssel und der Motor erstarb. »Das können wir auch machen, wenn du willst.«

»Ja«, murmelte sie und wirkte plötzlich weit weg.

»Hey.« Ich streckte die Hand aus und berührte sie an der Schulter. »Ist alles okay?«

»Ja, es …« Sie wandte den Kopf ab und sah aus dem Beifahrerfenster. »Es ist nur … als Tami gestorben ist, da habe ich mich nicht mehr gefühlt. Es war, als wären alle guten Gefühle hinter einer dicken Glasmauer verschwunden, wo ich sie nicht erreichen konnte.« Sie presste die Fingerspitzen gegen ihr Herz. »Als würde mein Herz schlagen und meine Lungen atmen, aber ohne dass ich dabei etwas fühlte. Aber als wir vorhin geklettert sind und da oben auf dem Gebäude saßen, da war es anders. Ich habe mich gespürt, Jake. *Ich habe alles gespürt.*«

Ihre Worte bereiteten mir eine Gänsehaut. Ich wusste genau, was sie empfunden hatte – weil es das war, was auch ich empfand, wenn ich kletterte. Das Gewicht, das mich sonst niederdrückte, verschwand. Und mit jedem Meter, den ich erklomm, fiel mehr von mir ab. Bis es nur noch meinen rasenden Puls, das pochende Herz, das Rauschen meines Blutes gab.

Als Ashley den Kopf drehte, rann eine Träne über ihre Wange. Doch sie lächelte. »Ich weiß nicht, wie ich dir dafür danken soll.«

Ich legte meine Hand auf ihre und drückte sie. »Das musst du auch nicht«, sagte ich. »Ehrlich gesagt hatte ich heute auch keinen guten Tag. Als ich nach Hause kam, da …« Ich schüttelte den Kopf. »Es war sogar ziemlich egoistisch, es dir vorzuschlagen.«

Ihre Mundwinkel zuckten. »Wenn es sich jedes Mal so gut anfühlt, wenn du egoistisch bist, dann habe ich nichts dagegen.«

Ich starrte auf ihre vollen Lippen, die noch immer zu einem Lächeln verzogen waren. Auf ihre hellen, dichten Wimpern und auf die verirrte Haarsträhne, die ihr ins Gesicht fiel. Ohne darüber nachzudenken, ließ ich ihre Hand los, um sie aus ihrem Gesicht zu streichen. »Wenn das so ist …«, sagte ich und glitt mit den Fingerspitzen von ihrer Wange bis an ihr Ohr. »… dann werde ich mich bemühen, weiterhin egoistisch zu sein.«

Ihre Haut fühlte sich unglaublich weich an. Ich zwang mich, mich von ihr zu lösen und mehr Abstand zwischen uns zu bringen. Ich löste meinen Gurt und sagte. »Lass uns hochgehen, ich sterbe vor Hunger.«

Wir stiegen aus dem Wagen, um ins Apartment zu gehen.

Dort kochte ich uns Spaghetti *Aglio e Olio* mit jeder Menge Knoblauch und frisch geriebenem Parmesan.

Zum Essen warfen wir uns nebeneinander aufs Sofa. Ich schaltete einen Film ein und beobachtete, wie Ash die Spaghetti mit einer Gabel drehte, ehe sie sie in den Mund schob.

Als ich bemerkte, wie ich immer wieder auf ihre Lippen starrte, auf denen ein dünner Ölfilm glänzte, zwang ich mich, den Blick abzuwenden. Selbst als sie neben mir tiefer in dic Polster rutschte, blieben meine Augen stur auf den Film gerichtet.

Erst als der Abspann über den Bildschirm flackerte, wagte ich einen Blick in ihre Richtung. Ihr Kopf ruhte auf der Lehne, der rechte Arm lag locker auf ihrem Bauch, die Augen waren geschlossen.

Ich stand auf, um die Decke vom Sessel zu nehmen und sie vorsichtig über sie zu legen. So wie ich es seit dem Tag tat, als sie bei mir eingezogen war. Doch anders als sonst blieb ich eine ganze Weile stehen. Beobachtete, wie ihr Brustkorb sich hob und senkte. Ihre Gesichtszüge waren geglättet, ihre Augenlider zuckten leicht und ich entdeckte ein einzelnes Haar, das sich an ihre Nasenspitze geheftet hatte.

Ich spiele mit dem Feuer, dachte ich, während ich meine Finger ausstreckte, um das Haar aus ihrem Gesicht zu streichen, und bemerkte, wie verdammt gut es sich anfühlte, Ash zu berühren.

Als ich am nächsten Morgen aus meinem Schlafzimmer kam, blieb ich abrupt stehen. Mein Blick fiel auf Ashley. In einem enganliegenden Shirt und Jeansshorts stand sie in der Küche und gab eine Kelle Teig in eine heiße Pfanne.

»Du machst Frühstück?«, fragte ich, als der unverwechselbare Duft von Pancakes in meine Nase drang.

»Ja, ich dachte, es sei höchste Zeit, mich für das ganze gute Essen zu revanchieren.« Mit dem Pfannenwender drehte sie den Teigling, um ihn von der anderen Seite zu braten. »Oder magst du keine Pancakes?«

Eine Unsicherheit flackerte in ihrem Blick, die irgendwie süß und sexy zugleich war.

»Quatsch«, erklärte ich und blieb vor ihr stehen. »Ich liebe Pancakes.«

Sie lächelte und ich schaffte es nicht, den Blick von ihr abzuwenden, sah zu, wie sie weitere Pfannkuchen backte und schließlich auf den Couchtisch neben den Ahornsirup stellte.

»Wenn du Lust hast, können wir heute was unternehmen«, schlug ich vor, während ich den Pancake auf meinem Teller mit Ahornsirup beträufelte. Ich schnitt ein Stück ab und stopfte es mir in den Mund. »Ich habe heute den ganzen Tag Zeit.«

»Woran hast du gedacht?«

Ich biss herzhaft in ein weiteres Stück Pancake und nahm einen Schluck Wasser, ehe ich sagte: »Bist du schon mal Kajak gefahren? Wenn nicht, könnten wir das tun. Am südlichen Pier können wir uns welche ausleihen und in eine der Buchten paddeln. Wenn wir Glück haben, sehen wir dort sogar ein paar Seehunde.«

»Echt? Du würdest mit mir fahren?« Ihre Augen leuchteten auf und der Wunsch, sie ganz nah bei mir zu spüren, wuchs.

Es war ein verdammt falscher, verdammt egoistischer Gedanke. Und trotzdem schaffte ich es nicht, ihn zu unterdrücken. Es hatte sich einfach viel zu gut angefühlt, sie zu berühren.

»Klar.« Ich schnappte mir einen weiteren Pfannkuchen vom Teller und begann, mir abgezupfte Stückchen in den Mund zu stecken. »Und ich wette, du wirst es lieben.«

Eine halbe Stunde später machten wir uns auf den Weg.

Die Straßen waren voll und es dauerte, bis wir ankamen, doch das störte mich nicht. Denn neben Ashley im Wagen zu sitzen und ihr dabei zuzuhören, wie sie jeden einzelnen Song meiner Playlist mitsang, gefiel mir. *Es gefiel mir viel zu sehr.*

Wir parkten in der Nähe des Piers und schlenderten eine Weile am Strand entlang, ehe wir an einem Surfstand zwei Kajaks und die passende Ausrüstung bezahlten.

Ich war schon oft Kajak gefahren und wusste genau, worauf ich achten musste, deshalb schlossen wir uns nicht den üblichen Touri-Runden an, sondern machten uns alleine auf den Weg.

Ash quietschte auf, als eine Welle sie völlig durchnässte, doch sie paddelte tapfer weiter, bis das Wasser seichter wurde.

Während sie neben mir paddelte, wanderte mein Blick immer wieder zu ihr. Zu ihrem Körper, dessen Konturen in dem schwarz-grünen, eng anliegenden Neoprenanzug sehr verführerisch zur Geltung kam. Selbst mit der Rettungsweste, die sie trug, und dem schwarzen Sicherheitshelm sah sie wunderschön aus. Denn hier draußen, wenn sie lachte und strahlte und nicht von dieser Dunkelheit umgeben war, wirkte sie noch viel bezaubernder.

Sie raubte mir den Atem.

Nebeneinander paddelten wir durch eine Felsspalte hindurch. Im Inneren der Höhle, die sich vor uns auftat, begrüßte uns das laute Gejaule einiger Seehunde. Obwohl ich sie schon oft gesehen hatte – hier oder am Strand – fand ich sie immer wieder aufs Neue faszinierend.

Durch die Löcher im Felsgestein brach sich das Sonnenlicht, tauchte die Stimmung in der Höhle in ein magisches Licht.

Eine Weile beobachteten wir die Seehunde,

ehe wir weiterpaddelten, erst aus der Höhle hinaus, dann ein Stück die Küste entlang.

Auf dem Rückweg forderte Ashley mich zu einem Wettpaddeln auf und ich ließ zu, dass sie mich überholte, nur um ihr Lachen zu hören. Ein paar Meter vor dem Strand drehte sie sich grinsend zu mir um, bis eine der Wellen das Kajak erfasste. Es geriet ins Schaukeln und Ashley verlor das Gleichgewicht. Samt Paddel landete sie im Wasser.

»Oh Gott, ist das kalt«, keuchte sie, als sie wieder auftauchte. »Wieso ist das so kalt?«

»Der Pazifik ist immer kalt«, erklärte ich und streckte ihr die Hand entgegen, um sie in mein Kajak zu ziehen.

Ash ergriff meine Hand – und im nächsten Moment landete ich im Wasser. Sie hatte mich einfach zu sich gezogen.

Eine Welle rollte heran. Drückte mich unter und Salzwasser drang in meine Lungen. Ich fand Halt auf dem sandigen Boden, und als ich auftauchte, kicherte sie. »Ich fand, dass ich nicht die Einzige sein sollte, die im Meer landet.« Wasser tropfte von den Haaren an ihrer Stirn. Feine Perlen hingen in ihren Wimpern.

»Fandest du das, ja?« Ihr Blick veränderte sich, als ich nach ihrem Handgelenk griff und sie an mich zog, so dicht, dass ihr Körper gegen meinen gedrückt wurde. Ich ließ meine andere Hand an ihren Rücken gleiten, um den letzten Abstand zwischen uns zu überwinden.

Und dann küsste ich sie.

Ein leises Stöhnen entwich ihrer Kehle, als meine Zunge den Weg in ihre Mundhöhle fand. Ich kostete sie. Umfing ihre Lippen, tauchte tiefer in sie ein, um jeden Winkel zu erforschen. Sie schmeckte nach dem Salz des Ozeans und gleichzeitig süß.

So verdammt süß.

Ash klammerte sich an mir fest, während eine weitere Welle uns umspülte und unter Wasser drückte. Und ich ließ sie nicht los.

Ich konnte es nicht.

ASHLEY

Auch eine halbe Stunde, nachdem Jake und ich uns geküsst hatten, pochte mein Herz noch wie wild.

Ich widerstand dem Drang, die Fingerspitzen gegen meine Lippen zu pressen, und sank stattdessen tiefer in den Beifahrersitz, konzentrierte mich auf die Musik, die aus den Boxen drang, und die Straßen, die an mir vorbeizogen.

Jake hatte mich geküsst.

Geküsst.

Er hatte seine Lippen mit genau der richtigen Mischung aus Bestimmtheit und Leidenschaft auf meine gelegt, auf eine Art, die die gesamte Kälte des Wassers aus meinem Körper gesogen hatte. Auf eine Weise, die mich in Brand gesteckt und nichts als Hitze zurückgelassen hatte. Selbst jetzt noch fühlte es sich an, als würde ich lichterloh in Flammen stehen, und alles, was ich wollte, war, dass er es noch einmal tat. Noch einmal mit seiner

Zunge zwischen meine Lippen tauchte, mich an sich zog, mich küsste.

Doch es sah nicht aus, als würde es noch einmal passieren. Nach dem Kuss hatte sich etwas verändert. Wortlos hatten wir die Kajaks zurückgebracht und uns umgezogen. Den gesamten Weg bis zum Wagen war Jake stumm neben mir hergelaufen und hatte mich kaum angesehen, als wäre es ihm unangenehm. *Als würde er es bereuen.*

Wir bogen nach links ab in die Straße, die zu seinem Apartment führte, und einen Augenblick später kam der Wagen vor dem Haus zum Stehen.

Mit dem Motor erstarb auch die Musik, und die Stille zwischen uns klang mit einem Mal zu laut in meinen Ohren. Ich hielt sie kaum aus. Wusste zu gut, was sie bedeutete, denn es war dieselbe Stille wie damals, als Ian mir gesagt hatte, dass wir nicht mehr zusammen sein konnten. Sie war dunkel und schwer und sie schnürte mir die Luft ab.

»Ash, ich …«, begann Jake und fluchte, als etwas auf die Motorhaube knallte. Ich drehte den Kopf und entdeckte Trevor, der grinsend vor dem Wagen stand und uns zuwinkte.

»Ich dachte, du wärst schon längst zum Flughafen unterwegs«, begrüßte er Jake einen Moment später. »Hey, Prinzessin.«

Flughafen?

»Nein«, sagte Jake. »Es gab eine Planänderung, Ash und ich waren eine Runde Kajak fahren. Und was machst du hier?«

Trevor sah mich an. »Na ja, ich dachte, vielleicht hat Ash Lust, mit mir ins Kino zu gehen.« Er warf einen Blick auf die Armbanduhr an seinem Handgelenk. »Es ist jetzt sechszehn Uhr. In einer Stunde ist die nächste Vorstellung von dem Film, von dem ich dir erzählt habe. Hast du Lust?«

»Gern.« Der Kuss und die angespannte Stille zermürbten mich. Mit Trevor ins Kino zu gehen bedeutete Zeit und Ablenkung. Und ich brauchte dringend Zeit, um mich zu fangen. Zeit, um die Panik, die sich in mir hochkämpfte und die Erinnerungen an Ian hochholte, im Keim zu ersticken.

»Bist du auch dabei?«, fragte Trevor.

»Nein«, antwortete Jake. »Ich muss noch was für die Uni machen.«

Er log. Ich wusste, dass er log, und er wusste es auch. Heute Morgen hatte er behauptet, den ganzen Tag Zeit zu haben, und jetzt benutzte er die Uni als Vorwand. Seine Worte versetzten mir einen Stich und ich verfluchte mich selbst dafür, dass es wehtat. Ich wollte nicht, dass es wehtat. Ich wollte nicht, dass er mir etwas bedeutete und dass jemand noch einmal die Macht besaß, mich zu verletzen.

»Pech für dich, Glück für mich.« Trevor grinste mich an. »Dann steig aus, Prinzessin. Ich nehm dich auf meinem edlen Ross mit.« Er lief vor, um einen zweiten Helm aus einer Verankerung hervorzuholen, während ich den Gurt löste.

Ich wartete darauf, dass Jake mit mir sprach. Dass er etwas sagte. *Irgendwas.* Doch er tat es nicht. Ich spürte die Tränen hinter meinen Lidern, doch ich drängte sie zurück, während ich aus dem Wagen stieg und zu Trevors Motorrad eilte.

Ich stülpte den Helm über den Kopf, setzte mich hinter ihn und legte die Hände fest um seine Taille,

so wie er es mir zeigte. Dann heulte der Motor auf und Trevor lenkte das Motorrad vom Weg auf die Straße. Ich drehte den Kopf, als er Jake noch etwas zurief, ehe das Motorrad an Geschwindigkeit zunahm.

Trevor fuhr schnell, aber sicher. Bisher war ich noch nie Motorrad gefahren, aber der Geschwindigkeitsrausch gefiel mir. Es war nicht zu vergleichen mit dem Rausch, der mich durchfuhr, wenn ich auf ein Gebäude kletterte, aber es war trotzdem gut. Am liebsten hätte ich Trevor gebeten, noch eine ganze Weile mit mir durch Savanna Springs zu fahren in der Hoffnung, so das Gedankenkarussell in meinem Kopf abstellen zu können. Doch noch während ich darüber nachdachte, erreichten wir das Kino.

Wir kauften Popcorn, Nachos und zwei große Becher Cola, ehe wir durch den schummrigen Kinosaal zu unseren ausgewiesenen Plätzen gingen.

Ich schaffte es kaum, mich auf den Film zu konzentrieren, weil Jake sich in meinem Kopf breitgemacht hatte. Ich sah alles immer wieder vor mir. Den Moment im Wasser, als sich sein Blick verändert hatte und sich seine Lippen plötzlich auf meine gelegt hatten. Den Augenblick, als er mich aus dem Wasser getragen hatte, meinen Körper an seinen geschmiegt, so dicht aneinandergepresst, dass ich alles hatte spüren können.

Seinen Herzschlag. Seinen Atem und ... seine Lust.

Wenn ich daran dachte, wie seine Lippen auf meinen gelegen hatten und seine Zunge durch meinen Mund geglitten war, dann machte mein Herz diese

seltsame, verräterische Sache, die es seit einer langen Zeit nicht mehr getan hatte.

Nicht ... seit Ian.

Ich griff in die Popcornpackung, stopfte mir eine Handvoll in den Mund und versuchte, an etwas anderes zu denken. Doch der Geschmack von Ians Verrat blieb und vermischte sich mit Jakes Unaufrichtigkeit. Ich schaffte es nicht, ihn abzuschütteln.

»Dir hat der Film nicht gefallen, oder?« Trevor löste den Schlüssel von seinem Gürtel, um die hintere Klappe an seinem Motorrad zu öffnen.

»Doch, klar.«

»Du bist eine schlechte Lügnerin«, erklärt er und drehte sich zu mir um. »Man hört es nicht nur in deiner Stimme, sondern man sieht es dir an, wenn du lügst.« Er tippte mir auf die Nasenspitze. »Genau hier wirst du rot.«

Es war nicht so, dass mir der Film nicht gefallen hatte. Ich hatte nur kaum etwas davon mitbekommen, weil Jake den Großteil meine Gedanken ausgefüllt hatte. Ich ärgerte mich darüber, dass ich es nicht schaffte, meinen Kopf auszuschalten und die Zeit, die ich mit Trevor verbrachte, zu genießen.

Trevor musterte mich. »Vorschlag: Das nächste Mal suchst du den Film aus – oder das, was wir machen, okay?«

»Können wir jetzt noch was anderes machen?«, fragte ich.

Der Gedanke, zurück in Jakes Apartment zu fahren, gefiel mir nicht. Ich brauchte Zeit, um damit klarzukommen, dass sich alles verändern würde, dass die Leichtigkeit, mit der wir sonst miteinander umgegangen waren, verschwinden würde, um etwas Platz zu machen, was ich schon einmal erlebt hatte.

Ich wollte nicht zurück.

Nicht jetzt.

»An was hast du gedacht?«, fragte Trevor und ich griff nach seinem Handgelenk, um auf die Uhr zu sehen. Es war kurz vor Acht.

»Wann macht das *Pacific Tragedy* auf?«, fragte ich.

»Freitags? Um acht, soweit ich weiß.«

»Können wir hinfahren? Nur für eine Stunde oder zwei?«

Ich wollte irgendetwas tun, um das Unvermeidliche hinauszuzögern. Eine Stunde. Zwei Stunden. Einen Abend.

So lange, wie es eben ging.

»Perfekte Idee«, sagte er, zog das Handy aus der Hosentasche und tippte etwas ein. »Ich ruf Keat und Zara an und frag, ob sie Lust haben mitzukommen.«

Mit dem Handy am Ohr drehte er sich um und lief bis an die Schaufenster, die allesamt mit Filmplakaten zugeklebt worden waren. Es dauerte nicht lange, da kam er zurück und verkündete: »Zara und Keat kommen in einer Stunde nach.«

Wir stiegen auf sein Motorrad und machten uns auf den Weg zum *Pacific Tragedy*, das etwa zehn Minuten vom Kino entfernt lag.

Der Türsteher fragte weder nach meinem Alter noch nach einem Ausweis. Er winkte uns einfach durch.

Anders als beim letzten Besuch war die Tanzfläche noch relativ leer, was vermutlich nur daran lag, dass der Club gerade erst geöffnet hatte. Immerhin war Freitagabend.

Wir bestellten eine Cola für Trevor und einen Wodka-O für mich, und setzten uns mit den Getränken in unmittelbare Nähe zur Tanzfläche. Die Musik war laut und vertrieb zusammen mit dem Alkohol die Gedanken aus meinem Kopf. Es war eine willkommene Abwechslung. Viel besser als das Grübeln und der Herzschmerz, die mich seit Stunden fest umklammert hielten. Denn Jake bedeutete mir etwas. Seit diesem Morgen, als er mit vier Bechern Kaffee in dem schäbigen Motelzimmer aufgetaucht war, war er mir mit jedem

Tag wichtiger geworden. Ich wohnte bei ihm. Wir verbrachten fast jede freie Minute miteinander. Kochten. Redeten. Schauten Filme. Es tat mir gut, mit ihm zusammen zu sein – doch bis zu dem Kuss heute Nachmittag hatte ich nicht geahnt, wie sehr. Denn als seine Lippen auf meine getroffen waren, war etwas in mir aufgeplatzt und diese Gefühle, die jetzt durch meinen Körper rauschten, machten mir Angst.

Nicht nur, weil ich fühlte, sondern weil ich beim letzten Mal, als ich sie gespürt hatte, von einer Klippe gestürzt war.

Damals hatte es Tami gegeben. Sie hatte mich aufgefangen und war für mich da gewesen. Und ich wünschte mir, sie wäre auch jetzt hier. Ich wünschte mir, sie wäre hier und ich könnte ihr von Jake und dem Kuss erzählen. Von dem Chaos, das in meinem Kopf wütete. Von der Anziehung, die ich ihm gegenüber verspürte, und der Angst vor dem, was sie mit sich brachte. *Aber sie war nicht hier.* Sie würde nie wieder hier sein.

Die Traurigkeit zog mich erneut in ihren Bann. Sie webte mich ein und zerrte mich wieder in die Tiefe.

Zwischen zwei weiteren Drinks bekam ich mit, dass Keaton und Zara ins *Pacific Tragedy* kamen. Von der Tanzfläche aus sah ich, wie sie sich miteinander unterhielten. Doch ich begrüßte sie nicht. Stattdessen bewegte ich mich zu der Musik, ließ mich davontreiben, bis der Alkoholnebel die Gefühle schluckte.

Meine Angst.

Meine Traurigkeit.

Die Einsamkeit.

Einfach alles.

»Hey Prinzessin, ich denke, du hast genug.« Trevor löste das Glas aus meinen Fingern, überreichte es Keaton und legte den Arm um meine Schulter. »Zeit, nach Hause zu fahren.«

Ich schüttelte den Kopf – und prallte gegen seine Brust.

»Glaub mir, morgen wirst du mir dafür danken, dass ich dich nach Hause gebracht habe.«

Mir war egal, was er sagte. Ich wollte nicht zurück. Ich wollte weitertanzen und weitertrinken und weiter in diesem Nebel schwimmen, in dem nichts mehr wehtat oder mir Angst machte. Also schlüpfte ich unter Trevors Arm hindurch, um zurück auf die Tanzfläche zu laufen. Doch weiter als zwei Schritte kam ich nicht, bis zwei starke Arme mich packten und ich über seine Schulter geworfen wurde. Fluchend trat ich um mich, während Trevor mich durch den Club bis nach draußen trug, wo kühle Luft auf meinen erhitzten Körper traf.

Ein Taxi tauchte in meinem Blickfeld auf, ehe ich auf den Rücksitz sackte und Trevor sich neben mich schob. Ich fummelte an dem Gurt herum, bis er sich über mich lehnte und mich anschnallte.

In dem Moment, in dem er dem graubärtigen Mann am Steuer die Adresse durchgab, schloss ich die Augen. Plötzlich war ich einfach nur noch schrecklich müde und das Schaukeln, Beschleunigen und Anfahren jagte eine Welle aus Übelkeit durch meinen Körper. Ich krallte mich in den Sitzpolstern fest, während mein Kopf immer wieder gegen die Scheibe knallte.

Erst als das Taxi hielt, öffnete ich wieder die Augen.

»Können Sie hier warten?« Trevor schob dem Taxifahrer ein paar Scheine hin. »Ich denke, ich bin in zehn Minuten zurück.«

Der Taxifahrer brummte etwas, das wie eine Zustimmung klang, und einen Moment später wurde meine Tür geöffnet.

Ich hatte nicht einmal mitbekommen, wie Trevor ausgestiegen war.

Er half mir, mich abzuschnallen und aus dem Wagen zu steigen, nahm meine Tasche ab, zog den Haustürschlüssel heraus und stützte mich, bis wir am Haus ankamen.

»Was ist mit deinem Motorrad?«, fragte ich, als ich mich im Fahrstuhl gegen die Wand sinken ließ.

»Steht noch beim Club. Ich hol es morgen ab«, erklärte er. »Du wärst mir beim Anfahren nach hinten gekippt und auf die Straße gestürzt. Das konnte ich nicht riskieren.«

Mit einem *Bling* öffneten sich die Fahrstuhltüren. Doch statt darauf zuzulaufen und aus dem Fahrstuhl zu treten, rutschte ich an der Metallverkleidung hinab, weil meine Beine einknickten. Sie gehorchten mir nicht mehr.

Ich versuchte, mich daran zu erinnern, wann ich das letzte Mal so betrunken gewesen war. Doch meine Gedanken verschwanden in einem dunklen, schwammigen Nichts.

»Ey, Prinzessin«, erklang Trevors Stimme dicht neben mir und mit dem Daumen drückte er mein Kinn hoch, damit ich ihn ansah. »Ich trag dich rein, okay?«

Als ich nickte, hob er mich hoch.

Keine Ahnung, wie er es schaffte, mich zu tragen und zeitgleich die Tür zum Apartment aufzuschließen, doch plötzlich erklang Jakes Stimme.

»Was ist passiert?«

Ich hörte Papier rascheln, dann, wie er näher kam. Mein Körper erinnerte sich augenblicklich daran, wie nah wir uns gewesen waren, und all die Gedanken, die ich mit dem Alkohol hatte verdrängen wollen, kämpften sich durch den Nebel hindurch zurück in mein Bewusstsein.

»Nichts. Sie ist einfach nur voll.« Trevor hievte mich aufs Sofa. »Nach dem Kino waren wir noch im *P.T.* und Ash hatte ein paar Drinks zu viel. Das ist alles.«

Die Stimmen entfernten sich, als ich mich auf dem Sofa zusammenrollte und die Augen schloss.

Alles drehte sich.

Die Haustür fiel ins Schloss und einen kurzen Moment später spürte ich Jakes Hand auf meiner Schulter.

»Hey, geht's dir gut?«, fragte er. »Brauchst du irgendwas?«

Dich, wollte ich antworten, weil ich wollte, dass er mich noch einmal küsste. Nur noch ein einziges Mal.

»Hey, sieh mich an, Ash«, sagte er sanft.

Ich blinzelte, als seine Finger über meine Wange glitten und meine Lippen erreichten. Sein Gesicht war dicht vor meinem. Durch die dichtesten Wimpern, die ich bei einem Mann je gesehen hatte, musterte er mich.

Ohne darüber nachzudenken, hob ich meinen schweren Kopf, um meine Lippen auf seine zu pressen. Jake seufzte an meinem Mund, doch anders als heute Nachmittag küsste er mich nicht.

Hinter meinen Lidern spürte ich die Tränen.

»Ich will deinen Zustand nicht ausnutzen, Ash«, murmelte er dicht vor mir. »Was nicht heißt, dass ich dich nicht auch noch mal küssen will.«

Während seine Worte durch meinen Kopf sickerten und ich versuchte, ihren Sinn zu ergründen, legte er seine Hand in meinen Nacken. Er zog mich dichter heran – und dann küsste er mich. Derselbe Stromschlag rauschte durch meinen Körper, während seine Zungenspitze mit meiner tanzte.

Viel zu schnell verschwanden seine Lippen und er ließ von mir ab, nur um mich im nächsten Moment umso fester an sich zu ziehen. Eine ganze Weile umschlang er mich fest und ich spürte seinen warmen Atem in meinem Nacken.

Als er sich schließlich von mir löste und meinen Kopf behutsam zurück auf die Sofalehne bettete, nahm ich mir fest vor, morgen mit ihm zu reden.

Über den Kuss.

Über meine Gefühle.

Über alles.

Doch als ich am nächsten Morgen die Augen öffnete, begrüßte mich nichts weiter als ein Zettel. Jake jedoch war verschwunden.

JAKE

»Alter«, stöhnte Keaton, der in nichts weiter als Boxershorts gekleidet in der Tür stand und sich verschlafen über sein Gesicht rieb. »Es ist mitten in der Nacht.«

»Es ist sieben«, erklärte ich und schob mich an ihm vorbei in die kleine Wohnung, die er sich mit Zara teilte. Der Flur war schmal und lang und bestand aus nichts weiter als einer Garderobe, einem Spiegel und einem blauen Läufer, der auf buchefarbenem Laminat lag.

Keaton drückte die Tür ins Schloss und bedeutete mir, ihm zu folgen. Vorbei an seinem Zimmer und dem von Zara, das neben dem Bad lag, betraten wir das Wohnzimmer, das halboffen in die Küche überging.

»Ist Zara …«, begann ich, während er die Kaffeemaschine einschaltete.

»Nein, wir waren zusammen mit Trev und Ash im P.T. und sie ist mit einer Freundin weitergezogen, als ich nach Hause bin.« Keaton drehte sich um, lehnte sich gegen den Küchentresen und verschränkte die Arme vor der breiten, tätowierten Brust. »Also, warum tauchst du so früh hier auf? Was ist los?«

Ich ließ mich auf das abgewetzte graue Sofa in der Ecke sinken. »Ich habe Mist gebaut«, sagte ich. »Ich habe Ash geküsst.«

Zweimal.

Ich hatte sie zweimal geküsst. Einmal am Strand und einmal heute Nacht, als sie betrunken zurückgekehrt war. Ich hatte ausgenutzt, dass sie nicht wusste, was sie tat, und ich hatte es getan, weil es sich viel zu gut angefühlt hatte, um es nicht zu tun.

»Du hast …« Keaton schüttelte den Kopf und setzte sich. »Scheiße, Mann, warum?«

Darüber hatte ich die halbe Nacht nachgedacht. Ich hatte ihr beim Schlafen zugesehen und mich gefragt, was ich hier tat – und warum. Und ich hatte keine befriedigendere Antwort gefunden als die, dass ich sie mochte, sich mit ihr alles einfach und gut und schön anfühlte, während es mit Maya das genaue Gegenteil war.

»Maya und ich, das ist alles so kompliziert, und Ash, sie ist …«

»Heiß?« Abwehrend hob Keaton die Arme, als ich ihn anfunkelte. »Was denn? Es stimmt doch. Heiß war sie schon, als sie bei Trevs Party aufgeschlagen ist. Und du weißt, dass ich sie angemacht hätte, wenn sie nicht nach ihm gefragt hätte.« Ja, das wusste ich. Keaton mochte Frauen, und wenn er eine traf, die ihn interessierte, fackelte er nicht lange. »Und danach, naja, du weißt schon. Es kam mir nicht sonderlich passend vor, mich an sie ranzumachen. Sie ist keine Frau für eine Nacht.«

Er lehnte sich vor und bat mich, von vorne anzufangen. Ich erzählte ihm von Maya und warum sie sich entschieden hatte, den Besuch bei mir abzusagen.

Dass das Studium ihre Zeit fraß und ihr wichtiger war als ich.

»Du weißt, was ich darüber denke«, sagte Keaton. »Ihr solltet das klären, Jake. Ihr beide seid mit der Situation nicht glücklich.«

»Du weißt, dass das nicht so einfach ist.«

»Ja.« Sein Gesichtsausdruck wurde ernst. »Ja, das weiß ich, nur ... wenn ihr unglücklich damit seid, dann solltet ihr eine Lösung finden. Es gibt immer eine Lösung.«

»Du weißt, wie Mayas Lösung aussieht.«

»Ja, weiß ich. Aber willst du für sie wirklich nach San Francisco ziehen? Alles aufgeben?« Als ich ihm nicht antwortete, legte er mir die Hand auf die Schulter und sein Blick wurde weich. »Dachte ich mir.«

Keaton stand auf, um in der Küche zu verschwinden. Einen kurzen Augenblick später kam er mit zwei Tassen dampfendem Kaffee zurück.

»Es geht aber nicht um das, was ich will, Keat. Das weißt du genauso gut wie ich.«

Um meine Wünsche und das, was ich wollte, ging es schon seit drei verfluchten Jahren nicht mehr. Nicht seit dieser Nacht, die alles verändert hatte.

»Weißt du, was ich glaube?« Er hielt mir einen blauen Kaffeebecher entgegen und schob sich neben mich. »Um das, was du willst, geht es viel mehr, als du glaubst.« Er nahm einen tiefen Schluck aus seiner Tasse. »Du solltest darüber nachdenken, was du wirklich willst. Und du solltest Ash nicht wehtun, nur weil das mit Maya und dir verkorkst ist. Ihre beste Freundin ist tot, ihr Leben liegt in Scherben. Ich glaube nicht, dass sie noch mehr verkraftet. Besonders nicht, dass du sie benutzt.«

»Ich benutze sie nicht.«

»Gut.« Er musterte mich über den Rand seiner Tasse. »Weißt du, ich habe Ash gestern im P.T. erlebt und mich gewundert, wie betrunken sie ist. Trev hat es nicht kapiert, du kennst ihn ja. Aber es war unübersehbar, dass etwas nicht stimmt. Also ernsthaft: Krieg das in den Griff und werde dir klar darüber, was du willst.«

Das wollte ich – doch es war nicht so einfach, wie er glaubte. Denn auf der einen Seite waren Maya und die Verantwortung, die ich übernommen hatte. Auf der anderen war Ashley, die mich anzog, wie mich seit langer Zeit niemand mehr angezogen hatte.

Doch was war, wenn Ash eher die verbotene Frucht repräsentierte, als dass ich wirklich etwas für sie empfand? Was, wenn ich mich irrte? Und schlimmer: Was war, wenn Ash genau das war, was ich wollte. Mehr als Maya. Mehr als alles andere?

Ich blieb noch einen Moment bei Keaton, ehe ich zurück in meinen Wagen stieg und mich auf den Weg zum Apartment machte. Um mit Ashley zu reden. Ihr von Maya zu erzählen. *Von allem.*

Doch an der Kreuzung, an der ich abbiegen musste, tat ich es nicht. Ich fuhr weiter. Bis zum Highwayzubringer und dann den Pacific Coast Highway entlang. Ich fuhr, bis die Sonne hoch am Himmel stand und die aufgeheizte Luft durch die offenen Autofenster ins Innere des Wagens drang.

Erst kurz vor Los Angeles machte ich halt an einem Diner, aß pappiges Hühnchen mit zerkochten Nudeln und sah aus dem Fenster. Ich beobachtete eine Gruppe Kinder auf dem Spielplatz vor dem Diner und ein Rentnerpärchen, das Hand in Hand durch die Glastür trat.

Sie sahen glücklich aus. Noch immer.

Ich spülte den Geschmack des Essens mit einem Glas Cola herunter, ehe ich mein Handy aus der Hosentasche fischte, um eine Nummer zu wählen.

»Hallo, Sir«, begrüßte ich die Mailbox und sprach eine Nachricht darauf, von der ich wusste, dass sie Cliff wütend machen würde. Doch statt darüber nachzudenken, tippte ich eine Nachricht an Keaton.

ICH: Brauche deine Hilfe. Kannst du dich die nächsten Tage um Ash kümmern? Ich hab noch nicht mit ihr gesprochen.

KEATON: Ich dachte, du wärst nach Hause gefahren?

ICH: Nein. Ich muss erst mit Maya sprechen. Bitte, Keat, ich will das Richtige tun.

KEATON: Das Richtige hat dich erst in diese Scheiße reingeritten. Aber meinetwegen, ich fahr gleich zu ihr. Was soll ich ihr sagen?

ICH: Dass ich beruflich wegmusste. Ich muss nachdenken.

KEATON: Alles klar. Melde dich.

ICH: Mach ich und danke.

KEATON: Dank mir nicht zu früh. Wenn sie irgendwem von dem Kuss erzählt, bist du am Arsch. Jeder kennt die Geschichte mit Maya. Es gleicht sowieso einem Wunder, dass Ash es noch nicht mitbekommen hat.

Keaton hatte recht. Wenn Ashley mit Trevor oder Zara darüber sprach, würden sie ihr von Maya erzählen. Wenn sie es jemand anderem erzählte, würde derjenige es Maya erzählen. Solche Dinge sprachen sich herum wie ein verdammtes Lauffeuer.

Kurz überlegte ich, ob es Maya vielleicht schon wusste. Ob nicht irgendwer mich und Ashley am Strand gesehen und ihr Bescheid gesagt hatte. Doch dann entspannte ich mich, als mir bewusst wurde, dass das nicht sein konnte.

Wenn jemand uns gesehen hätte und Maya davon etwas erzählt hätte, dann hätte sie sich bei mir gemeldet. Doch das hatte sie nicht getan.

Ich bezahlte das Essen und stieg in meinen Wagen, um zum Flughafen zu fahren. Dort gab ich ihn ab und buchte den nächsten Flug nach San Francisco.

Weil ich mit Maya reden musste.

Weil ich rausfinden musste, wie ich das zwischen uns geradebiegen konnte. Und weil ich Ash aus meinem Kopf bekommen musste. Für sie. Für mich. Für Maya.

JAKE

Das Wetter in San Francisco war durchwachsen. Schwere, dunkle Wolken bedeckten den Himmel und erinnerten mich an das Unheil, das ich heraufbeschworen hatte.

Ich verließ das Flughafengelände in einem Leihwagen und fuhr auf direkten Weg zu dem Haus von Mayas Mom. Mrs. Gudieré lebte mit ihrem neuen Mann Steven in der Nähe der Universität, in der Maya studierte.

Ich parkte den Wagen vor dem mit Efeu bewachsenen Haus direkt neben Mayas schwarzem Fiat und Rachels rotem Chevelle in der Einfahrt.

Mein Handy vibrierte.

KEATON: Zara und ich sind bei Ash. Alles im grünen Bereich. Melde dich, wenn du reden willst.

Ich schickte ihm eine kurze Antwort, ehe ich das Handy ausschaltete und aus dem Wagen stieg.

Ich ignorierte die Eingangstür des Hauses und lief die Einfahrt entlang, bis ich die Garage erreichte. An der linken Seite, versteckt zwischen Büschen, zog sich die Metalltreppe entlang, die zu dem Anbau führte, in dem Maya wohnte.

Einen Augenblick zögerte ich – dann erklomm ich die Stufen und betätigte den Klingelknopf.

Drei Atemzüge später öffnete sich die Tür. Eine kleine, rundliche Brünette erschien in der Tür, die ich sofort als Rachel erkannte. Wie beim letzten Mal waren ihre Augen dick mit Eyeliner umrandet und in ihrem zurückgebundenen Haar steckten verschiedene Haarspangen mit schwarzen Blüten.

»War das die Klingel?«, hörte ich Mayas gedämpfte Stimme aus dem Inneren der Wohnung.

»Nein, nur mein Handy«, rief Rachel grinsend und winkte mich in die Wohnung. Im Wohnzimmer griff sie ihren Rucksack, der neben einem grünen Sessel lehnte. »Du, Maya? Ich habe ganz vergessen, dass ich noch was erledigen muss. Ich fahr kurz zum Supermarkt und komm mit was zu essen wieder. Wir wollten ja sowieso gerade eine Pause machen.«

»Okay«, tönte es durch die geschlossene Badezimmertür. Rachel schulterte ihren Rucksack, deutete auf die Uhr und reckte anschließend Daumen und Zeigefinger in die Höhe.

Zwei Stunden formten ihre Lippen lautlos, als

der Schlüssel der Badezimmertür sich drehte und sie an mir vorbei in den Flur schlüpfte.

»Bringst du was vom Chinesen mit?«, fragte Maya ihre Freundin.

»Klar, was immer du willst. Bis gleich.«

Die Tür fiel ins Schloss und einen Moment später erschien Maya im Wohnzimmer. Sie trug ein blassblaues Neckholderkleid mit Blumenmaserung, das ihre sonnengebräunte Haut noch dunkler erscheinen ließ. Das rote kinnlange Haar hatte sie sich hinter die Ohren gestrichen und bis auf etwas Wimperntusche trug sie kein Make-up.

»Oh Gott«, rief sie, als sie mich entdeckte. »Was machst du denn hier?«

Ein Strahlen stahl sich auf ihr Gesicht, das mir in vielen anderen Momenten den Atem geraubt hätte. Doch heute tat es das nicht. Nicht einmal, als sie ihre Arme um meinen Hals schlang und ihr Gesicht einen Moment in meiner Halsbeuge vergrub, wollte sich das Gefühl einstellen.

»Ich dachte, ich überrasche dich.«

»Das ist dir gelungen.« Sie hob den Kopf und richtete sich auf, um ihre Lippen auf meine zu pressen.

»Wo ist …«, frage ich zwischen zwei Küssen.

»Noch unterwegs«, beantwortete sie meine Frage, während sie den Saum meines Shirts griff und es mir über den Kopf zerrte. Ihre warmen, feuchten Lippen senkten sich auf meinen Oberkörper, während ihre Hände sich zielstrebig zu meiner Jeans bewegten und den Knopf öffneten. »Gott, ich hab dich so vermisst.«

Ich griff nach ihrem Gesicht, umfasste es mit beiden Händen und zog sie an mich heran, um sie zu küssen. Langsam, um jeden Moment auszukosten, so wie ich es bei Ash getan hatte. Doch Maya stöhnte frustriert auf und begann, ihre Hand in meine Boxershorts zu schieben.

»Lass uns die Zeit nutzen, die wir haben«, murmelte sie, während sie meinen Schwanz umfasste und begann, ihre Hand zu bewegen. »Bitte, Jake, ich brauch dich jetzt.«

Unter ihrer Berührung richtete er sich auf und die Lust, die sich in mir aufgestaut hatte, übernahm die Überhand. Ich löste ihre Finger, legte meine Hände unter ihren Hintern und hob sie hoch.

Ohne ein weiteres Wort schlang Maya die Arme um meinen Hals und ihre Beine um meine Hüften. Sie küsste meinen Nacken, während ich uns durch das Wohnzimmer bis ins Schlafzimmer bugsierte.

Auf dem Bett zerrte sie sich das Kleid über ihren Kopf, löste den Verschluss ihres BHs und strampelte den Slip von den Beinen, bis sie nackt vor mir lag. »Komm schon her.«

Ich streifte Jeans und Boxershorts ab und ließ zu, dass sie mich auf sich zog. Es dauerte nicht lange, da streifte ich das Kondom über und glitt in sie.

Mayas Fingernägel krallten sich in meinen Rücken, während ich in sie stieß. Weiter und tiefer, bis sie sich unter mir aufbäumte und meinen Namen schrie.

Mit einem letzten Stoß folgte ich ihr.

»Das war ... perfekt«, murmelte Maya, als sie atemlos und zufrieden gegen meine schweißnasse Brust sank.

»Ich hab dich so vermisst. Das hier. Uns.«

Ich drückte ihr einen Kuss auf die Stirn, ehe ich aus dem Bett rutschte, um das Kondom zu entsorgen und mich anzuziehen. Ich sah zu, wie Maya sich die Haare aus dem geröteten Gesicht strich und BH und Slip anzog, ehe sie das Kleid überstreifte.

»Bist du noch sauer auf mich?«, fragte sie, als ich die Hand nach ihr ausstreckte und sie an mich zog.

»Nein.«

Ich sog ihren Duft ein, doch anders als sonst schlug mein Herz nicht schneller. Sie roch nach Rosen und Honig, ein Duft, der mich in so vielen einsamen Nächten bis in den Schlaf verfolgt hatte und nach dem ich mich gesehnt hatte.

Doch jetzt dachte ich dabei an Ashley. Daran, wie salzig ihre Lippen geschmeckt hatten, als ich sie geküsst hatte. Daran, wie weich und perfekt sich ihr Körper an meinem angefühlt hatte. Wie anderes es mir ihr war.

»Sicher, dass zwischen uns alles in Ordnung ist?« Maya löste sich von mir und sah mich an. »Du bist so still, Jake.«

Ich öffnete den Mund, um etwas zu sagen, schloss ihn jedoch, als ich die Tür ins Schloss fallen hörte.

»Wir sind zurück«, drang die Stimme von Lina Dawson durch den Flur. »Maya-Schatz? Wem gehört denn der Wagen in der Einfahrt?«

»Wir sind hier, Mom, und er gehört Jake«, rief Maya und ich folgte ihr ins Wohnzimmer, wo einen Moment später ihre Mutter auftauchte. Sie trug ein lilafarbenes enganliegendes Kostüm und schwarze Pumps, doch mein Blick haftete nicht auf ihr, sondern auf dem kleinen Jungen, der nach ihr durch die Tür kam.

»Daddy!«, rief Chase, während ich in die Hocke ging, um meinen Sohn in die Arme zu schließen. Sein kleiner Körper prallte gegen meine Brust und seine Ärmchen krallten sich an mir fest, ehe ich ihn an mich zog.

»Hey, mein Junge«, begrüßte ich ihn. »Warst du mit Granny unterwegs, ja?«

Chase nickte eifrig und kicherte, als ich anfing, ihn zu kitzeln.

Lina schenkte mir ein Lächeln. »Chase war traurig, dass er dich nicht besuchen kommen konnte, deshalb waren wir auf dem Spielplatz«, erklärte sie, als Chase seine sandigen Hände in mein Gesicht drückte.

Lina sah von mir zu ihrer Tochter. »Bist du fertig mit der Hausarbeit?«

»Nein, Mom. Ein Drittel fehlt noch.« Seufzend deutete Maya auf den Couchtisch, auf dem neben ihrem Notebook Bücher mit Klebezetteln und Notizzetteln angehäuft waren. »Aber wenn Jake jetzt hier ist, schaff ich es vielleicht bis heute Abend.« Sie kam zu mir herüber und drückte erst mir, dann Chase einen Kuss auf die Wange. »Wäre das okay?«

»Klar.« Ich hatte gewusst, dass sie sich um ihre Hausarbeit kümmern musste. Es war der Grund, weshalb sie nicht wie gedacht mit Chase nach Savanna Springs geflogen war. »Ich werde mit ihm runtergehen, damit du weiterarbeiten kannst.« Ich warf einen Blick auf die Uhr. »Rachel müsste auch bald wieder da sein.«

Maya grinste. »Sicher.«

Zusammen mit Chase und Lina verließ ich das Apartment und trat in den länglichen Flur des Haupthauses. Anders als oben bei Maya war hier alles genauso edel wie im Haus meines Onkels. Glänzende Böden, auf denen Echtholzmöbel ihren Platz gefunden hatten. Stephen Gudieré, Linas neuer Ehemann, war ein angesehener plastischer Chirurg und der Grund für diesen neuen Luxus.

»Und, Jake? Wie läuft dein Studium?«, fragte sie, als wir in die Küche traten. Sie war groß und geräumig mit einem Tresen in der Mitte und jeder Menge Marmor.

»Ich kann nicht klagen.« Ich setzte Chase in seinen Hochstuhl am Tisch, nahm neben ihm Platz und sah zu, wie Lina einen Apfel in Spalten schnitt. »Es ist anspruchsvoller als das erste Jahr, aber nichts, was ich nicht schaffen werde.«

Lina nahm einen Teller, legte die Apfelspalten darauf und stellte sie vor Chase auf den Tisch. Er streckte die Hand aus, um danach zu greifen. Lina drehte sich um, schnitt Möhren und Kohlrabi in Stücke und legte sie neben die Apfelspalten.

»Gut.« Sie säuberte ihre Hände und legte ihre Fingerspitzen aneinander. »Denn mir ist wichtig, dass unsere Abmachung bestehen bleibt, Jake. Ich habe die letzten zwei Jahre wirklich gerne auf meinen Enkel aufgepasst und ihn aufgezogen, damit Maya sich um ihren Abschluss kümmern und du mit dem College anfangen kannst. Aber langsam seid ihr dran. Er ist euer Sohn, nicht meiner.«

Ich sah zu Chase, der mit einem Karottenstück einen Apfelschnitz durchbohrte und mir sein Werk stolz entgegenhielt. Es war vier Wochen her, seitdem ich ihn das letzte Mal gesehen hatte, und in diesen vier Wochen hatte er sich verändert. Nicht so stark wie früher, als er noch ein Säugling war, doch stark genug, um mir jedes Mal aufs Neue bewusst zu werden, wie viel ich verpasste.

»Glaub mir«, antwortete ich, während ihre Worte mir die Luft abschnürten. »Das weiß ich.«

ASHLEY

Als ich meine Hände an die verwitterten Stahlträger legte, wünschte ich mir, das Klettern würde ewig dauern. Denn mit jedem Schritt, den ich weiter emporklomm, fühlte es sich an, als würde ich aus altem, brackigen Wasser steigen und endlich wieder Luft bekommen.

Nach der Hälfte der Strecke hielt ich inne.

Sah nach oben zum Gipfel. Zu dem Punkt, an den ich wollte. Und zu Trevor, der mich zu sich winkte.

Ich ließ mir Zeit, wurde Teil des Stroms, der durch meinen Körper rauschte, und kostete das Gefühl aus, so gut ich es konnte. Mein Herz pochte, meine Finger pulsierten und alles verselbstständigte sich.

Auf ein Gebäude zu klettern, mich aus eigener Kraft hinaufzuziehen, dort oben zu stehen – das hatte etwas in mir zum Leben erweckt, von dem ich geglaubt hatte, es mit Tamis Tod für immer verloren zu haben. Es fühlte sich wie Licht an. Wie Sonne und Feuer auf meiner Haut. Es war das genaue Gegenteil zu dem alles verzehrenden Nebel, der mich in Finsternis und Dunkelheit eingehüllt und taub und einsam zurückgelassen hatte.

Ich wollte mehr davon.

Viel mehr.

Oben angekommen ließ ich mich rücklings auf den mit Moos bewachsenen Kies fallen. Die letzten Sonnenstrahlen glitten über den Himmel, ehe die Dunkelheit sich langsam herabsetzte.

Ich lag hier oben, hundert Meter über dem Boden, und fühlte etwas anderes als Schmerz und Leere und Angst: Ich spürte mich.

Trevor hatte es einen Adrenalinrausch genannt, doch für mich war es mehr als das. Es fühlte sich wie Leben an.

Ich drehte den Kopf zu ihm. Er hatte seine Hände hinter dem Kopf verschränkt. Seine Lider waren geschlossen, sein Gesicht in den dunklen Himmel gerichtet.

»Danke, dass du mit mir hergekommen bist«, durchbrach ich unser Schweigen. Gestern hatten wir den Tag mit Keaton und Zara verbracht, doch heute waren wir alleine. Nur er und ich. Weil Keaton arbeitete und Jake aus irgendeinem Grund noch immer nicht zurück war.

Es war drei Tage her, seitdem wir uns am Strand geküsst hatten. Drei Tage, seitdem ich betrunken und durcheinander mit ihm eingeschlafen war. Ich erinnerte mich an den Kuss in der Nacht – und an den Morgen danach, als ich aufgewacht war. *Ohne ihn.*

Seit diesem Morgen war er weder zurückgekehrt, noch hatte er sich gemeldet. Nur Keaton war gekommen, um mir zu sagen, dass Jake beruflich wegmusste. Doch ich glaubte ihm noch immer nicht.

Etwas in mir sagte mir, dass das nicht die ganze Wahrheit war und dass Keaton mehr wusste, als er bereit war, mir gegenüber zuzugeben. Entweder um mich zu schonen – oder Jake. Ich hatte niemandem etwas von dem Kuss erzählt. Keaton nicht, Zara nicht, Trevor nicht. Es fühlte sich einfach falsch an, mit anderen darüber zu sprechen, wo ich noch nicht einmal mit Jake darüber geredet hatte. Und das wollte ich. Ich wollte wissen, warum er mich ein weiteres Mal geküsst hatte und dann einfach verschwunden war. Die Frage drehte sich in meinem Kopf, ließ mich nicht los. Und genau deshalb war ich dankbar für die kleine Auszeit mit Trevor. Hier oben fühlten sich der Gedanke an Jake, die Erinnerungen an Tami und die Zeit mit Ian weniger schlimm, weniger grausam, weniger furchtbar an.

»Kein Problem«, sagte Trevor. »Beim nächsten Mal zeige ich dir meine Lieblingsstelle, wenn du willst. Die Aussicht ist besser. Oder ich bring dir Surfen bei, das liebe ich mindestens genauso sehr wie das hier.«

»Ich bin dabei«, erklärte ich, während ein

Kribbeln meinen Körper erfasste. »Ich klettere ab jetzt überall hoch. Ich liebe das Gefühl.«

Trevor lachte leise. Der Kies knirschte, als er sich aufsetzte, um nach seinem Rucksack zu greifen. »Ehrlich gesagt hatte ich ganz vergessen, wie gut es sich anfühlen kann, so weit oben zu sein.« Er schraubte den Deckel einer Wasserflasche auf und führte sie an die Lippen, um zu trinken.

Ich setzte mich auf. »Warum?«

»Weil ich nirgends mehr hochgeklettert bin, seit ich erfahren habe, dass meine Mom sterben wird und ich nichts daran ändern kann.« Trevor warf Steinchen über den Rand. »Es war, als hätte mein Leben plötzlich aufgehört. So, als wäre alles eine einzige verfickte Lüge.« Er sah mich an. »Egal, ich will eigentlich nicht darüber reden.«

»Kann ich verstehen.« Es tat weh, über die Menschen zu sprechen, die man verloren hatte. Über Momente, in denen alles auseinanderbrach, während man sich nur allzu deutlich bewusst war, nichts daran ändern zu können.

Die ersten Sterne tauchten am Himmel auf und lange lagen wir da, sahen einfach nur hinauf und schwiegen. Es war ein gutes Schweigen. Eine Stille, die sich gut und schön anfühlte und bei der man nicht das Bedürfnis verspürte, sie mit allen Mitteln zu brechen.

Je später es wurde, umso mehr Sterne begannen zu funkeln. Es waren mehr, als ich je auf einen Schlag gesehen hatte. Der Himmel hier draußen in der Einöde Kaliforniens sah ganz anders aus als in Chicago oder Savanna Springs. Denn in Städten wurde es nie ganz dunkel. Doch hier draußen gab es keine Lichter, die mit dem Himmel konkurrierten.

Erst gegen Mitternacht verließen Trevor und ich das verfallene Dach und machten uns auf den Weg nach unten.

Ich rutschte hinter ihn auf sein Motorrad, schlang meine Arme um seinen Körper und genoss den Fahrtwind, der an mir zerrte.

Vor dem Apartmenthaus verabschiedeten wir uns.

Ich stieg in den Lift und merkte erst, als ich die Tür aufschloss, wie sehr ich Jake vermisste. Ich wollte die Tür öffnen und ihn lesend oder arbeitend auf dem Sofa entdecken. Ich wünschte mir, dass es nach selbstgekochtem Essen duftete. Und nach ihm.

Doch wie die Nächte zuvor war die Wohnung leer. Ich trat in ein verlassenes Apartment, das sich leblos und kalt ohne ihn anfühlte.

Tränen sammelten sich in meinen Augen, als ich die Schuhe von den Füßen streifte. Ich stolperte auf das Sofa zu, setzte mich an dieselbe Stelle, an der er mich vor drei Nächten geküsst hatte, und rollte mich zusammen. Ich schloss die Augen und beschwor das Gefühl seiner Lippen herauf, das sie auf meinen hinterlassen hatten. Doch zu meiner Enttäuschung konnte ich es kaum noch spüren. Die Erinnerung verblasste. Nicht mehr lange und sie wäre verschwunden und nicht mehr als ein vages Erinnern würde zurückbleiben.

Ich griff nach der Fernbedienung, bereit, mich einer weiteren Nacht mit Serien hinzugeben. Doch statt den Fernseher einzuschalten, hielt ich inne, weil die Einsamkeit mich zu verschlingen drohte. Sie breitete ihre Klauen aus, kam aus den Ecken auf mich zu.

Die Fernbedienung fiel zu Boden, als ich nach dem Handy griff, das Jake mir als Ersatz für mein beschädigtes gegeben hatte.

Drei Nachrichten meiner Mom ploppten auf, die ich ignorierte, um durch die Kontaktliste zu scrollen.

Mit einem kurzen Zögern drückte ich auf *Anrufen*.

»Ash? Bist du es?«, drang die schlaftrunkende Stimme meines Bruders durch den Hörer. Ich presste das Handy dichter an mein Ohr, weil es so unglaublich guttat, seine Stimme zu hören.

»Ja.« Ich presste die Augenlider fest aufeinander, weil ich kurz davor war loszuheulen.

»Gott sei Dank.« Ein Seufzen war zu hören. »Warum meldest du dich erst jetzt? Ich hab mir wirklich Sorgen um dich gemacht.«

»Ich hab dir eine Nachricht geschickt. Hast du die nicht bekommen?«

»Doch«, sagte er. »Deine und ungefähr zwei Dutzend von Mom und Dad. Sie dachten, ich hätte dich hier in meinem Wohnheimzimmer versteckt.« Er klang alles andere als glücklich darüber. »Sogar Ian ist vor ein paar Tagen hier aufgetaucht, um zu überprüfen, ob ich sie anlüge.«

Ian.

Ich verkrampfte mich, als der Gedanke an Ian sich mit voller Wucht zurück in mein Bewusstsein drängte. Es hatte diese Zeit gegeben, in der er mir so viel bedeutet hatte. Eine Zeit, in dem *ich* ihm etwas bedeutet hatte. Doch sie war vorbei – so wie alles andere.

»Aber du musst dir keine Sorgen machen«, redete er weiter. »Ich hab weder Mom noch Dad noch ihm erzählt, wo du abgeblieben bist.«

»Danke«, presste ich hervor und bettete mein Kinn auf den angewinkelten Knien. Ich wusste, was Phil da für mich tat, und dass es das Verhältnis zwischen unseren Eltern und ihm nur noch weiter abkühlen lassen würde. Auch er hatte es nicht leicht gehabt, zumindest nicht, nachdem er sich gegen das Studium an der UIUC und für ein Leben in Chicago entschieden hatte.

»Nicht dafür, Sis«, sagte er. »Ich wünschte, ich könnte mehr tun, damit es dir wieder gutgeht. Dass ich mehr getan hätte, schon damals.« Meine Nägel bohrten sich durch den Stoff meiner Hose, tiefer in meine Haut, während er weitersprach. Schmerz loderte in mir auf, beißend und heiß wie Feuer. Wir hatten nie ein besonderes Verhältnis zueinander gehabt. Erst als er ausgezogen war und begonnen hatte, sein eigenes Leben zu leben, hatte es sich geändert. Und er war der Einzige, der überhaupt versucht hatte, durch den Panzer aus Schmerz und Traurigkeit zu dringen, um mich zurück ins Leben zu holen.

»Ich frage mich ständig, ob es anders gekommen wäre, wenn ich mehr für dich da gewesen wäre. Für euch beide.« Ich wusste, dass er nicht nur von Tami sprach – sondern von all jenen Momenten, in denen er mich alleine gelassen hatte. Denn als wir Kinder gewesen waren, gab es keinen großen Bruder. Niemanden, der mich vor der Willkür und dem Druck meiner Mom beschützte oder mir die Einsamkeit ersparte. Im Gegenteil: Ich war die Zielscheibe – Philip der Vorzeigesohn. Zumindest, bis er vor zwei Jahren aufs College ging, um soziale Arbeit zu studieren statt Jura, wie es von ihm erwartet worden war. »Ich frage mich ständig, ob Tami ... ob sie noch leben würde, wenn ich zu Hause geblieben wäre oder ... ob ich sie dann gefunden hätte und nicht du.«

Tot.

Die Erinnerungen an damals tauchten auf, setzten sich in mir fest und vor meinen Augen verschwammen die Bilder mit ihren toten, leeren Augen.

»Phil ...«

Ich bekam keine Luft.

Ich sprang auf, lief bis zu der Fensterfront und riss alle Fenster auf. Atmen. Ich musste atmen.

»Tut mir leid, Ash. Du musst nicht über sie sprechen«, sagte er und seine Stimme wurde sanft. Viel zu sanft. »Ich weiß, wie schwer es für dich ist. Es ist okay. Irgendwann wird es einfacher werden, ganz sicher.«

»Ich muss jetzt Schluss machen.«

»Ash …«

»Mach's gut, ja.« Noch ehe er etwas erwidern konnte, legte ich auf. Ich ließ das Handy fallen, als die Erinnerungen meinen Kopf überfluteten, hörte nicht einmal, wie es auf dem Boden aufkam.

Ich stolperte auf die Garderobe zu, griff meine Tasche und verließ das Apartment.

JAKE

Maya sackte gegen meine nackte Brust. Ihre Fingerspitzen fuhren langsam über die Tätowierung an meiner Brust.

»Ich verstehe immer noch nicht, warum du dir das als Abkürzung stechen lassen hast. Es wäre doch viel schöner, wenn man es lesen könnte.«

Ich löste ihre Hand von meiner Brust und verschränkte ihre Finger mit meinen. »Einfach so«, antwortete ich, obwohl es eine Lüge war. Dieser Satz aus *Outside* von *Staind* war für niemand anderen außer mich selbst bestimmt. Er stand für den Moment, in dem ich die Kontrolle über mein Leben abgegeben hatte, und war das Mahnmal, mich daran zu erinnern, dass es weiterging. Er sollte nicht für alle lesbar sein.

»Schade, dass du heute zurückmusst. Kannst du nicht noch eine Nacht bleiben? Wenigstens bis zum Frühstück? Meine Mom hat Chase die ganze Nacht bei sich.«

»Nein«, erklärte ich. »Cliff erwartet mich morgen im Büro. Ich muss noch heute Nacht fliegen.« Ich strich über ihr Haar. »Aber wir haben noch zwei Stunden.«

Maya drehte den Kopf, bis ihre warmen Lippen sich gegen meine Haut drückten. »Weißt du«, sagte sie mit dieser Stimme, die sie immer dann einsetzte, wenn sie etwas von mir wollte. »Es könnte immer so sein.« Ihre Lippen wanderten tiefer, über meine Brust. »Du und ich.« Ihre Hand glitt unter die Decke, wo mein Schwanz zuckte, als ihr Daumen über meinen Schaft strich. »Dieses Bett.« Sie rutschte ein Stück auf mich, bis ihre nackten Brüste sich an mich pressten. »Wir.«

»Maya ...«

Die Decke verschwand und im nächsten Moment saß sie auf mir. Ihre Brüste wippten, als sie begann, sich an mir zu reiben. Sie beugte sich hinab und küsste mich. Doch statt ihren Kuss zu erwidern, drehte ich den Kopf und schob sie von mir herunter. »Hör auf damit, okay?«

»Womit? Dir zu zeigen, wie unsere Nächte aussehen könnten?« Der lüsterne Blick, der einen Moment zuvor ihre Augen ausgefüllt hatte, war einem Funkeln gewichen. Sie rutschte vom Bett, zerrte sich ein grünes hüftlanges Shirt über den Kopf und schlüpfte in ihre Jeans. »Wie viel einfacher es wäre, wenn es immer so sein könnte?« Sie sackte neben mir aufs Bett. »Ich schaff das nicht, Jake. Ich schaff das nicht ein ganzes Jahr. Der Sommer war schon schlimm genug.

Ich brauch dich hier, okay? Wir brauchen dich hier.«

Eine Schlinge legte sich um meinen Hals und zog sich langsam zu. Nahm mir die Luft. Immer weiter.

»Du weißt, dass es nicht so einfach ist. Wir haben das doch besprochen.«

»Doch, Jake, das ist es.« Sie stand auf, holte etwas aus der Schublade und warf es mir entgegen.

»Ich habe mich für dich erkundigt«, erzählte sie, während ich auf die Mappe in meinem Schoß starrte. »Du kannst die Uni wechseln, ohne Punkte einzubüßen, weil du bis auf einen Kurs alle weiterbelegen kannst. Die Anforderungen sind gleich, okay? Du machst den *Graduated* Abschluss in derselben Zeit, die Uni hier kostet nicht mehr als die in Savanna Springs und du sparst Geld, weil du hier bei mir wohnen kannst, statt dir eine eigene Wohnung zu nehmen. Und es gibt eine Firma – *McBeth Investments* – die dich mit Kusshand nehmen würde, wenn Cliff dir ein Empfehlungsschreiben ausstellt. Es ist alles vorbereitet, also, was sagst du?«

»Wie lange planst du das schon?«, fragte ich, weil sie das unmöglich in den Tagen entschieden haben konnte, die zwischen unserem letzten Telefonat und meinem Besuch hier lagen.

»Ich habe nach unserem letzten Besuch bei dir angefangen, mich zu erkundigen«, gab sie zu. »Ich wollte es dir dieses Wochenende erzählen, aber dann kam die Hausarbeit dazwischen und ich wollte es dir persönlich sagen.«

»Ich …« *Ich bin noch nicht so weit.* »Es ist nicht so einfach, Babe.«

»Doch, Jake, das ist es. Du willst nur nicht.« Mayas Stimme hatte diesen verletzten Ausdruck angenommen, den ich nur zu gut kannte. Sie riss mir die Mappe aus der Hand und beförderte sie zurück in die Schublade, aus der sie sie gezogen hatte. Dann lief sie durch die offene Schlafzimmertür hinaus.

Ich stand auf, schlüpfte in meine Boxershorts und rannte ihr nach. »Maya. So ist das nicht …«, begann ich, als ich sie erreichte.

»Ach nein?« Sie wirbelte zu mir herum. »Jede Woche reden wir darüber, wie sehr wir uns vermissen, und dass wir zusammen sein wollen. Du hast gesagt, dass du dein Studium nicht unnötig in die Länge ziehen willst – und das musst du nicht. Du sagst, du brauchst einen Job – ich habe ihn für dich gefunden. Also was bitte macht es für einen Unterschied, ob du jetzt herziehst oder erst nach dem Semester?«

Es machte einen riesigen Unterschied. Mehr als das. Es brachte mein Leben durcheinander. Vielleicht klang es egoistisch, aber mein Leben, Savanna Springs, meine Freunde – das war alles, was ich noch hatte. Der einzige Bereich, über den niemand bestimmte. Das letzte Stück Freiheit in einem durchgeplanten Leben.

Ich rieb mir über den Nacken und sah zu, wie

sie ein Buch nach dem anderen in ihre Uni-Tasche stopfte.

»Wir könnten uns endlich jeden Tag sehen«, redete sie unbeirrt weiter. »Du könntest Chase wirklich aufwachsen sehen und nicht nur alle sechs Wochen …«

Was redete sie da. »Sechs Wochen?«

»Ich habe mit meinem Professor gesprochen, Jake. Ich mache einen zusätzlichen Kurs und dann kommt das Praktikum dazu. Ich kann nicht alle vier Wochen fehlen. Mir ist das zu viel, okay. Es geht nicht.«

»Aber ich will ihn aufwachsen sehen.«

Sie schloss die Tasche mit einem Knall. »Wieso nur glaube ich dir das nicht?«, fragte sie und wir begannen, uns richtig zu streiten. Sie sagte, ich sei egoistisch. Ich, dass sie zu viel von mir verlange. Sie, dass ich nicht für sie da sei, obwohl ich es versprochen hatte. Ich, dass ich es ja wolle.

»Du machst es dir jedes Mal so verdammt leicht. Sobald es konkret wird, ziehst du den Schwanz ein«, schrie sie, als wir den Flur erreichten und sie aus der Haustür stürmte. Die Treppe hinunter, zu ihrem Wagen. Das Licht in der Einfahrt sprang an, als ich ihr nacheilte.

»Maya …«

Sie rammte den Schlüssel ins Schloss, setzte sich ans Steuer und der Motor heulte auf. Sie fuhr einen Meter zurück, als der Wagen zum Stehen kam und sie wieder heraussprang. »Weißt du was,

Jake? Vielleicht sollten wir uns eine Weile nicht sehen. Solange, bis du weißt, was du überhaupt willst! Fahr zu deinen tollen Freunden und deinem tollen Leben und tu so, als gäbe es mich und Chase überhaupt nicht.« Sie lachte auf. »Das tust du doch sowieso die ganze Zeit schon!«

Ich starrte ihr nach, wie sie den Wagen aus der Einfahrt lenkte und mit quietschenden Reifen davonfuhr.

Verletzt.

Wütend.

Durcheinander.

Ich lief zurück ins Apartment, knallte die Tür hinter mir ins Schloss und ging ins Schlafzimmer, um mich anzuziehen.

Im Wohnzimmer blieb ich stehen, starrte auf das Foto an der Wand, das Chase, Maya und mich zeigte. Zahnlos lachte mein Sohn in die Kamera, während unsere Gesichter sich an seins schmiegten. Es war einer dieser seltenen, innigen Momente, die wir als Familie hatten. Die zeigten, dass wir nun zusammengehörten, obwohl Maya und ich am Anfang nicht füreinander bestimmt gewesen waren.

Ich wandte mich ab, verließ die Wohnung und stieg in den Mietwagen, der noch immer vor dem Haus parkte.

Der Motor heulte auf, als ich das Gas durchdrückte und die Straße hinunterschoss. Nicht, um Maya zu folgen und mich zu entschuldigen. Nicht, um angekrochen zu kommen und sie anzuflehen, mir zu verzeihen. Sondern um zum Flughafen zu fahren und zurück nach Savanna Springs zu fliegen.

Während ich am Flughafen saß, um auf meinen Rückflug zu warten, starrte ich auf die leeren Sitzbänke und dachte darüber nach, dass jede Entscheidung, die wir trafen, unweigerlich das Leben veränderte. Dass manche Entscheidungen alles zum Guten wendeten und andere nicht. Und dass es die unüberlegten Entscheidungen waren, die die Macht besaßen, einem das Genick zu brechen.

Das zumindest war die bittere Lektion, die ich lernen musste, als ich siebzehn Jahre alt war. Denn wenn du siebzehn bist und das Mädchen, mit dem du in der Silvesternacht gevögelt hast, dir ein paar Wochen später ein Bild in die Hand drückt, auf dem ein winziger Punkt Leben zu sehen ist, dann verändert das alles.

Es war der Augenblick, in dem mein Leben in jenen Strudel geriet, den ich weder gewollt noch geplant hatte. Denn von einem Moment auf den anderen ging es nicht mehr darum, was ich wollte oder was ich mir wünschte, sondern nur noch um das, was von mir erwartet wurde.

Mein Dad nannte es Verantwortung übernehmen.

Meine Mom nannte es ein Vater werden.

Meine Schwester Sandy nannte es ein wahrer Mann sein.

Meine Gran nannte es das Richtige tun.

Und genau das tat ich.

Ich ließ Maya bei uns wohnen, als ihr Dad sie vor die Tür setzte. Ich war da, während der Punkt in ihrem Bauch wuchs und schließlich einen Namen bekam. Ich stimmte zu, dass mein Sohn bei Mayas Mom aufwachsen würde, damit sie die Highschool beenden und auf das Stipendium hinarbeiten konnte, das sie brauchte, um Medizin zu studieren. Das, was sie immer gewollt hatte. Ich versprach, für sie zu sorgen. Zu ihr zu ziehen. Sie nach der Uni zu heiraten – denn um das, was ich fühlte, und darum, ob ich mich wirklich für immer an Maya binden wollte, ging es nie – und sie versprach, dass ich diese zwei Jahre bekäme, um mich mit dem Gedanken anzufreunden, aus Savanna Springs wegzugehen und die ersten zwei Jahre meines Studiums zu beenden. Wir redeten darüber. Immer wieder. Sie versicherte mir, dass das schon okay sei. Sie erklärte, dass sie sowieso erst einmal das Studium und Chase habe, auf die sie sich konzentrieren wolle. Dass ich nachkommen könne, wenn ich soweit sei.

Das Problem war nur, dass es sich so anfühlte, als würde ich niemals dafür bereit sein. Nicht jetzt. Nicht in ein paar Monaten. Ich hatte auf Zeit gesetzt, weil Zeit alles war, was ich hatte. Und solange die Zahlen auf dem Kalender noch weit genug von dem X entfernt waren, das das Unweigerliche präsentierte, konnte ich mir einreden, dass ich mich daran gewöhnen würde. Dass Maya merken würde, dass ihr das Leben in San Francisco nicht gefiel. Dass sie mich vermissen und zu mir zurückkommen würde. Dass meine Gefühle für sie wuchsen und mir all das nicht mehr so schlimm vorkommen würde, wie es sich anfühlte.

Doch jetzt hatte sie die Spielregeln geändert.

ASHLEY

Zweimal umrundete ich den Block, ehe ich zur Kreuzung lief, an dem sich ein Taxistand befand, und dem Fahrer Geld gab, damit er mich zu Trevors Strandhaus brachte.

Nur dunkel erinnerte ich mich an die Adresse, schaffte es jedoch, den Weg während der Fahrt zu rekonstruieren. Ich gab dem Fahrer viel zu viel Trinkgeld und stolperte aus dem Wagen auf das Haus zu, das ich seit dem Tag, an dem ich mit Keaton, Zara und Jake hergekommen war, nicht wieder betreten hatte.

Ich öffnete das Tor, schlüpfte hindurch und trat an die angelehnte Tür heran, durch die Licht und Musik bis zu mir nach draußen drangen.

Ich folgte der Musik durch den langgezogenen Flur bis in das ausladende, mit Sofas, Tischen, Stühlen und einem Kicker ausgestatteten Wohnzimmer. Eine Menge Leute, Frauen wie Männer, saßen und standen in kleinen Grüppchen beisammen. Auf einem der Sofas presste sich eine schmale Mexikanerin mit hüftlangem Haar an den Körper eines Kerls, der seine Hände unter ihr Shirt geschoben hatte. Auf der anderen Seite zog ein Kerl in ausgewaschenen Jeans und Bandshirt an einem Joint.

In der Hoffnung, Trevor zu entdecken, ließ ich meinen Blick schweifen. Doch statt seine vertraute Gestalt auszumachen, zog ich die Aufmerksamkeit eines anderen Mannes auf mich. Sein kinnlanges, gelocktes Haar stand an einer Seite ab und mit einem Grinsen schwankte er direkt auf mich zu.

»Eine Schönheit wie du, so ganz alleine auf einer Party wie dieser?« Sein Arm legte sich lässig um meine Schulter und meine Handinnenflächen wurden feucht, als seine Finger über mein Schulterblatt wanderten, um an dem Saum meines Shirts zu zupften. »Kann ich dir einen Drink besorgen?«

»Nein, danke. Ich suche Trev, kannst du mich zu ihm bringen?«, sagte ich und versuchte, unter seinem Arm hindurchzuschlüpfen. Doch statt mich loszulassen, wurde sein Griff nur umso fester.

»Der ist beschäftigt«, raunte er dicht an meinem Ohr. »Aber keine Sorge, ich kümmere mich um dich, Baby.«

Die Art, wie er mich *Baby* nannte, jagte eine Gänsehaut über meinen gesamten Körper und ich dachte an Jake, wie er sich vor ein paar Wochen schützend vor mich gestellt hatte und wie sicher ich mich seitdem an seiner Seite gefühlt hatte. Jetzt wünschte ich, er wäre hier, doch weil er es nicht war, zwang ich mich, ruhig zu bleiben und den Kerl auf keinen Fall zu verärgern. Also sagte ich in der Hoffnung, er würde mich alleine lassen: »Okay, einen Drink. Holst du ihn mir?«

»Alles, was du willst, Baby.« Seine feuchten Lippen streiften meine Wange, ehe sein Arm von meiner Schulter rutschte und seine Finger sich stattdessen fest um mein Handgelenk legten. »Komm mit.«

Ich fluchte innerlich, während er mich hinter sich her bis in die Küche zog.

Auf dem Tresen standen Spirituosen, Sirup und jede Menge Orangensaft. Daneben zwei Paletten mit braunen Plastikbechern. Der Kerl, der noch immer mein Handgelenk umklammert hielt, griff mit der freien Hand nach einem der Becher, kippte einen Schluck Saft, irgendwas aus einer der Sirupflaschen und jede Menge Wodka hinein, ehe er ihn mir entgegenstreckte. Sich selbst kippte er Jack Daniels ein, pur. Mühelos leerte er den Becher in einem Zug, zerdrückte dann das Plastik zwischen seinen Fingern und entsorgte den Becher mit einem gezielten Wurf in der Spüle.

»Trink, Baby«, forderte er mich auf.

Doch ich zögerte. Zu trinken war das Letzte, was ich wollte. Nicht hier, wo ich vermutlich niemandem trauen konnte weil alle entweder betrunken oder high waren.

Nicht, wenn Trevor nicht auftauchte.

Der Kerl forderte mich ein weiteres Mal auf und beobachtete, wie ich den Plastikrand langsam an die Lippen führte. Ein bitterer Geschmack breitete sich in meinem Mund aus, der mich halb zum Würgen brachte – doch ich trank, weil die Finger des Kerls noch immer wie ein Schraubstock um mein Handgelenk lagen. Ein zufriedenes Grinsen, das eine Reihe schiefer Zähne entblößte, breitete sich auf seinem Gesicht aus.

Der halbe Becher war bereits leer, als er mir abrupt aus den Fingern gerissen wurde.

»Scheiße, Mike. Was für einen Dreck gibst du ihr da, Mann«, fauchte ein Typ, dessen Haut noch eine Spur dunkler war als die meines Gegenübers. Er war einen Kopf kleiner und eine Spur breiter, doch das nahm ihm nichts von seiner Bedrohlichkeit. Im Gegenteil: Sein Gesichtsausdruck machte mir Angst. »Dir ist schon klar, dass das die Kleine von Gossow und Widmann ist, oder?«

Der Kerl, den er eben Mike genannt hatte, ließ mich los.

»Es tut mir leid, Mann«, entschuldigte er sich. »Jackson, Mann. Sei nicht sauer, woher sollte ich das wissen?«

»Verpiss dich einfach, bevor es Ärger gibt, klar?« Jackson wandte sich an mich. »Jemand wie du sollte hier nicht alleine auftauchen«, sagte er. »Nicht, wenn keiner deiner Freunde hier ist, klar?«

Benommen nickte ich.

»Gut.« Mit dem Finger bedeutete er mir, ihm

zu folgen. Also schlängelte ich mich hinter ihm durch die Menge, die sich in der kurzen Zeit verdoppelt zu haben schien.

Wir gingen die Treppe hinauf, genau wie beim letzten Mal. Vor einem Raum blieb Jackson stehen, schlug mit der Faust gegen die Tür und rief: »Rutsch von Mariella runter und kümmer dich um deinen Gast, bevor es jemand anderes tut.«

Bei seinen Worten schloss ich die Augen. Plötzlich kam ich mir fürchterlich dumm vor. Herzukommen, mitten in diese fragwürdige Party zu platzen, fühlte sich auf einmal völlig falsch an, genau wie beim letzten Mal, als ich hergekommen war. Damals hatte ich nicht gewusst, was mich erwartete – diesmal schon.

Und ich wünschte, ich wäre stattdessen im Apartment geblieben, um an die Decke zu starren oder mir die Augen aus dem Kopf zu weinen. Es wäre viel klüger, als an einen Ort zurückzukehren, an den ich ganz offensichtlich nicht gehörte.

Knarrend öffnete sich die Tür.

»Wovon laberst du?«, fragte Trevor, dann, nach einem kurzen Moment: »Scheiße, Prinzessin, was machst du hier?«

»Ich …« Meine Kehle fühlte sich plötzlich staubtrocken an und mein Magen rebellierte. Der seltsame Drink, den mir dieser Mike gegeben hatte, kämpfte sich nach oben und ich schaffte es nur mit äußerster Anstrengung, ihn zurückzudrängen. Ich stützte mich an der Wand ab und atmete.

»Du solltest auf sie aufpassen«, erklärte Jackson ungerührt. »Außer du willst, dass einer von unten das für dich erledigt.« Er schenkte mir ein Lächeln, dann drehte er sich um und verschwand in die Richtung, aus der wir gekommen waren.

»Trev?« Eine Blondine erschien in der Tür, warf mir einen abschätzigen Blick zu und stakste zu Trevor, legte ihre Finger auf seine nackte Brust und kratzte mit ihren Nägeln voller Lackreste darüber. »Wer ist die?«

»Ash«, murmelte er von irgendwo weit weg.

Sie verengte die Augen, schob sich zwischen ihn und mich und begann, ihre Lippen auf seinen Hals zu pressen. »Lass uns weitermachen«, schnurrte sie und ich wandte den Blick ab. Von ihr und von der Art, wie sie sich an ihn drückte, von ihm, der völlig weggetreten wirkte, während sie ihn betatschte.

»Ich …« Ich stand da, starrte auf einen Schrank an der Wand und fühlte mich wie eine Idiotin. »Ich hätte nicht herkommen sollen.«

Ich wandte mich ab, um zu gehen. Lief auf die Treppe zu, doch weiter als ein paar Schritte kam ich nicht.

Trevor packte mich am Arm.

»Red keinen Scheiß!« Seine Nägel gruben sich für einen Augenblick fest in die Haut über meinem Ellenbogen, als er mich zurückriss, und ich schrie auf.

»Tut mir leid«, sagte er fast schon panisch. »Es

tut mir leid, Ash. Ich wollte nicht …« Er ließ mich los und wischte sich mit der Hand über das Gesicht. »Es ist nur … Es ist kein guter Moment, verstehst du? Es …« Er vergrub die Hände in den Hosentaschen, vielleicht um sich selbst daran zu hindern, mir noch mal weh zu tun. »Es tut mir leid.«

Als er mich diesmal ansah, fiel mir auf, wie blutunterlaufen seine Augen waren. Blutunterlaufen und wässrig. »Geht … geht es dir gut? Nein, was frag ich das. Es geht dir nicht gut, richtig?« Er lachte auf, seltsam fremd, stieß die Luft aus und trippelte gleichzeitig mit dem Fuß.

Ich schluchzte auf. Ich hatte mit Phillip telefoniert, und obwohl ich geglaubt hatte, damit meine Einsamkeit besiegen zu können, hatte er sie nur vertieft. Die Wunden aufgerissen, die ich so gerne tief in mir vergraben wollte. Dinge hochgeholt, an die ich nicht denken wollte. Nie wieder. Einfach nie wieder.

»Komm«, sagte Trevor, griff nach meiner Hand und bugsierte uns über den Flur an der Blondine vorbei bis in das letzte Zimmer.

»Trev!«, rief sie, doch ihre Stimme verstummte mit der Musik, als er mich in den Raum schob und die Tür hinter uns ins Schloss fiel.

Ich sah mich um. Das Zimmer war klein. Es bestand aus nicht viel mehr als einem Bett mit cremefarbener Satinbettwäsche, einem viertürigen Holzschrank und zwei Nachtschränkchen, auf denen sich jede Menge gerahmte Fotos befanden.

»Das ist das Zimmer meiner … Mom«, erklärte Trevor, als er meinem Blick zu den Bilderrahmen folgte und einen Moment später den Rahmen links außen in die Hände nahm.

Er sackte aufs Bett.

Das Zimmer seiner Mom.

Meine Beine fühlten sich wie Gummi an, als ich mich in Bewegung setzte, um neben ihn zu rutschen. Ich starrte auf das Foto in dem weißen, breiten Rahmen. Es zeigte eine Frau mittleren Alters. Ihr dunkelblondes, langes Haar fiel ihr in Wellen über die Schulter. In ihrem Arm hielt sie einen Jungen, der Tami so verdammt ähnlich sah. Sein Gesicht war voller Farbe. Beide strahlten in die Kamera.

Dicht aneinandergeschmiegt.

Glücklich.

»Das war an meinem achten Geburtstag«, erzählte er und strich zärtlich über das Gesicht seiner Mom. Dann fluchte er plötzlich, wischte sich eine Träne aus den Augenwinkeln und stellte das Foto zurück auf den Nachttisch, um das Gesicht zwischen den Händen zu vergraben. »Ich bin high, okay? Ich bin so was von high und habe trotzdem nicht annähernd genug intus für das hier.« Er setzte sich auf, zog eine zerknitterte Packung aus der Hosentasche und hielt im nächsten Moment einen Joint in den Händen. Die Spitze flammte auf und er nahm einen tiefen Zug. Es dauerte, bis er sich wieder mir zuwandte.

»Was ist passiert, Ash? Warum bist du hier?«, fragte er, während ich nichts anderes tat, als auf das rauchende, flimmernde Stückchen Papier zu starren.

Mondlicht drang durch die offenen Fenster und tauchte Tamis Körper in fahles Licht.

»Kannst du nicht schlafen?« Blinzelnd setzte ich mich auf.

»Nein.« Ihre Finger bewegten sich, dann klickte ein Feuerzeug. Der würzige Geruch von Gras drang bis in meine Nase.

»Ich muss erst runterkommen.« Mit den Händen fuhr sie sich durch ihr Haar. »Leg dich hin, Ash. Ich komm klar.«

»Nein.« Ich schlug die Bettdecke zurück, rutschte aus dem Bett und setzte mich neben sie auf die Kante meines Schreibtisches. »Wovon musst du runterkommen?«

Sie zuckte die Schultern. »Von allem. Dem Leben. Deiner Mom. Weiß auch nicht.« Die Spitze flammte auf, als sie an dem Joint zog. Sie legte den Kopf in den Nacken, stieß den Rauch ganz langsam aus und sagte: »Ich hab das alles so satt. Ihre Regeln. Ihre Blicke. Die Leute. Alles hier.« Sie zog noch einmal an dem Joint, dann drehte sie sich zu mir um. »Lass uns von hier weggehen, Ash. Ganz weit weg. Nur du und ich. Ich will nicht aufs College. Ich will, dass wir stattdessen weggehen.«

Sie verstaute den Rest des Joints in einer kleinen Schatulle, rutschte vom Fensterbrett und ließ sich rücklings aufs Bett fallen.

»Ich will das Meer sehen. Die Stelle, an der der Pazifik auf den Atlantik trifft, ohne dass sie sich vermischen.« Ich rutschte neben sie. »Stell es dir vor, Ash. Nur du und ich. Mit Sand unter unseren Füßen und nichts weiter als meiner Gitarre und deinen Songs.«

Ich lag neben ihr und stellte es mir vor. Stellte mir vor, wie wir zusammen diesen Ort hier verließen, an dem ich zwar geboren und aufgewachsen war, mich aber nie zu Hause gefühlt hatte.

»Okay«, flüsterte ich, als sie sich an mich schmiegte. »Was immer du willst.«

»Tami hat das auch manchmal gemacht«, sagte ich, statt auf Trevors Frage zu antworten. »Sie meinte, es würde ihren Kopf zur Ruhe bringen.« Ich blinzelte gegen die Tränen an, doch ich schaffte es nicht, sie zurückzuhalten. »Ich halte nicht mehr aus, wie weh es tut. Ich will sie nicht mehr vermissen und mich fragen, was ich falsch gemacht habe und warum ich sie nicht retten konnte. Ich halte das nicht aus, Trev. Ich halt es nicht mehr aus.«

Als ich nach dem Joint griff, zögerte Trevor einen Augenblick. Doch dann ließ er zu, dass ich ihn ihm aus den Fingern zog.

Einen Moment betrachtete ich die flirrende Spitze, dann flammte sie auf, als ich meinen ersten Zug nahm. Ich versuchte, den Rauch bis tief in meine Lungen zu ziehen und ihn dort zu halten, bis ich ihn langsam ausstieß, so wie ich es schon ein paar Mal mit Tami getan hatte.

Damals, in einem anderen Leben.

JAKE

Während des gesamten Fluges starrte ich aus dem Fenster, versuchte herauszufinden, was ich empfand. Wegen Maya. Wegen Chase. Wegen der Pause, die sie wollte.

Eine Pause.

Das klang, als hätte sie mit mir Schluss gemacht. Als wäre es vorbei. Für immer. Als stünde die Zukunft mit Maya auf dem Abstellgleis. Als wären all die Pläne und Versprechen zerplatzt. Als hätten die Entscheidungen, die ich getroffen hatte, keine Bedeutung mehr.

Maya wollte, dass ich mich zu ihr bekannte, dass ich angekrochen kam, sie um Verzeihung bat und sofort zu ihr zog. Sie erwartete von mir, mein Leben in Savanna Springs aufzugeben – meine gewohnte Umgebung, meine Freunde, den Halt meiner Familie, mich – um mit ihr und Chase zu leben.

Zusammenziehen. Heiraten. Noch mehr Kinder kriegen. Alt werden. Sterben.

Eine Pause.

Es klang … nach einem Ausweg. Und während mir klar wurde, wie befreiend sich der Gedanke anfühlte, kehrte augenblicklich das schlechte Gewissen zurück.

Weil ich Maya geschwängert hatte.

Weil ich meinen Sohn im Stich ließ.

Weil Maya durch ihn nun mal ein Teil meines Lebens war.

Weil Chase mich brauchte.

Weil ich ihn liebte.

Weil ich Verantwortung übernommen hatte.

Weil ich ihr versprochen hatte, den Fehler, den wir gemacht hatten, als wir die Verhütung vergaßen, wiedergutzumachen.

Ich stand in ihrer Schuld. In der des Universums. In der von Chase. Genau deshalb hatte ich versucht, sie zu lieben, alles getan, damit meine Gefühle für sie wuchsen und wir genau das sein konnten: ein Paar, eine richtige Familie.

Und trotzdem gab es diesen Teil in mir, den es nicht geben sollte und den ich die ganze Zeit versucht hatte zu verleugnen. Den, der froh darüber war. Den, der sich wünschte, dass es vorbei war. Den, der sich auf Ashley freute und an nichts anderes als sie denken konnte. Den, der an sie dachte, während er Maya küsste. Den, der sich vorstellte, es wäre Ashs Körper statt Mayas. Den, der sich zu gut an das Gefühl ihrer Lippen erinnerte, an das Herzklopfen unter seinen Fingern. An das Lächeln in ihrem Gesicht, ihre Stimme in seinem Ohr.

Mein Herz stand kopf, weil es sich nach einer anderen verzehrte und das nicht sollte. Und ich war kurz davor, die Verantwortung, die Verpflichtungen, die verdammten Pläne über Bord zu werfen und darauf zu hören. Weil ich es verdammt noch mal wollte. So wie ich niemals etwas gewollt hatte. *Nicht einmal Maya.*

Als ich in Los Angeles aus dem Flugzeug stieg, war es drei Uhr morgens. Ich holte meinen Wagen aus dem Parkhaus und schob alle Gedanken an Maya und Chase fort, schaltete die Musik ein, drehte sie auf und dachte an Ashley. Daran, wie es sein würde, sie endlich wieder zu sehen.

Mit jeder Meile, die ich zurücklegte und die mich Savanna Springs näher brachte, wurde der Gedanke an sie stärker. Doch als ich drei Stunden später das Apartment betrat, war es leer. Weder der Fernseher lief, noch lag Ashley schlafend auf dem Sofa. Nur das Licht war eingeschaltet und neben mir, direkt an der Tür, lagen ihre Schuhe.

»Ash?«

... Ihre beste Freundin ist tot, ihr Leben liegt in Scherben. Ich glaube nicht, dass sie noch mehr verkraftet. Besonders nicht, dass du sie benutzt ...

Keatons Worte sickerten wie Säure in meinen Kopf, als ich die offenen Fenster bemerkte. Die Erinnerung an die Nacht vor meiner Flucht kämpfte sich in mein Bewusstsein zurück. Ich erinnerte mich zu gut daran, wie sie betrunken in Trevors Armen zurück in das Apartment gekommen war, und ich war mir sicher, dass der Schmerz, der in ihren Augen gelodert hatte, nicht an dem Kuss gelegen hatte, sondern daran, dass ich mich ihr gegenüber wie ein Vollidiot aufgeführt hatte. Ich hatte sie ignoriert, in der Hoffnung, der Drang, sie noch einmal zu küssen, würde dadurch verschwinden. Den ganzen Tag hatte ich mit mir gekämpft. Mir geschworen, mit ihr über Maya zu sprechen – doch statt es in Ordnung zu bringen, hatte ich sie noch einmal geküsst, um am nächsten Morgen wie ein Feigling zu verschwinden und mich nicht einmal zu versichern, dass es ihr gutging.

Ich ließ meine Tasche auf den Dielenboden knallen und stürzte auf das erste Fenster zu. Ich lehnte mich über die Brüstung, betete, sie nicht dort unten liegen zu sehen.

In dem Licht des anbrechenden Morgens sah ich keinen Körper. Das schmale Stück Grün neben dem Haus war leer.

Gott sei Dank.

Ich sah auf der Dachterrasse, im Gästezimmer, im Bad und sogar in meinem Zimmer nach – doch keine Spur von ihr.

Ich lief zurück zur Fensterfront, um die Fenster zu schließen, als ich ihr Handy bemerkte. Ich bückte mich, um es aufzuheben. Das Display leuchtete auf, als ich mit dem Daumen gegen den

Lautstärkeregler kam. Mehrere unbeantwortete Anrufe sprangen mir entgegen.

Drei Nachrichten.

Zögernd löste ich die Displaysperre und öffnete die erste Nachricht.

PHIL: Komm schon, du kannst nicht einfach auflegen. Ich hab doch gehört, dass es dir nicht gutgeht. Ruf mich an, ja? Lass uns reden.

Die nächsten beiden waren ebenfalls von ihm.

PHIL: Okay, langsam ist es nicht mehr witzig. Es ist jetzt zwei Stunden her, seit du einfach aufgelegt hast. Wenn du sauer auf mich bist, weil ich Tami erwähnt habe, dann sag es mir. Aber bitte, bitte ruf mich an.

PHIL: Ich muss morgen früh raus, aber ich werde das Handy anlassen, auch in der Uni, damit du mich anrufen kannst, okay? Ich WILL, dass du mich anrufst, hörst du? Bitte, Sis, ich muss wissen, dass es dir gutgeht.

Die Informationen aus den Nachrichten rauschten durch meinen Kopf. Ihr Bruder. Sie hatte mit ihrem Bruder telefoniert. Er machte sich Sorgen, genau wie ich.

Ohne darüber nachzudenken, tippte ich auf das Anrufsymbol und drückte ihr Handy ans Ohr.

»Ash? Gott sei Dank«, drang die dunkle Stimme nach dem zweiten Läuten durch den Hörer.

Ein erleichtertes Aufatmen. »Bitte mach das nicht noch mal, ja? Einfach aufzulegen, nur weil ich ...«

»Hier ist nicht Ash«, unterbrach ich und die Stimme verstummte.

»Wer ist da?«

»Jake«, sagte ich. »Jake Widmann. Ash und ich sind Freunde. Sie ... wohnt bei mir.«

Einen Moment war es still in der Leitung, dann fragte Phil: »Ist sie bei dir? Geht es ihr gut?«

»Ich bin gerade erst nach Hause gekommen, aber ... sie ist nicht hier. Nur ihr Handy.«

Ich hörte, wie er fluchte, dann sagte er: »Ich weiß nicht, was sie dir erzählt hat, ... Jake. Von sich und ... allem. Aber kannst du sie suchen? Ich mach mir wirklich Sorgen.«

»Warte kurz.« Ich klemmte das Handy zwischen Schulter und Ohr, zog mein eigenes Handy heraus und schrieb Keaton, Zara und Trevor an, um sie zu fragen, ob Ashley bei ihnen war. Dann fragte ich Phil: »Könnte es sein, dass sie auf dem Weg nach Hause ist?«

Ich durchquerte die Wohnung, griff Schlüssel und Tasche und zog die Tür hinter mir zu.

»Nein, auf keinen Fall.« Phil räusperte sich. »Selbst wenn Mom und Dad nicht wütend auf sie wären, glaube ich nicht, dass sie irgendwas dorthin zurückzieht.« Die Fahrstuhltür sprang auf.

»Erzählst du mir, was passiert ist?«, fragte ich.

»Sie hat mich gestern angerufen und klang traurig. Aber das klingt sie fast immer, seit …«

Er stoppte, dann sagte er: »Egal. Jedenfalls habe ich was gesagt, was sie anscheinend aus der Fassung gebracht hat, und dann hat sie angefangen zu weinen und aufgelegt.«

Scheiße. Das klang nicht gut. Es klang absolut nicht gut.

Mein Handy piepte.

KEATON: Sie war gestern mit Trev unterwegs, vielleicht ist sie noch bei ihm. Ist alles okay?

»Ich habe sie ewig nicht mehr weinen gehört«, erzählte Phil. »Deshalb … Ich mach mir wirklich Sorgen.«

ICH: Erklär ich dir später. Kannst du ihn kurz anrufen und fragen? Hab gerade einen anderen Anruf in der Leitung.

»Das kann ich verstehen«, sagte ich, als ich aus dem Fahrstuhl nach draußen trat und zu meinem Wagen lief. Ich öffnete die Tür, rutschte auf den Sitz – und erhielt eine weitere Nachricht.

KEATON: Volltreffer.

Gott sei Dank.

»Phil?«, sagte ich und stopfte den Schlüssel ins Zündschloss. »Ich hab sie gefunden.«

ASHLEY

Einen Moment kam es mir so vor, als wäre Tami wieder da – bis mir klar wurde, dass die Augen, in die ich blickte, nicht ihr gehörten, sondern Trevor, ihrem Zwillingsbruder. Und dass der Geruch von Gras, der in meiner Nase hing, nicht der ihres Joints war, den sie nachts heimlich an meinem Fenster rauchte, sondern der des Typen, der neben mir auf dem Sessel saß.

Jackson.

»Auch noch einen Zug?«, fragte er, die Lippen zu einem Lächeln verzogen, das seine makellosen, weißen Zähne entblößte.

Ich schüttelte den Kopf, setzte mich auf dem Sofa auf und versuchte, die letzten Stunden in meinem Kopf zu rekonstruieren. Doch alles, woran ich mich erinnerte, war ein dunkles, schwammiges Nichts. Alles, was ich noch wusste, war, dass ich hergekommen war. Auf der Flucht vor den Gefühlen, die mich überflutet hatten.

Ich lehnte mich vor, um die Wasserflasche zu greifen, die zwischen leeren Plastikbechern, einer Bong und jeder Menge Zigarettenkippen auf dem Couchtisch stand, und stöhnte auf, als der Schmerz durch meinen Kopf schoss.

Ich schraubte den Deckel ab und setze den Flaschenhals an die Lippen, nur um festzustellen, dass sie leer war.

Verdammt.

»Warte, ich hol dir eine volle.« Trevor hievte sich vom Boden hoch. Ich sah ihm nach, wie er schwankend in der Küche verschwand. Dann streifte mein Blick Jackson, der breitbeinig dasaß, den Joint in der einen, ein Stück wabbeliger Pizza in der andren Hand. Er schob sie sich in den Rachen, warf den Rest zurück in die Pappschachtel und spülte sie mit einem Schluck Bier herunter.

Der Kühlschrank klirrte leise und ich ließ meinen Blick schweifen. Von Jackson über die anderen Sofas, auf denen weitere Gäste ihren Alkohol- oder Drogenrausch ausschliefen, bis zu der kleinen Gruppe, die in der Nähe der Treppe um einen Tisch saß und Karten spielte. Mit Drinks in den Händen und jeder Menge Kippen. Draußen vor dem Fenster ging gerade erst die Sonne auf.

Ich zuckte zusammen, als eine eiskalte Wasserflasche in meinem Schoß landete.

»Hier«, sagte Trevor und setzte sich wieder.

Ich presste ein »Danke« hervor, setzte die Flasche an und trank, bis sich meine schmerzende Kehle nicht mehr ganz so trocken anfühlte.

Eine Blondine, die ich schon einmal gesehen hatte, torkelte vom Flur auf Trevor zu und warf sich auf seinen Schoß, um sogleich am Saum seines Shirts zu zupfen. »Ich hab dich heute Nacht vermisst«, säuselte sie mit einer Stimme, bei der mir übel wurde.

»Hast du das, ja?« Seine Stimme klang desinteressiert, beinahe gelangweilt. Er beugte sich vor, um eine Zigarettenpackung vom Tisch zu greifen. Blondie klammerte sich an seinen Hals, um nicht von seinem Schoß zu rutschen, dann nahm sie ihm die Packung ab, zog eine Zigarette heraus und ließ sie sich von ihm anzünden.

»Klar.« Sie warf mir einen abschätzigen Blick zu, als er ihr die Kippe abnahm und den Filter an den Mund schob. »Aber du warst ja beschäftigt mit der da.«

»Lass Ash in Ruhe«, brummte Trevor und schob sie unsanft von seinem Schoß, sodass sie auf den Boden rutschte. »Klar?«

»Klar.« Sie rappelte sich auf, richtete das Kleid, das ihr über die Schenkel gerutscht war, und stakste schwankend Richtung Küche.

»Gott, die nervt«, stöhnte Jackson, der seine Bierflasche wieder in den Händen hielt. »Jedes Mal dieses Drama. Was außer ihren magischen Lippen fandest du noch mal gut an ihr?« Als Trevor ihm keine Antwort gab, wandte er sich stattdessen an mich. »Willst du eigentlich auch mal was anderes probieren als Gras? Irgendwas, was dich so richtig gut draufbringt?«

»Vergiss es«, mischte sich Trevor ein. »Du wirst ihr nichts von dem Scheiß geben.«

»Warum nicht?«, fragte ich, weil Jacksons Frage und Trevors Versuch, mich zu beschützen, meine Neugierde weckten.

»Weil er findet, dass das nichts für kleine, unschuldige Dinger wie dich ist«, antwortete Jackson, der Trevors bohrenden Blick und den malmenden Kiefer ignorierte. Er grinste. »Was schade ist. Jemand wie du geht bestimmt richtig ab auf ein bisschen Ecstasy.« Er wandte sich an Trevor. »Nichts für ungut, Kumpel.«

»Glaub mir, von dem Zeug willst du nichts«, sagte Trevor, legte mir die Hand auf die Schulter und fixierte mich mit seinen Augen, die zwar immer noch wässrig wirkten, jedoch schon klarer waren. Ich schob seine Hand weg und schnippte mit dem Finger, um Jacksons Aufmerksamkeit zu ergattern.

»Ich habe es mir überlegt«, erklärte ich. »Ich will doch einen Zug.«

Jacksons Lippen verzogen sich zu einem siegessicheren Grinsen, während Trevor aufstand, einen Anruf entgegennahm und mit einem »Übertreib es nicht« in der Küche verschwand.

Ich erinnerte mich dunkel an gestern und daran, dass es ihm nicht gefiel. Er wollte nicht, dass ich das hier tat. So was hatte er gesagt, aber ich wusste nicht mehr, wann.

Aber es war mir egal.

Ich führte den Joint an meine Lippen, inhalierte und genoss, wie der Rauch meine Lungen füllte, bis kein Platz mehr für irgendwas anderes war. Ich mochte den Nebel, der sich viel friedlicher anfühlte als der, der durch Alkohol entstand. Ich mochte, wie er sich langsam über jedes Nervenende legte und jeden Gedanken, jedes Gefühl, einfach alles erstickte.

Ich stieß den Rauch aus, zog gleich noch mal, ehe ich Jackson, der plötzlich dicht neben mir saß, den Joint zurückgab. Seine Hand lag auf meinem Oberschenkel. Mein Kopf sackte zur Seite gegen seine Schulter. Viel zu schwer, um ihn zu halten. Mit den Augen fuhr ich die hauchfeinen Risse in der Zimmerdecke nach. Sah zu, wie eine Fliege Runden drehte, und lauschte der Stille, die sich in meinem Kopf ausgebreitete.

»Fühlt sich gut an, was?«

»Ja.«, murmelte ich und schloss die Augen. So war es so viel einfacher, mir einzureden, dass ich ganz war. Dass es nichts gab, was mich verletzen oder zerstören konnte. Denn die Ash, die weinte, weil ihre beste Freundin gestorben war, sich die Schuld daran gab und sich immer wieder fragte, wieso sie einen Strick genommen und sich in ihrem Wandschrank erhängt hatte, war irgendwo in dem Nebel zurückgeblieben. Es gab keine Fragen mehr, die meinen Kopf überfluteten. Keinen Schmerz, der mich niederriss. Keinen Gedanken daran, Tami an diesen Ort zu folgen, für den sie mich verlassen hatte. Es gab keine Tränen, weil es nichts gab, was mich traurig machte. Keine

Schuldgefühle, weil ich nicht gesehen hatte, dass sie daran dachte, sich zu töten. Da war kein Platz für Entscheidungen, die ich nicht zurücknehmen konnte. Die ein Leben zerstört hatten. Die mich zerstört hatten. Alles, was es gab, war Stille.

Wohltuend.

Dumpf.

Und leer.

Eine Weile schwamm ich mit der Stille in meinem Kopf, während Musik aus den Boxen drang und Jacksons Hand noch immer auf meinem Oberschenkel ruhte. Weder Stimmen noch Gespräche drangen zu mir durch – bis diese eine Stimme sich in meinen Kopf drängte, sich durch den Nebel und die Stille schob und mitten in mein Herz traf.

Jake.

Erst dachte ich, ich würde träumen. Dass mein Kopf mir Streiche spielte, weil ich zugedröhnt und durcheinander war. Doch dann öffnete ich die Augen und Jake stand da. Er stand vor mir, in einer engen, ausgewaschenen Jeans und einem weißen Hemd, dessen obersten Knöpfe offenstanden. Seine Augen wanderten von mir zu Jackson, dessen Finger immer wieder mein Knie umkreisten – und verengten sich zu Schlitzen. Seine Hand schoss vor und Jacksons Finger verschwanden. »Ich sagte, du sollst deine Finger von ihr nehmen.«

»Sagtest du das, ja?« Mein Kopf knallte auf die Lehne, als Jackson aufsprang und an ihm vorbei nach einer Zigarettenpackung griff, die auf dem Tisch lag. Dann wandte er sich an mich. »War nett mit dir, aber die Luft wird mir jetzt eindeutig zu spießig.«

Im Gehen zündete er sich eine Fluppe an und hob die Hand.

Jake, der ihn nicht weiter beachtete, ging neben mir in die Hocke. »Geht es dir gut?« Die Wut, die eben noch sein Gesicht eingenommen hatte, war fast vollständig verschwunden, hatte etwas anderem Platz gemacht. Sorge.

Ich öffnete den Mund, um ihm zu antworten, doch die Worte verhedderten sich in meinem Kopf. Sie wollten nicht heraus. Seine Frage brachte mich durcheinander. Dass er hier war, nachdem er doch weggegangen war, brachte mich durcheinander.

»Ash?« Er beugte sich dichter zu mir und ich hielt den Atem an, als seine Lippen dicht vor meinen innehielten. Ich wartete darauf, dass er mich küsste. Noch mal. *Nur noch ein einziges Mal.* »Was ist mit dir?«

»Sie ist high und betrunken.« Das Sofa sackte ein, als Trevor sich neben mir fallen ließ. »Und spar dir die Moralpredigt, okay? Sie ist hier aufgetaucht, völlig neben der Spur und ... ja, ich fand's besser, sie ist high, als dass sie irgendeinen anderen Scheiß macht. Es gibt Schlimmeres, als high zu sein, also entspann dich.« Trevor sah mich an. »Fahr mit Jake nach Hause, Prinzessin. Es ist Zeit zurückzukehren. Das hier ist nicht deine

Welt, das wissen wir beide.« Er lehnte sich vor, strich eine Haarsträhne hinter mein Ohr und sah mich durch diese Augen an, die mich immer wieder an Tami erinnerten. Daran, was ich verloren hatte. Daran, wie sehr sie fehlte. »Okay?«

Als ich nickte, stand er auf und ließ mich mit Jake zurück, dessen Lippen noch immer viel zu dicht vor meinen waren.

»Komm«, sagte er, streckte die Hand aus und wartete, bis ich sie ergriff. Dann zog er mich auf die Beine.

Wir redeten nicht. Nicht, als wir das Haus verließen. Nicht, als wir über den Weg bis zu seinem Wagen gingen. Nicht, als er mich auf den Beifahrersitz schob und sich selbst hinter das Steuer setzte.

Wortlos beugte er sich über die Mittelkonsole, griff nach meinem Gurt und schnallte mich an. Dann startete er den Motor und ich schloss die Augen.

Plötzlich war der Nebel verschwunden. Und die Gefühle, die ich so mühsam in die Tiefe gedrängt hatte, die Erinnerungen an Tami, die Verwirrung wegen meiner Gefühle für Jake, sein plötzliches Verschwinden und Auftauchen, seine Sorge um mich kämpften sich zurück an die Oberfläche. Ich versuchte, einen klaren Gedanken zu fassen und mich nicht an die Emotionen zu klammern, die in mir hochstiegen. Die mich einnahmen. Mich auffraßen.

Der Wagen stoppte. Der Motor. Die Musik.

Nur mein Kopf hörte nicht auf zu kreisen, sich zu drehen, zu denken.

»Ash?« Jakes Finger berührten meine Wange und ich presste die Augenlider fester zusammen. So fest, wie ich konnte. Weil ich nicht schon wieder weinen wollte.

Nicht jetzt.

Nicht hier.

Eigentlich überhaupt nicht.

»Hey, komm schon. Sieh mich an«, sagte er sanft. »Sag mir, was in dir vorgeht und wie ich dir helfen kann.«

»Warum?«, presste ich hervor, noch immer bemüht, die Tränen zurückzudrängen.

»Weil ich es nicht ertrage, dich so zu sehen«, sagte er und strich wieder über meine Wange. »Weil …«

»Weil was?«, fragte ich leise, aus Angst, er würde nicht weiterreden. Ich musste wissen, was er dachte und warum.

Mein Herz pochte schneller, als er mit seinem Daumen meine Wange hinab bis zu meinen Lippen fuhr.

»Weil ich ein Idiot bin, Ash. Weil du mir was bedeutest und weil ich die letzten Tage an kaum etwas anderes gedacht habe als an deine Lippen und daran, dich noch mal zu küssen. Immer wieder.«

JAKE

Meine Lippen trafen auf ihre. Ich schmeckte das Salz ihrer Tränen und die Rückstände des Marihuanas, das sie geraucht hatte. Ich zog sie dichter an mich heran, so dicht, wie ich konnte. Und Ashley, sie krallte sich an mir fest.

Meine Zunge tanzte mit ihrer in einem ruhigen, sinnlichen Takt, der jede Faser in mir zum Lodern brachte. Ich wanderte durch ihren Mund, erkundete jeden Winkel, weil ich nicht genug bekam. Ash zu küssen war so anders, als Maya zu küssen.

Es fühlte sich gut an. *Viel zu gut.*

Perfekt. *Viel zu perfekt.*

Richtig. *Viel zu richtig.*

Ich wusste, dass ich sie nicht küssen sollte. Dass es massenhaft Gründe gab, die dagegen sprachen. Genug Dinge, die ich stattdessen tun sollte. Die Beziehung zu Maya in Ordnung bringen. Mich um meinen Job kümmern, den ich durch mein Nicht-Erscheinen aufs Spiel setzte. Meine verdammten Versprechen halten. An meinen Verstand appellieren. Mein verfluchtes Herz ausschalten.

Aber ich wollte nicht darüber nachdenken. Ich hatte es satt, das Richtige zu tun. Ich war es leid, Maya über alles andere zu stellen. Ich wollte mich nur dieses eine Mal nicht für das Richtige entscheiden – sondern für das, was sich gut anfühlte.

Also küsste ich Ash. Ich küsste sie, weil die Sehnsucht nach ihr nicht abgeflaut, sondern stärker geworden war. Weil ich mich vier Tage und drei Nächte lang danach gesehnt hatte, sie zu berühren. Ihre Lippen, ihren Körper. *Sie*.

Ich ließ meine Hand an ihren Nacken gleiten, um sie noch ein Stück näher an mich zu ziehen. Und je länger ich sie küsste, umso mehr meiner Anspannung fiel von mir ab. Es waren die Überreste der Angst um sie, die mich, seit ich das leere Apartment betreten hatte, begleiteten. Doch jetzt flaute sie ab. Weil sie wieder bei mir war. Weil sie lebte.

Unser Kuss wurde langsamer und kam zum Erliegen. Einen Augenblick verharrte ich noch an ihren Lippen, atmete sie ein, ehe ich mich widerwillig von ihr löste. Dann lehnte ich mich zurück, zog ihr Handy aus dem Seitenfach der Autotür und legte es ihr in den Schoß. »Du solltest deinen Bruder anrufen, damit er weiß, dass es dir gutgeht.«

Ashley starrte von dem Handy zu mir – und zurück. »Hast du –«

»Ich habe mit ihm telefoniert, ja.« Ich legte meine Hand auf ihr Knie. »Ich habe mir Sorgen um dich gemacht. Ich kam zurück in die Wohnung und da lagen deine Schuhe und die Fenster waren offen und ... Ich habe mich wie ein Arschloch verhalten, Ash. Ich bin gegangen, obwohl wir hätten reden sollen. Über den Kuss, über uns. Und als ich zurückkam und du nicht da warst, da hatte ich eine Scheißangst, dass du dir was angetan haben könntest. Weil du so traurig und durcheinander warst, als ich gegangen bin. Und dann lag da dein Handy und ich habe die Nachrichten durchgesehen und ihn angerufen.« Ich holte Luft. »Bist ... bist du sauer?«

Kopfschüttelnd strich sie mit dem Daumen über das matt glänzende Display. »Phil hat nichts falsch gemacht. Es ist nur ...« Sie schluckte. »Er hat was über Tami gesagt und dann ... Ich konnte nicht mehr mit ihm reden, weil alles über mir eingebrochen ist. Ich musste raus. Es ... es ging nicht.«

Ich griff nach ihren zitternden Fingern, verschränkte ihre mit meinen. »Hast du deshalb Drogen genommen?«

Mit der freien Hand pulte sie an einem Loch im Sitzpolster, das Trevor vor ein paar Monaten betrunken ins Polster gebrannt hatte. »Ja. Nein. Vielleicht ... Ich weiß es nicht. Ich weiß nicht, was ich dachte. Ich bin durcheinander, Jake. Mein

Kopf tut weh.« Sie atmete frustriert aus. »Scheiße.«

Ich nahm das Handy aus ihrem Schoß.

»Was machst du da?«, frage sie, als ich anfing zu tippen.

»Ich schreib ihm, das du ihn später anrufst.« Ich drückte auf Senden, wartete einen Moment und gab es ihr zurück. »Erledigt.« Ich startete den Motor. »Und jetzt bringen wir dich nach Hause.«

Die restliche Fahrt wirkte Ashley nicht mehr ganz so angespannt, und sobald wir in meinem Apartment ankamen, half ich ihr, es sich auf dem Sofa bequem zu machen. Ich schob ein Kissen unter ihren Kopf, zog die Decke über sie und ging in die Küche, um Tee zu kochen und etwas zu essen zu machen.

»Ich will nicht sterben«, sagte sie, als ich mit Tee und zwei Sandwiches zurück zum Sofa kam. Ihr Blick haftete auf den Fenstern, die noch immer ein Stück geöffnet waren. »Ich dachte lange, dass ich sterben will, so wie sie, aber das stimmt nicht. Eigentlich suche ich bloß einen Weg, irgendwie weiterzumachen. Wieder zu leben.«

Ich schob ihr eins der Sandwiches zu. »Essen ist der Anfang von Leben.«

Ihre Mundwinkel zuckten, und als ein leichtes Lächeln erschien, drückte ich meine Lippen einen kurzen Augenblick auf ihre Mundwinkel. »Ich mag es, wenn du lächelst.«

»Und ich mag es, wenn du mich küsst«, sagte sie leise. »Es fühlt sich wie leben an.«

Ash griff nach dem Sandwich und begann zu essen. Und ich tat es ihr gleich, weil mein Magen leer und mein Hunger riesig war.

Irgendwann sackte ihr Kopf zur Seite und kam auf der Lehne zum Ruhen. Ich strich über ihren Rücken. »Lass mich dich ins Bett bringen«, flüsterte ich. »Das Bett ist bequem, ehrlich. Ich habe es probegelegen und kann das wirklich versprechen.«

Ihre Mundwinkel zuckten. »Darum geht es nicht.«

»Worum dann? Um die Albträume?«

Ihre Finger verkrampften sich. »Auch.«

Sie kuschelte sich dichter an die Lehne und ich stand auf, um die Decke über sie zu legen. »Wirst du mir irgendwann verraten, warum?«

»Vielleicht.«

Ich drückte ihr einen Kuss auf die Stirn, als sie nach mir griff.

»Jake?«, fragte sie. »Kannst du … hierbleiben? Bei mir?«

»Klar.« Ich hob ihren Kopf ein Stück an, setzte mich neben sie und bettete ihn auf meinem Oberschenkel. »Alles, was du willst.«

Es dauerte nicht lange, da wurden ihre Atemzüge langsamer und sie schlief ein. Eine Zeitlang saß ich da, beobachtete, wie ihr Brustkorb sich hob und senkte, dann fielen auch mir die Augen zu.

Nachmittags, als wir wieder wach waren und Ash besser aussah, machte ich mich mit sieben Stunden Verspätung auf den Weg ins Büro.

Ich hielt mich nicht damit auf, mich an meinen Schreibtisch zu setzen und mit der Arbeit anzufangen, sondern ging direkt zu Cliff.

Die Augen zu Schlitzen verengt, saß er an seinem Schreibtisch und knallte in einem monotonen, schnellen Rhythmus den Kugelschreiber auf die Tischplatte.

»Was zur Hölle hast du dir dabei gedacht?«, kam er direkt zur Sache. »Glaubst du, du erhältst hier eine Sonderbehandlung und kannst tun und lassen, was du willst, nur weil du mein Neffe bist?«

Das Wort Neffe spuckte er beinahe aus.

Ich zwang mich, tief einzuatmen und die widerspenstigen Worte, die ich ihm am liebsten an den Kopf geknallt hätte, zurückzudrängen und gegen weniger verfängliche, diplomatischere Sätze einzutauschen. »Nein, natürlich nicht, Sir.« Ich leckte mir über die Lippen. »Es gab einen Notfall und –«

»Ist mit Maya und deinem Jungen alles in Ordnung?«, fragte er sofort.

»Ja, Sir, jetzt schon«, log ich, obwohl der Notfall, von dem ich sprach, mit keinem der beiden zu tun hatte, sondern nur damit, dass ich ein Feigling war und vor meinen Gefühlen davonrannte. Aber es war besser, das nicht laut auszusprechen. Besser für mich, besser für meine Zukunft. Ich konnte es mir nicht leisten, diesen Job zu verlieren. »Ich wollte dich nicht im Stich lassen. Ich weiß, welche Chance du mir hier gibst, und es wird nicht wieder vorkommen.«

Der eigentliche Grund, der ihn aufbrachte, war nicht mein Zuspätkommen heute – denn das war bloß ein weiterer Funke, der die Glut anfeuerte – sondern die Mailboxnachricht, mit der ich mir freigenommen hatte. Ohne Rücksprache. So als hätte ich alles Recht der Welt dazu und wäre mehr als ein Student, der hier arbeitete.

»Gut«, sagte er, diesmal weniger aufgebracht. »Du wirst die verpassten Stunden bis zum Wochenende nacharbeiten, haben wir uns verstanden?«

Damit hatte ich gerechnet. »Natürlich, Sir«, sagte ich. »Dann werde ich gleich damit anfangen.« Ich machte einen Schritt auf die Tür zu, als er mich stoppte.

»Ich war noch nicht fertig, Jake«, bellte er. »Du wirst die Stunden nacharbeiten und im Anschluss wirst du dafür sorgen, dass mein Sohn zu diesem Familiendinner kommt, das deine Mom Ende nächsten Monats veranstaltet.«

Das Dinner hatte ich ganz vergessen. Es war das große alljährliche Event unserer Familien. Der Tag, an dem wir den Geburtstag unserer Granny und zeitgleich den Hochzeitstag meiner Eltern feierten. Und den von Trevors.

»Sir, ich denke nicht, dass Trevor –«

Cliff schlug mit der Faust auf den Tisch, so laut, dass ich zusammenzuckte. »Das ist keine

Bitte, Jake. Ich erwarte es als Zeichen deiner Loyalität. Ist das klar?«

Ich schloss die Augen. »Glasklar.«

»Gut.« Er schenkte mir ein Lächeln. »Dann haben wir uns verstanden.« Ohne mich eines weiteren Blickes zu würdigen, schwenkte er die Hand Richtung Tür und bedeutete mir auszutreten.

Während ich mich wie benommen an meinen Schreibtisch am Fenster fallen ließ und auf den Stapel aus Unterlagen starrte, wurde es enger in meiner Brust.

Trevor würde nicht zu diesem Essen kommen. Cliff wusste das. Ich wusste das.

Jeder, der Trevor und ihn wirklich kannte, wusste das, verdammt noch mal.

Ich kapierte nicht, wie Cliff Gossow glauben konnte, Trevor mit diesem Verhalten zurückgewinnen zu können. Wie er auch nur eine Sekunde selbst davon überzeugt sein konnte, er würde wieder sein Sohn sein und sich so verhalten – nur weil er das so wollte.

ASHLEY

Es gibt Albträume, aus denen erwacht man nie ganz. Ganz egal wie sehr man es versuchte, ganz gleich, wie sehr man es sich wünschte oder wie stark man dagegen ankämpfte, man entkam ihnen nicht. Die Dämonen jener Träume blieben. Krallten sich fest. Und veränderten alles.

Ich wusste nicht, wie oft ich mir in den vergangenen Wochen gewünscht hatte, endlich aufzuwachen. Wie oft ich darum gebettelt hatte, die Augen aufzuschlagen und Tami neben mir liegen zu sehen. Und wie oft ich aufgewacht war in dem Wissen, dass sie nicht zurückkehren würde. Weil Tote nun mal nicht zurückkamen. Weil sie in der Erde vermoderten, in der man sie begrub, und nie wieder Teil des Lebens wurden, das sie verlassen hatten.

Jedes Mal, wenn ich die Augen aufschlug und realisierte, dass es sie nicht mehr gab, tat es weh. Doch diesmal war es anders, denn der Anblick von Jake in seiner Küche genügte, um mein Herz zu beruhigen.

Ich rutschte höher, zog die Decke bis zum Kinn und sah zu, wie er in engen schwarzen Boxershorts und einem offenen weißen Hemd in einer Pfanne rührte. Der Duft von geröstetem Brot, geschmolzener Butter und Rührei zog zu mir herüber und weckte das erste Mal seit Tagen so etwas wie Hunger in mir.

»Du bist wach.« Jake verteilte das Rührei auf zwei Teller, ehe er sich die erste Brotscheibe schnappte und sie butterte. »Dann kannst du mir gleich verraten, ob du lieber Erdbeer- oder Brombeermarmelade willst.«

»Brombeere.«

Jake öffnete die Kühlschranktür, holte ein Glas Marmelade heraus, gab einen Klecks davon auf eine der Brotscheiben und verteilte sie mit dem Messer. Zusammen mit einer Flasche Orangensaft und zwei Gläsern stellte er die Teller auf ein rundes Kellnertablett.

Als er es vor mir auf den Couchtisch wuchtete, zog ich die Beine an, um ihm Platz zu machen. Doch ehe Jake sich neben mich setzte, beugte er sich zu mir herunter und drückte mir einen Kuss auf die Stirn.

»Guten Morgen«, sagte er lächelnd. Der Duft seines Aftershaves drang in meine Nase, vermischte sich mit seinem unverwechselbaren Geruch und ließ mein Herz schneller schlagen. Am liebsten würde ich mich dicht an ihn schmiegen.

Ihn einatmen. Ihn einfach küssen. Richtig. Auf die Lippen. So, wie wir es gestern getan hatten, als wir in seinem Wagen gesessen hatten.

Doch ich tat es nicht, weil ich noch immer nicht wusste, was das zwischen uns war. Ich war durcheinander. Um mich von den Erinnerungen an den Kuss abzulenken, fragte ich: »Habe ich lange geschlafen?«

Jake goss sich ein Glas Orangensaft ein, nahm einen großzügigen Schluck und nickte. »Als ich gestern aus dem Büro zurückkam, hast du schon wieder geschlafen. Da war es ungefähr sieben.«

Ich warf einen Blick auf die Uhr an der Wand. Kurz nach acht. Dreizehn Stunden Schlaf und ich konnte mich kaum daran erinnern, dass ich überhaupt wach gewesen war.

»Sieht ganz so aus, als hättest du den Schlaf dringend gebraucht.«

»Ja.« Ich griff nach dem Toast auf meinem Teller. »Es fühlt sich an, als hätte ich das erste Mal seit Tagen richtig geschlafen.«

Was mit Sicherheit daran lag, dass Jake zurück war und ich nicht mehr alleine in dem einsamen, großen Apartment. Ich hatte mich auch nach Monaten nicht daran gewöhnt, alleine zu schlafen. Bis zu ihrem Tod war Tami fast jede Nacht zu mir ins Bett gekrochen und das fehlte mir.

Es war der Grund, warum ich lieber auf dem Sofa vor dem Fernseher schlief. Der Grund, warum ich nicht in einem Bett liegen konnte, ohne an sie zu denken und dem Schmerz zu erliegen.

»Weißt du schon, was du heute machen willst?«, fragte Jake.

Ich schüttelte den Kopf, um einen kurzen Moment später in der Bewegung innezuhalten. »Du fährst zur Uni, oder?«

»Ja. In eineinhalb Stunden habe ich eine wichtige Vorlesung.« Seine Hand legte sich auf mein Knie. »Ich würde lieber hier bei dir bleiben und was mit dir machen.« Er sah mich an. »Möchtest du einen kleinen Vorgeschmack?«

Als ich nickte, rutschte er näher. Das Brot, das ich noch immer in der Hand hielt, verschwand, als er es aus meinen Fingern löste. »Ich würde das hier tun.« Seine Hand legte sich an meine Wange. »Das hier.« Mit dem Daumen strich er über meine Lippen und jagte damit Stromschläge durch meinen Körper. Er fuhr an meiner Unterlippe entlang, während die Finger seiner anderen Hand sich unter meinem Haar hindurch an meinen Nacken schoben. »Und das.« Sein warmer Atem streifte meine Lippen, kurz bevor ich seinen Mund auf meinem spürte.

Die Hand an meinem Nacken spielte mit einer meiner Haarsträhnen, während seine Zunge in meinen Mund eintauchte. Sein Kuss war sanft und fühlte sich an, als würde er jeden Millimeter in mir auskosten.

Ich stöhnte leise auf, als seine Lippen sich an meinen Mundwinkeln hinab bis in meine Halsbeuge vorarbeiteten. Die Hand, die in meinem Nacken lag, wanderte tiefer, strich über meinen Rücken und verharrte auf dem Stück nackter Haut, an dem mein Shirt hochgerutscht war. Ich packte den Rand seines Hemdes und zog ihn dichter an mich. Seine warme, nackte Haut drückte sich gegen den dünnen Stoff meines Shirts.

Plötzlich wünschte ich mir, der Stoff würde sich in Luft auflösen und da wäre nichts weiter als seine Haut und meine.

Ich wartete darauf, dass seine Lippen tiefer wanderten. Darauf, dass seine Hände auf Wanderschaft gingen, doch sie blieben, wo sie waren. Stattdessen kehrten seine Lippen zurück, verharrten auf meinen.

Schließlich legte er seine Stirn an meine.

»Ich muss wirklich bald los«, seufzte er und klang alles andere als glücklich darüber. »Und ich komme erst ziemlich spät zurück.« Seine Hand liebkoste ein weiteres Mal meine Wange. »Mir wäre es lieber, wenn du nicht den ganzen Tag hier alleine wärst.«

»Dann nimm mich mit«, bat ich ihn. »Zara hatte da diese Idee ...«

Jake vergrößerte den Abstand zwischen uns und bedeutete mir weiterzureden. Also erklärte ich: »Wir haben darüber gesprochen, dass ich hier auf die Uni gehen könnte. Sie meinte, ich könne mir den Campus einfach ansehen und schauen, ob es mir gefällt. Vorausgesetzt, ich kann noch eine Weile länger bei dir wohnen.«

»Natürlich kannst du das«, antwortete Jake sofort. »Und ich finde die Idee super. Die Uni hier ist gut und wegen der Finanzierung lässt sich bestimmt eine Lösung finden.«

»Ich habe ein Konto, mit dem ich das Studium bezahlen könnte«, erklärte ich. »Aber das verwalten meine Eltern. Ich müsste mit ihnen sprechen und –«

Jake stoppte mich. »Schau dir den Campus erst mal an, rede mit dem Dekan und überleg, ob du es wirklich willst. Wenn ja, dann finden wir gemeinsam einen Weg, deine Eltern zu überzeugen. Okay?«

»Okay.«

»Gut.« Er deutete Richtung Badezimmer. »Dann schlage ich vor, du machst dich schnell fertig und ich ruf Zara an, damit wir uns dort treffen.«

Der Campus war riesig und glich einem Gewirr aus Wegen und Komplexen, die ich mir unmöglich merken konnte. Froh darüber, dass Jake an meiner Seite war und ich mich nicht verlaufen konnte, sah ich mich um. Nahm die Atmosphäre, die Menschen, einfach alles in mich auf.

Am Bibliotheksgebäude bogen wir nach rechts ab, liefen vorbei an jeder Menge anderer altertümlicher Komplexe auf ein Café zu, vor dem wir uns mit Zara treffen wollten.

Plötzlich stoppte er mich.

»Hör mal«, sagte er und holte einmal tief Luft, als würde ihm das, was er mir sagen wollte, wehtun oder fürchterlich schwerfallen. »Ich habe dich wirklich gern, Ash, ...« Unwillkürlich versteifte ich mich. Wartete auf das Aber. Auf den Punkt, der seine Gefühle revidierte – so wie Ian es vor zwei Jahren getan hatte.

»Ich mag dich, Ash, und die Zeit mit dir war wunderschön, unsere Nacht war wunderschön, aber wir können nicht zusammen sein.«

»... und ich mag es, mit dir zusammen zu sein, deshalb ... meinst du, wir können das für uns behalten? Nur für eine Weile?«

Er griff nach meinen Fingern und verschränkte sie für einen kurzen Moment mit meinen. »Ich will herausfinden, was das mit uns ist, und ich will nicht, dass jemand das kaputtmacht. Ich liebe meine Freunde, aber manchmal sind sie anstrengend und mischen sich überall ein.«

Ian hatte dasselbe gewollt. Doch Jake verlangte es nicht, weil ich sechszehn war und er neunzehn oder weil es Ärger mit meinen Eltern geben würde, weil ich mit ihrem Lieblingspflegesohn zusammen war, sondern weil er herausfinden wollte, was das mit uns war. Das verstand ich.

Langsam nickte ich. »Okay.«

Jake führte unsere verschränkten Finger an

seine Lippen und küsste meinen Handrücken. »Danke.«

Als er mich losließ, wünschte ich mich für einen kurzen Moment zurück in sein Apartment und auf die Couch, doch dann kam der Eingang des Cafes in Sicht.

Ich entdeckte Zara ein Stück entfernt vom Eingang, in den Händen zwei Pappbecher. Sie trug ein blassoranges Neckholderkleid und ein farblich passendes Seidentuch um ihr Haar.

Die Perlen, die sie in ihre langen schwarzen Haare eingeflochten hatte, glitzerten im einfallenden Sonnenlicht.

»Oh, ich freu mich so, dass du es dir überlegt hast«, begrüßte sie mich, drückte Jake die Pappbecher in die Hände und schlang beide Arme um meinen Hals. »Es wird dir hier gefallen, ganz sicher.«

Noch hatte ich mich nicht entschieden, doch je mehr ich vom Campus sah, umso mehr gefiel er mir.

Zara erzählte von den Vorlesungen, die sie hatte, den Kursen, die sie besuchte, und berichtete, dass sie schon bei der Unileitung war, um mir einen Schnuppertag zu sichern.

Während Jake sich zu seiner Vorlesung verabschiedete, zeigte Zara mir weiter den Campus. Ich folgte ihr in zwei der Kurse, lernte zwei ihrer Freundinnen – Ella und Cassandra – kennen und verbrachte die Mittagspause mit ihnen in der Mensa.

Zeit mit Zara auf dem Campus zu verbringen tat gut. Es erinnerte mich an die Highschool und an Tami – doch diesmal tat es seltsamerweise nicht weh. Es fühlte sich nur gut an.

»Und, was meinst du?« Zara hakte sich bei mir unter, als wir ihren letzten Kurs verließen und durch den Flur zum Ausgang des Gebäudes marschierten. »Willst du hier mit mir studieren?«

Ich nickte. Die Frage war nur, wie ich das meinen Eltern beibringen sollte.

JAKE

»Und was heißt das jetzt genau?« Mit einem Lappen wischte Keaton über die Tätowiermaschine in seiner Hand. Der beißende Geruch von Desinfektionsmittel drang in meine Nase. »Ihr macht eine Pause, und dann?«

Ich zuckte mit den Achseln und zupfte an dem Papier, das auf der Liege neben mir lag. »Keine Ahnung.«

Seit Maya aus ihrer Wohnung gestürmt war und mir erklärt hatte, dass wir eine Pause brauchten, war fast eine Woche vergangen. Sie hatte nicht angerufen, genauso wenig, wie ich es getan hatte. Einmal war ich versucht, ihre Nummer zu wählen, hatte mich jedoch dagegen entschieden. Sie war es schließlich, die die Pause gewollt hatte. Nicht ich. »Vielleicht finden wir raus, dass wir einfach nicht zusammenpassen«, erklärte ich. Die Sache mit Maya und mir war kompliziert. Keaton wusste das. Immerhin hatte er es von Anfang an mitbekommen. Unsere Beziehung war nicht auf natürliche Weise entstanden, sondern dadurch, dass ich mit ihr geschlafen und ihr ein Baby gemacht hatte.

»Und mit Ash?«

»Was soll mit ihr sein?«, fragte ich und hoffte, er würde nicht weiter nachbohren. Ich war nicht bereit, mit ihm über meine Gefühle für Ashley zu sprechen oder darüber, dass der Kuss keine einmalige Sache gewesen war.

Keiner von meinen Freunden würde es gut finden, dass ich mit ihr rummachte. Und zwar nicht deshalb, weil ich in ihren Augen nicht zu ihr passte, sondern schlicht und ergreifend, weil ich eben mit Maya zusammen war. Sie würden Ehrlichkeit verlangen – beiden gegenüber. Und im Moment hatte ich weder eine Ahnung, was aus Maya und mir werden würde, noch, was das mit Ash genau war.

Deshalb wollte ich es herausfinden.

Ich musste einfach. Immerhin wollte ich mich weder leichtfertig vor meiner Verantwortung für Maya und meinen Sohn drücken noch ihr wehtun. Doch gleichzeitig bedeutete mir Ashley auch viel. Es war nicht nur aufregend und schön mit ihr zusammen zu sein. Es fühlte sich gut und richtig an. Ich hatte mich in sie verliebt. *Verliebt*.

Seit ich sie aus Jacksons Armen geholt hatte, war mir klar, dass das, was ich empfand und mich zu ihr hinzog, nicht nur Schwärmerei oder Einsamkeit oder gar Mitleid war. Nein, die Gefühle waren echt. Und genau deshalb schaffte ich es nicht, sie zu ignorieren. Mit Ash zusammen zu sein fühlte sich einfach viel zu gut an, um es nicht zu tun.

»Du hast sie geküsst.« Keaton hielt in der Bewegung inne. »Muss ich dich da ernsthaft dran erinnern?«

»Nein«, antwortete ich.

Keaton legte die Tätowiermaschine auf den Wagen, warf den Lappen in den Eimer und begann, die Farben zu sortieren. »Also habt ihr euch ausgesprochen?«, fragte er. »Trevor meinte gestern, Ash sei ziemlich fertig gewesen. Und so sah sie ehrlich gesagt auch aus, als ich an dem Morgen bei ihr aufgeschlagen bin.«

Das schlechte Gewissen kehrte zurück.

Ich war zu Maya geflogen in der Hoffnung, das, was zwischen Ashley und mir geschehen war, damit ungeschehen zu machen. Doch das hatte nicht funktioniert.

»Sie hat sich bei ihm abgeschossen«, erzählte ich. »Ich kam zurück und dachte, sie hätte …« Die Erinnerung daran bohrte sich zurück in mein Bewusstsein und dieselbe Angst kehrte zurück. Ich hatte wirklich Angst gehabt, sie hätte sich was angetan. »Ihr Handy lag auf dem Boden, die Fenster waren offen, ihre Schuhe standen dort. Es gab wohl ein Telefonat mit ihrem Bruder, das sie durcheinandergebracht hat, deshalb ist sie zu Trevor gefahren. Und der war high.«

Keaton schnaubte. »Und die Party in vollem Gang, nehm ich an.«

»Vermutlich. Als ich morgens ankam, waren noch Leute da.«

Die meisten hatten schlafend herumgelegen, doch einige hatten getrunken. Das ganze Haus hatte nach Weed, Alkohol und Zigaretten gestunken.

Er seufzte. »Ich dachte, er hätte sich wieder im Griff.«

Das hatte ich auch geglaubt. Die letzte Zeit, seit er sich mit Ashley verstand, hatte er weitaus ausgeglichener gewirkt.

»Er schwört, er habe ab dem Moment, in dem sie aufgetaucht ist, nichts mehr genommen, sondern auf sie aufgepasst.« Das glaubte ich ihm sogar. Trevor hatte weit weniger stoned gewirkt als in den letzten Monaten. Eher müde. »Aber zwischen Ash und mir ist alles klar«, griff ich das vorherige Thema wieder auf. Ich wollte nicht an ihren Anblick an diesem Morgen denken. Daran, wie Jackson neben ihr gesessen und seine Hände auf ihrem Oberschenkel gebettet hatte. Oder daran, wie ihr Kopf auf seiner Schulter geruht hatte.

Keaton schob den Tätowierwagen in die Ecke und bedeutete mir, ihm nach vorne zu folgen. Der Vorraum des Tattoo-Studios, in dem er mit seinem Stiefvater arbeitete, war leer. Doch ich wusste, dass vor dem Studio mindestens ein Kunde darauf wartete, dass geöffnet wurde.

»Und die Sache mit Cliff und Trev, wie löst du die?«

Darüber hatte ich die letzten Tage nachgedacht und eine Entscheidung getroffen. »Ich werde ihm davon erzählen und er entscheidet. Mehr kann ich nicht tun.«

Keaton trat an die Tür heran und griff nach dem Schlüssel. »Es ist schäbig, was dein Onkel da abzieht«, schimpfte er. »Ich sag es gerne noch mal, allen Chancen und Möglichkeiten zum Trotz: Such dir einen Job, in dem der Chef kein Arschloch ist und am besten auch nicht mit dir verwandt ist.«

Die Türglocke läutete, als der erste Kunde eintrat. Keaton begrüßte ihn, erklärte, er sei gleich bei ihm, und wartete, bis er auf einem der vier Stühle in der Ecke Platz genommen hatte. Dann senkte er seine Stimme. »Ich mein es ernst, Jake: Du hast nichts davon, wenn er eure Verbindung und deine Abhängigkeit immerzu ausnutzt. Und Trev hat auch nichts davon.«

Während der Fahrt zurück in mein Apartment dachte ich über Keatons Ratschlag nach. Er hatte recht. Mit so ziemlich allem, was er dazu zu sagen hatte. Cliff hatte ein Unternehmen mit immens vielen Möglichkeiten. Man verdiente nicht nur gut, sondern der Job war sicher. Andere Firmen nahmen Lehrlinge und Studenten, die bei ihm gearbeitet hatten, mit Kusshand, weil die Ausbildung und die Arbeit dort für Qualität standen. Doch gleichzeitig war Cliff ein Arschloch. Er war oben und glaubte, er bekäme allein deshalb, was immer er wollte. Und genau das war der Grund, warum er keinen Weg fand, sich mit Trevor auszusöhnen. Er bemühte sich nicht von Herzen. Alles, was er versuchte, war, ihn zu kaufen und zu erpressen und zu überbieten. So wie er es im Immobiliengeschäft tagtäglich praktizierte. Nur bekam er dadurch weder seine Frau noch seinen Sohn zurück. Ehrlich gesagt war ich es leid, das mit mir machen zu lassen, und deshalb hatte ich längst entschieden, Trevor zwar davon zu erzählen und Cliffs Anweisung damit bis zu diesem Punkt zu erfüllen. Doch weiter würde ich nicht gehen. Gut bezahlter Job hin oder her.

Ich parkte den Wagen vor dem Haus, stieg in den Fahrstuhl und schloss einen Augenblick später die Tür zu meinem Apartment auf.

Nachdem ich meine Schuhe im Regal verstaut hatte, fiel mein Blick auf Ash. Sie stand in der offenen Badezimmertür, das Haar feucht, mit nichts als einem Handtuch bekleidet.

»Geht's dir gut?«, fragte ich, als ich ihren traurigen Gesichtsausdruck bemerkte.

»Nicht wirklich«, sagte sie, als ich meine Augen über ihren Körper gleiten ließ und langsam auf sie zukam, bis ich direkt vor ihr stand. »Ich habe mit Phil telefoniert. Meine Eltern wollen das Konto nicht freigeben.« Sie schüttelte den Kopf. »Das ist so typisch. Es geht nicht darum, was mir guttut oder für mich richtig ist, sondern nur darum, dass sie ihren Willen durchsetzen.«

Nass, wie sie war, lehnte sie sich an mich.

Ich fuhr mit der Hand über ihr feuchtes Haar.

»Wir finden eine andere Lösung«, versprach ich. »Irgendwie wirst du hier auf die Uni gehen können, okay?«

Sie drehte den Kopf und sah zu mir auf. »Und wie?«

Ich legte meine Hände um ihr Gesicht, strich mit dem Daumen über ihre Lippen. »Ich finde einen Weg«, versprach ich und drückte eine Sekunde später meine Lippen auf ihre.

Ashley stöhnte leise in meinem Mund, klammerte sich an mich. Und verdammt, es fühlte sich so gut an. Ihre Haut war weich vom Duschen, ihre Lippen waren feucht und warm und perfekt. Ich glitt mit meinen Finger an ihrem Hals hinab und spürte, wie sie erschauderte. Ich mochte, wenn sie das tat. Wenn ihr Körper auf mich reagierte, so wie meiner auf ihren.

Wir stolperten Richtung Sofa, wo ich sie auf mich zog. Näher an mich heran. So nah, wie es ging.

Meine Lippen glitten an ihrem Kinn hinab, über ihren Hals, tiefer, bis zu ihrem Schlüsselbein. Gott, sie war so schön. Sie war warm und weich und ihr Stöhnen törnte mich an.

»Jake …« Ihre Hände stoppten mich.

»Tut mir leid.« Ich löste mich von ihr. »Ich wollte dich nicht bedrängen.«

»Hast du nicht. Es ist nur …« Sie atmete einmal tief ein und stieß dann langsam den angestauten Atem wieder aus. »Das geht mir einfach ein bisschen zu schnell.«

Ich sah auf ihre leicht geschwollen Lippen. Ich streckte meine Hand aus und strich darüber. »Ich mag dich, Ash.«

Etwas flackerte in ihrem Blick, dann rutschte sie von meinem Schoß.

»Habe ich was falsch gemacht?«, fragte ich aus Angst, etwas Falsches gesagt zu haben.

»Nein.« Sie lehnte sich zu mir und drückte ihre Lippen auf meine. »Ich ... ich mag dich auch.«

Wir küssten uns wieder, diesmal innig und sanft, ohne die Hast, die mich noch einen Moment zuvor angetrieben hatte. Ich wollte ihr Zeit geben. So viel, wie sie brauchte.

»Wie wäre es, wenn wir Pizza bestellen?« Ich strich über ihr Gesicht, ihr Kinn, ihren Nacken. »Dann essen wir und du erzählst mir von dem Telefonat mit deinem Bruder.«

ASHLEY

Mit Jake zusammen zu sein fühlte sich wie ein Traum an – und ich hatte ständig Angst davor, er könnte genauso zerplatzen, wie es damals mit Ian passiert war.

Ich wusste, dass man Jake und Ian nicht miteinander vergleichen konnte. Ich war nicht mehr sechszehn und verliebt in den neunzehnjährigen Pflegejungen, der bei uns wohnte. Und Jake war nicht dieser Junge von damals, der mein Herz erobert und es anschließend in tausend Teile zerschmettert hatte.

Ich wusste das, war mir jedoch nicht sicher, ob mein Herz es auch wusste. Denn da war Angst. Angst davor, erneut verletzt und verraten zu werden. Vielleicht war das normal, wenn die erste große Liebe mit so viel Schmerz endete. Aber ich wollte keine Angst haben, mich nicht davor fürchten. Ich wollte genießen.

Mit Jake zusammen zu sein fühlte sich gut an,

und selbst wenn die anderen dabei waren, fühlte ich mich nie unerwünscht oder deplatziert, so wie es bei Ian gewesen war. Jake beachtete mich immer. Lächelte mich an. Sprach mit mir. Ihm war ich nicht peinlich – das spürte ich einfach.

»Erde an Ash!« Trevor schnipste mit dem Finger direkt vor meinem Gesicht. »In welchem Universum bist du gerade?«

»Nirgends«, antwortete ich, zog den Motorradhelm von meinem Kopf und schob die Gedanken an Jake, die Abende voller Küsse und Berührungen zur Seite.

Trevor zog den Helm von meinen Fingern, verstaute ihn zusammen mit seinem an seiner Harley.

Wir verließen den Schotterplatz neben der Straße, um dem Weg, der hoch auf den Hügel führte, zu folgen. Nichts als Felsen und Gestein säumten den Weg, nur ab und an durch dicke Grasbüschel unterbrochen.

Trevor kickte einen Stein aus dem Weg. »Hat es was mit dem Studium zu tun, dass du so in Gedanken versunken bist?«, fragte er. »Zara hat gestern gemeint, du willst hier an der Uni anfangen und deine Eltern stellen sich quer.«

»Ja.« Es war nicht das, was mich in dem Moment zuvor beschäftigt hatte. Aber ich konnte Trevor ja schlecht von Jake und dem Gefühlschaos berichten, das er in mir auslöste. Und die Sache mit dem Studium belastete mich zusätzlich.

»Sie wollen, dass ich nach Urbana Champaign gehe, so wie ich es versprochen habe.«

Trevor schnaubte. »Das ist doch bescheuert.«

Das war es, änderte jedoch nichts daran, dass ihre Meinung endgültig war. Das war etwas, das ich als Kind früh genug hatte lernen müssen: Das, was meine Mom oder mein Dad wollten, war Gesetz. Es gab keine Kompromisse – besonders nicht, wenn sie mir nützten.

»Ist doch egal, auf welche Uni du gehst«, schimpfte er weiter. »Und die Savanna Springs University ist gut.«

»Glaub mir, das ist es nicht. Es geht ihnen da ums Prinzip. Ich soll Jura studieren wie mein Dad und das an derselben Uni wie er und die ist nun mal nicht hier in Kalifornien, sondern in Illinois.«

Der Wind wurde stärker, als wir die Spitze des Hügels erreichten. Ich erklomm das letzte Stück, kletterte hinter Trevor her, und als mir auffiel, wo wir waren, stockte mir der Atem. Ich stand oben auf einer der Klippen, die sich am Pacific-Coast-Highway erstreckten, und direkt unter mir befand sich der Ozean. Ewig lang. Ewig weit. Ein unendliches, dunkles Blau, das von hier oben noch viel atemberaubender wirkte.

»Wie meinst du das?«, fragte Trevor, als wir es uns auf einem der Felsen bequem machten. »Sind deine Eltern solche Prinzipienreiter?«

Ich zog die Beine an, legte die Arme darum und überlegte, wie ich ihm das Verhalten meiner

Eltern am einfachsten verständlich machen konnte.

»Ich glaube, um das zu erklären, musst du erst mehr über mein Leben wissen.«

»Dann schieß mal los.«

Ich leckte mir über die Lippen. »Meine Mom hat sich immer eine ganze Footballmannschaft an Kindern gewünscht, aber ich bin ihr zweites und letztes Kind. Nach meiner Geburt musste ihre Gebärmutter entfernt werden. Damit kam sie nie klar. Ich weiß sogar, dass sie mir bis heute dafür die Schuld gibt.« Ich starrte auf die Wellen, während ich weitersprach. »Sie hat versucht, aus mir etwas Besonderes zu machen. Es kam mir immer so vor, als müsste ich alle Erwartungen der ungeborenen Babys auf einmal erfüllen. Zum Beispiel durfte ich nicht Gitarre spielen lernen, sondern musste Klavierstunden nehmen, weil sie das besser fand. Sie hat alles bestimmt: meine Frisur, meine Klamotten, die Kinder, mit denen ich mich anfreunden sollte. Es ging nie um das, was ich wollte.«

»Das hört sich furchtbar an.«

Ich bettete mein Kinn auf meinem Knie. »War es auch. Weißt du, mein Dad war immer auf ihrer Seite und nichts, was ich je gemacht habe, war für sie gut genug. Weder meine Noten noch mein Benehmen noch das, was mir Spaß machte. Für beide stand schon immer fest, dass ihre leiblichen Kinder wie sie nach Urbana Champaign gehen würden, um Jura zu studieren, so wie sie es auch getan hatten. Ich habe nicht mal darüber nachgedacht, mich dagegen aufzulehnen, bis Tami zu uns kam.« Ich musste schmunzeln. »Sie war so anders als alle anderen Pflegekinder, die je bei uns gewohnt haben. Sie wusste, was sie will, und sie hat auch immer einen Weg gefunden, das hinter dem Rücken meiner Eltern durchzusetzen. Es war, als wenn ich durch sie erst begriffen hätte, dass ich ein selbstständig denkender Mensch mit eigenen Bedürfnissen bin und nicht nur das Vorzeige-Experiment meiner Mom.« Wenn ich jetzt daran dachte, wie ich damals gewesen war, wurde mir noch klarer, wie sehr ich schon immer um die Liebe meiner Mom gebettelt hatte. Ich hatte meine eigenen Bedürfnisse, meine Wünsche, meine Träume nie laut ausgesprochen – für ein kleines bisschen Liebe, ein verdammtes Lächeln, etwas Stolz in ihren Augen.

»Phil, mein Bruder, hat sich gegen das Studium in Urbana Champaign und gegen Jura im Hauptfach entschieden, weil ihm soziale Arbeit liegt und seine Freundin in Chicago studiert«, kam ich auf das Thema zurück, um das es ging. »Deshalb haben sie sein College-Konto aufgelöst und ihn finanziell aus der Familie verbannt. Dass Jura gar nicht sein Ding ist, hat keine Rolle gespielt.« Ich schüttelte den Kopf. »Nachdem Tami gestorben ist, … Sie wollten, dass ich direkt nach der Beerdigung zu den Sommerkursen ins College fahre und mein Studium beginne, so als wäre nichts passiert.«

»Aber du warst nicht bei den Sommerkursen, oder?«

Ich schüttelte den Kopf. »Nein. Ich war acht Wochen in der Psychiatrie«, erklärte ich. »Auf ihrer Beerdigung bin ich zusammengebrochen, vor allen Leuten. Also ...« *... habe ich versucht, mir das Leben zu nehmen, und landete in der Psychiatrie.* »... wurden die Pläne umgeworfen. Ich bekam einige Wochen Zeit, um mich zu fangen. Aber die Zeit hat nicht gereicht.«

Ich war nicht stolz darauf, dass ich die Tabletten geschluckt hatte. Und auch die Zeit in der Psychiatrie war nichts, worüber ich unbedingt reden wollte. An das meiste dort erinnerte ich mich kaum. Die Gespräche, die Therapien – alles war ein immer gleicher, zermürbender Rhythmus gewesen. Das einzig Gute war, dass ich dort Ruhe vor meiner Mom und ihren Erwartungen gehabt hatte.

»Mein Dad hat was ganz Ähnliches versucht«, sagte Trevor in die entstandene Stille hinein. »Meine Mom war gerade erst unter der Erde, da hat er von mir verlangt, mich zusammenzureißen und zu vergessen, dass er mich mein ganzes Leben belogen hat.« Er schnaubte verächtlich, während er auf den Ozean starrte. »Wir haben uns davor schon nicht sonderlich gut verstanden. Ich glaube sogar, dass meine Mom unsere Familie zusammengehalten hat, und nach ihrem Tod ...«

Er redete nicht weiter, doch ich wusste auch so, was er sagen wollte. Seine Mom musste der

Klebstoff gewesen sein, der alle verbunden hatte. Ohne sie war es auseinandergebrochen.

»Er glaubt immer noch, alles mit Geschenken oder seinem bloßen Willen kitten zu können. Aber ich werde ihm das nie verzeihen. Nicht, dass er mich belogen hat, und besonders nicht, dass er es auch dann noch getan hat, als er wusste, dass ich sie nie würde retten können.« Seine Hände ballten sich zu Fäusten, während er mir davon erzählte.

»Weißt du, was das Schlimmste ist?«, fragte er. »Dass er mich mit teuren Geschenken überschüttet und ernsthaft glaubt, mich kaufen zu können. Er glaubt das tatsächlich, verstehst du. Dass er mich nur mit Luxus überschütten muss, und schon komme ich angekrochen und bettle förmlich darum, wieder sein Sohn sein zu dürfen. Aber da scheiß ich drauf, Ash.«

Trevor sprang auf, tastete mit der flachen Hand an seiner Hose entlang und zog eine zerknitterte Zigarettenpackung aus der Hosentasche. »Ich brauch dringend eine Zigarette«, sagte er. »Am liebsten hätte ich was Stärkeres, aber ich schätze, du hast keinen Motorradführerschein, oder?«

Ich schüttelte den Kopf.

»Dacht ich mir«, seufzte er und fragte: »Willst du auch eine?«

Als ich nickte, ließ er sich neben mich auf den Felsen fallen.

Das Benzinfeuerzeug flammte auf und ich beugte mich vor, um die Zigarette anzuzünden.

Ich rauchte und dachte über das nach, was er mir erzählt hatte. Seine Mom hatte ihm alles bedeutet, so wie Tami mir alles bedeutet hatte. Er hatte sie verloren – genauso, wie ich Tami verloren hatte.

Trevor inhalierte einen letzten Zug, dann schnippte er die erloschene Zigarette in Richtung der Klippe. Ich sah, wie sie fiel, als er sagte: »Der Tod ist ein Arschloch, Ash. Er nimmt uns alles, was wir haben, und hinterlässt nichts als einen einzigen Haufen Scheiße.«

Während der Fahrt zurück dachte ich darüber nach.

Über seine Worte. Über den Schmerz in seiner Stimme.

Trevor hatte recht: Der Tod war wie ein gieriges Monster. Er kam ins Leben und riss alles an sich und zurück ließ er nichts als Schmerz und Dunkelheit.

Doch mit Trevor und Jake an meiner Seite hellte sich die Dunkelheit Stück für Stück auf. Alles, was sich noch vor Wochen bedrohlich und unüberwindbar angefühlt hatte, war jetzt nicht mehr ganz so bedrohlich, nicht mehr ganz so finster. Und aus irgendeinem Grund war ich mir sicher, dass es Trevor ganz genauso ging.

JAKE

Auch zwei Wochen nach dem Streit mit Maya herrschte Funkstille. Ich scrollte durch die Fotos von Chase in meinem Handy und fragte mich nicht zum ersten Mal, wie es ihm ging. Er war mein Sohn. Ich liebte ihn. Und es fiel mir schwer, ihn nicht zu sehen. So erleichternd es sich auch anfühlte, nicht mit Maya reden zu müssen, so sehr fehlte es mir, regelmäßig von ihm zu hören.

Ich öffnete meine Nachrichten und begann zu tippen.

ICH: Wie geht es Chase?

Einen Augenblick überlegte ich, ob ich die Nachricht abschicken sollte, doch dann drückte ich auf Senden. Und wartete.

Es dauerte nicht lange, da vibrierte mein Handy.

MAYA: Ist das dein Ernst????

Was zur …?

ICH: Kannst du mir nicht einfach sagen, wie es ihm geht? Er ist mein Sohn. Ich liebe ihn.

MAYA: Vielleicht hättest du darüber vorher nachdenken sollen.

Ungläubig starrte ich auf ihre Nachrichten, dann wählte ich ihre Nummer. Es klingelte zweimal – dann drückte sie den Anruf weg. Ich versuchte es noch einmal und das Gleiche geschah. Einen Augenblick später verkündete das Display eine eingegangene Nachricht.

MAYA: Ich will nicht mit dir reden, Jake. Nicht, solange du nicht begriffen hast, was du mir antust. Nicht, bevor du nicht aufhörst, so egoistisch zu sein, und endlich Verantwortung übernimmst. Uns gibt es eben nur im Gesamtpaket.

Ich warf mich rücklings auf mein Bett, schleuderte das Handy neben mich und presste beide Hände auf mein Gesicht.

Scheiße.

Ich konnte nicht fassen, wie das lief. Ich konnte nicht fassen, was Maya da tat. Dass sie unseren Sohn gegen mich benutzte. Dass sie ernsthaft versuchte, mich auf diese Weise dazu zu bringen, meine Sachen zu packen und sofort zu ihr zu ziehen. Dass sie ...

»Jake?« Als ich die Augen öffnete, sah ich Ashley in der offenen Tür zu meinem Zimmer stehen. In denselben Klamotten, die sie auch bei unserer ersten Begegnung angehabt hatte. Sie stieß sich vom Türrahmen ab, kam langsam auf mich zu. »Ist alles okay mit dir?«

Ich setzte mich auf und griff nach ihrer Hand, um sie zu mir aufs Bett zu ziehen.

»Ich ...«, begann ich, stoppte jedoch. Ich wusste nicht, wie ich ihr überhaupt davon erzählen konnte, ohne Gefahr zu laufen, sie zu verlieren. Genauso wenig, wie ich wusste, wie ich das mit Maya je beenden konnte, wenn ich dadurch Gefahr lief, Chase zu verlieren. »Eigentlich will ich nicht darüber reden.« Ich beugte mich vor, glitt mit dem Daumen über ihre Wange. Dann ließ ich meinen Blick schweifen, von ihren leicht geröteten Wangen am Kinn hinab bis zu ihrem Ausschnitt. Sie war unglaublich schön.

»Dieses Shirt mochte ich schon, als du es das erste Mal getragen hast«, raunte ich und platzierte meine Lippen an dieser einen Stelle hinter ihrem Ohr, von der ich wusste, dass es sie erschaudern lassen würde.

»Jake ...«, keuchte sie.

»Scheiße, ich liebe es, wenn du dieses Geräusch machst.« Ich drückte einen weiteren Kuss hinter ihr Ohr, nur um es noch einmal zu hören.

Meine Lippen wanderten tiefer, verweilten einen Augenblick in ihrer Halsbeuge. Der Duft ihres fruchtigen Shampoos gemischt mit dem einzigartigen Geschmack ihrer Haut machte mich wahnsinnig. Sie schmeckte wie tausend verbotene Früchte zeitgleich.

Ich wollte sie. Verdammt, ich brauchte sie. Es war egoistisch und falsch und ich wusste, irgendwann in naher Zukunft musste ich ihr alles sagen. Ihr von Maya erzählen, von Chase – und ich musste mit ihr über uns beide sprechen, darüber, dass ich mich in sie verliebt hatte. Aber nicht jetzt. Jetzt wollte ich nichts weiter, als mich einfach nur in ihr zu verlieren.

Ash ließ sich aufs Bett fallen und zog mich auf sich. Mit der linken Hand stützte ich mich neben ihrem Kopf ab, während meine Lippen mit ihren verschmolzen. Jedes Mal, wenn meine Zunge auf ihre traf, drängte sich mein Schwanz härter gegen die Innenseite meiner Jeans.

Ihre Hände schoben sich an meinen Oberkörper. Begannen, mein Hemd aufzuknöpfen. Ein Knopf nach dem anderen sprang auf und ich unterbrach unseren Kuss, um es vollständig abzustreifen. Dann sah ich auf Ashley hinab. Wie sie da lag, in meinem Bett, ihr langes blondes Haar ausgefächert, die Lippen leicht geöffnet. Ihr Brustkorb hob und senkte sich schnell.

Sie streckte die Hand nach mir aus und ich ließ zu, dass sie die Tätowierung an meiner Brust berührte. Einen Augenblick später folgten ihre Lippen. Mit der Zunge fuhr sie jeden einzelnen Buchstaben nach, dann wanderte sie höher und presste ihre Lippen auf meine.

Ich tastete nach dem Saum ihres Kleides, schob es nach oben und zerrte es über ihren Kopf. Verdammt – sie trug keinen BH. Ihre rosafarbenen, harten Nippel sprangen mir entgegen. Ich drückte Ash zurück aufs Bett und begann, mich an ihrem Hals abwärts bis zu ihrer linken Brust vorzuarbeiten.

Sie krallte ihre Nägel in meinen Rücken, als ich ihre Brustwarze mit dem Mund einfing wölbte sich mir entgegen, als ich begann, daran zu knabbern.

Ihre Hand wanderte vom Rücken über meine Bauchmuskeln und fand den Knopf meiner Jeans.

»Ash …«

»Ich will …« Der Knopf sprang auf, gefolgt von dem Reißverschluss. »Darf ich dich anfassen?«

»Du musst nicht …«, sagte ich, als ihre Finger auch schon in meine Shorts tauchten und meinen harten Schwanz umfassten.

»Aber ich will«, flüsterte sie und begann, ihre

Hand an meinem Schaft hinauf zu bewegen. »Sag mir, wenn ich was falsch mache, ja?«

Mein Kopf sackte an ihre Schulter, als sie mit dem Daumen über die Spitze strich.

»Du machst nichts falsch, Baby.« Ich drückte meine Lippen auf ihre. »Im Gegenteil, Gott, du …« Ich stöhnte und begann, in ihre Hand zu stoßen.

Meine Hände kneteten ihre prallen, schweren Brüste und das Stöhnen, das ihrer Kehle dabei entwich, genügte, um mich anzutreiben. Ihre Hand wurde schneller, sie trieb mich an, weiter, immer weiter. Ihr Daumen glitt ein letztes Mal über meine Eichel, dann ergoss ich mich in ihre Hand.

Sie drückte ihr Gesicht in meine Halsbeuge, während ich nach Atem rang.

»Scheiße, Ash, das war …«, murmelte ich und fuhr mit dem Finger an ihrer Wange hinab. »Es war verdammt noch mal perfekt. Du bist perfekt.«

Sie lächelte und mir wurde klar, dass perfekt nicht einmal annähernd beschreiben konnte, was sie mit mir, meinem Körper, meinem verdammten Herz wirklich anstellte.

Einen Augenblick lagen wir zusammen auf dem Bett, ehe ich ihr half, sich zu säubern. Dann verschwand ich im Bad, wusch mich und schlüpfte in frische Sachen.

Als ich zurückkam, fand ich sie an der offenen Kühlschranktür. Ich trat hinter sie, umschlang sie und drückte einen Kuss auf ihr nacktes Schulterblatt.

»Soll ich uns was kochen?«, fragte ich und sog ihren Duft ein. Eine Mischung aus dem fruchtigen Shampoo, ihr und … mir. Sie roch nach mir und das machte mich an. Ohne nachzudenken, begann ich, mich an ihrem Schulterblatt hinauf bis in ihre Halsbeuge zu küssen.

»Jake …«

»Hmm?«

»Ich habe wirklich Hunger.« Sie unterbrach meinen Kuss, drehte sich um und drückte ihre Hand gegen meine Brust, um Abstand zwischen uns zu bringen. »Können wir irgendwas Schnelles kochen?«

»Wir könnten auch was bestellen und weitermachen«, schlug ich vor und streckte die Hand aus, um über ihr Schlüsselbein zu streichen. »Es gibt da noch eine Menge Dinge, die ich mit dir anstellen will«, raunte ich an ihrem Ohr. »Und diesmal ginge es dabei ganz um dich.«

Ich wusste nicht, was mit mir los war oder warum ich mich so sehr danach sehnte, sie zu berühren. Ich wollte sie mit meinen Fingern, meinem Mund, meinem harten Schwanz zum Höhepunkt bringen. Immer wieder.

Ihre Hand verschwand von meiner Brust und ich nutzte die Chance, um sie an mich zu ziehen. »Also, was sagst du?«, murmelte ich. »Soll ich uns Pizza bestellen und dir danach zeigen, wie geschickt meine Hände sind?«

In den letzten zwei Wochen hatte ich noch nie so offen mit ihr gesprochen. Doch an der Art, wie sie den Atem ausstieß, spürte ich, dass es sie anturnte.

Ihr Mund öffnete sich, um mir zu antworten. Doch ehe sie etwas sagte, riss das Klingeln an der Tür den Moment zwischen uns in Fetzen.

»Ich schätze«, sagte sie leise. »dass du mir das ein anderes Mal präsentieren musst.« Sie schob sich an mir vorbei und ging auf die Tür zu.

Einen Augenblick später drängte sich Keaton an Ashley vorbei in die Wohnung, dicht gefolgt von Zara, die bis über beide Ohren strahlte.

»Ihr glaubt nicht, was passiert ist«, sagte sie und reckte ihre rechte Hand in die Höhe, einen Umschlag in der Hand. »Wir haben Karten für das *Summer's end* heute Abend. Cody hat sie Keat vorhin einfach so in die Hand gedrückt, als wäre die verdammte Veranstaltung nicht seit drei Monaten ausverkauft.« Lachend schüttelte sie den Kopf. »Also, seid ihr dabei?«

ASHLEY

Meine nackten Füße gruben sich in den sonnenwarmen Sand, während ich ungläubig zwischen dem bulligen Security-Gorilla und dem abgesperrten Strandabschnitt hin und her sah. Ich starrte auf das Lichtermeer unzähliger Fackeln. Auf die Barbereiche, die in orangerotem Neonlicht strahlten, auf die gigantische Bühne, hinter der sich nichts weiter als der grenzenlose Pazifik erstreckte und auf der eine Coverband ihre Version von *Linkin Parks Heavy* zum Besten gab.

Laut.

Rockig.

Nahezu perfekt.

»Ihre Hand, Miss«, erklärte der Gorilla zum dritten Mal und gab ein zufriedenes Grunzen von sich, als ich es schaffte, den rechten Arm in seine Richtung auszustrecken. Ein blau-weißes Baumwollbändchen legte sich um mein Handgelenk.

»Viel Spaß.« Er machte einen Schritt zur Seite,

damit ich an ihm vorbei in den abgesperrten Bereich treten konnte.

Jake, der hinter der Absperrung mit dem Band an seinem Handgelenk spielte, grinste.

»Hast du es endlich geschafft, ja?« Er griff nach meiner Hand und zog mich mit sich über den Strand mitten hinein in das Gewühl aus feiernden und tanzenden Menschen.

»Oh mein Gott!« Ungläubig schüttelte ich den Kopf. »Als ihr sagtet, es sei legendär –«

»Da meinten wir legendär«, erklärte er lächelnd. »Codys Vater gehört eine dieser Plattenfirmen in Kalifornien und er gibt seit ein paar Jahren diese Strandpartys, um neue Bands vor Publikum zu testen. Die Karten sind streng limitiert und man kriegt sie eher über Kontakte als über den normalen Handel.« Jakes Daumen kreiste über meinen Handrücken. »Also gefällt es dir?«

»Machst du Witze?«, fragte ich. »Es ist der absolute Wahnsinn.«

Hand in Hand stolperten wir weiter durch die Menge, doch als wir zu den anderen aufschlossen, die zusammen bei der Bühne standen, ließ er sie los.

Zara drückte mir und auch Jake einen Plastikbecher in die Hand.

»Wieso habt ihr so lange gebraucht?«, fragte Keaton und sah zwischen Jake und mir hin und her. Schon vorhin, als er mit Zara im Apartment aufgetaucht war, hatte er mich gemustert. So als ahnte er ... Nein, das konnte nicht sein. Jake und ich hatten uns bisher nichts anmerken lassen. Unsere intimen Momente beschränkten sich auf die Zeiten, in denen wir alleine waren.

Und es war schön, ihn für mich alleine zu haben. Es war wie ein wundervolles Geheimnis, das nur wir beide teilten.

»Wir haben bloß die Aussicht genossen und gehofft, ihr sorgt für die Drinks«, verkündete Jake, bevor er einen großen Schluck aus seinem Becher nahm. Ich tat es ihm gleich und wunderte mich sofort über den süßlichen Geschmack.

»Was ist das?«

»Likör-Brause«, beantwortete Zara meine Frage. »Ich dachte, das magst du vielleicht lieber als Bier.«

Meine Lippen formten ein stummes Danke.

Ich nahm einen weiteren Schluck und konzentrierte mich auf die Band, die mittlerweile einen anderen Song spielte.

»Sie lassen übrigens immer erst ein paar Coverbands auftreten, bis um Mitternacht der Hauptakt auf die Bühne kommt«, erklärte sie und griff nach meiner Hand. »Komm, lass uns tanzen.«

Im Vorbeigehen hängte ich Jake meine Schuhe über die Schulter. Dann ließ ich mich von Zara Richtung Bühne ziehen. Wir kämpften uns ein Stück durch die tanzende Menge, dichter an die Boxen heran. Die Musik rauschte durch meinen Körper und ich begann mich zu bewegen.

Zwei Stunden tanzte und sang ich mit der Menge.

Ich tanzte, während Zara verschwand und mit Drinks wiederkam.

Ich tanzte, während Jake und Keaton irgendwo in der Menge standen, und war eins mit der Musik und den Menschen. Mein Kleid klebte an meinem Rücken, meine Füße schmerzten, der Bass vibrierte in meinem Körper, und über uns, über den funkelnden und blinkenden Lichtern, leuchteten die Sterne.

Als weit nach Mitternacht die letzte Coverband mit tosendem Applaus von der Bühne verschwand und die Menge zu den umstehenden Getränkeständen strömte, ließ ich mich neben Zara in den Sand plumpsen.

»Oh Gott, ich spüre meine Beine kaum noch«, lachte sie und zerrte das Haargummi aus ihren Haaren, um sie zu einem lockeren Dutt zu binden.

»Aber es ist ein gutes Gefühl.« Ich grub meine Finger in den Sand, ließ ihn auf meine Beine rieseln und wischte ihn einen Moment später wieder fort.

»Absolut.« Zara nickte. »Als Kim noch hier war, sind wir viel öfter tanzen gegangen. Wir waren jedes Wochenende draußen, das war toll. Ich vermisse das.«

»Wieso ist deine Schwester nicht hier auf die Uni gegangen«, fragte ich. »Mit dir?«

Zara zuckte die Schultern.

»Willst du eine ehrliche Antwort? Ich habe keine Ahnung. Sie hatte immer vor, mit mir hier zu studieren, aber dann wollte sie plötzlich unbedingt nach Boston und ist direkt nach dem Abschluss abgehauen. Aber sie war schon immer so. Wenn sie was packt, dann tut sie es einfach.« Zara legte mir die Hand aufs Knie. »Ihr würdet euch total gut verstehen. Vielleicht lernt ihr euch ja kennen, wenn sie Weihnachten nach Hause kommt.«

»Das fände ich schön.« Zara hatte mir schon viel von ihrer kleinen Schwester erzählt.

Jake und Keaton fanden uns, kurz bevor der Hauptact auf die Bühne trat. Ich kannte weder die Band, die spielte, noch die Songs. Doch es war ein harter und melancholischer Rock, der mir gefiel und Lust machte, mich dazu zu bewegen.

Als mehreren tanzbaren Songs eine Ballade folgte, zückte die Menge ihre Feuerzeuge. Ein Meer aus tausend kleinen Flammen entstieg der Menge, als der Refrain erklang. Gänsehaut kroch über meine Haut und im nächsten Moment spürte ich Jakes Finger in meinen. Sein Daumen kreiste auf meinem Handgelenk und seine Berührung mischte sich mit dem Zauber des Abends, von dem ich mir wünschte, er würde nie verklingen.

JAKE

»Das kitzelt!« Ashley wand sich in meinem Griff und versuchte, sich an mir vorbei zu quetschen. Doch das ließ ich nicht zu. Stattdessen drückte ich sie gegen die Kühlschranktür, fixierte ihre Hände über ihrem Kopf und küsste sie.

Ihre Gegenwehr erstarb.

Ich liebte es, in ihren Mund einzutauchen, sie zu schmecken, den Kaffee auf ihrer Zunge, ihre ureigene, unglaubliche Süße.

»Erstens«, raunte ich dicht an ihren Lippen. »Ich liebe es, dich zu kitzeln, weil du dann diese niedlichen Quietschgeräusche machst, und zweitens –« Ich platzierte meinen Mund an der empfindlichen Stelle unter ihrem Ohrläppchen und genoss das leise Stöhnen, das augenblicklich ihre Kehle verließ. »– wollte ich dir einen Vorgeschmack auf heute Abend geben. Denn da unternehmen wir was.«

»Was denn?«, fragte sie, noch immer außer Atem.

»Das«, sagte ich, »ist eine Überraschung. Aber du musst mir verraten, was du essen willst.«

»Wann? Heute Abend?« Ihre Stirn runzelte sich ganz leicht und ich streckte die Hand aus, um über die hauchfeinen Linien zu streicheln.

»Ja.«

»Aber wie soll ich das entscheiden, wenn ich nicht mal weiß, was wir machen?« Sie lehnte sich vor, um mich zu küssen, und mein Körper reagierte sofort. Ich ließ ihre Hände los, fuhr an ihren Armen hinauf, bis ich ihr Gesicht erreichte, und zog sie dichter an mich.

Ashley stöhnte auf, als ich ihren Hintern umfasste, sie hochhob und auf die Küchentheke setzte. Sofort schlang sie ihre Beine um meine Hüften und presste sich an mich.

Sie trug nichts weiter als dieses lange Shirt, das sie meistens zum Schlafen anzog, und am liebsten hätte ich meine Hände daruntergeschoben und alles andere vergessen.

Ashley ließ ihren Zeigefinger über die Knopfleiste meines Hemdes wandern, ehe sie sich an mich schmiegte. »Ich wünschte, du könntest bleiben.«

»Ich auch.« Einen kurzen Moment genoss ich ihre Nähe, dann zwang ich mich, mich von ihr zu lösen. Ich musste los. Besonders, wenn ich heute Abend rechtzeitig zurück sein wollte, um ihr einen meiner Lieblingsplätze zu zeigen. »Ich hole dich um acht vor der Tür ab. Versprochen.«

Ich hauchte einen Kuss auf ihre Stirn und griff nach meiner Tasche.

»Jake?«

»Ja?« Unsere Blicke trafen sich.

»Ich will irgendwas mit Pasta«, erklärte sie.

»Dann sollst du das bekommen.« Ich widerstand dem Drang, zu ihr zu gehen und sie noch einmal zu küssen. Stattdessen verabschiedete ich mich und verließ das Apartment.

Acht lange Stunden später verließ ich endlich das Büro. Auf dem Weg zum Apartment fuhr ich einen kleinen Umweg, um unser Essen abzuholen.

Fünfzehn Minuten später saß sie neben mir im Wagen, kaute auf ihrer Unterlippe und schielte immer wieder verstohlen zu mir hinüber.

»Verrätst du mir jetzt, was du mit mir vorhast?«

»Bist du immer so neugierig?«, stellte ich die Gegenfrage.

»Weiß nicht«, antwortete sie, überschlug die Beine. »Mich hat noch nicht oft jemand überrascht.«

»Wie oft ist *noch nicht oft*?«

»Vor drei Jahren gab es eine Überraschungsfeier an meinem Geburtstag. Tami hatte sie organisiert. Und als ich fünf war, sind Mom und Dad mit Phil und mir einen Tag Schlittschuhlaufen gefahren. Ich glaub, das war's.«

»Dann ist es ja allerhöchste Zeit für diese Überraschung«, erklärte ich. »Wir sind übrigens gleich da, dann wirst du sehen, was ich vorhabe.«

Fünf Minuten und zwei rote Ampeln später fuhr ich in das Parkhaus an der vierten Straße, das an eine Mall angrenzt. Ich parkte den Wagen auf Parkebene C, schulterte meinen Rucksack und ergriff Ashleys Hand. Im Büro hatte ich mich direkt nach Feierabend aus meinem Anzug geschält und war in bequeme Sachen geschlüpft, die trotzdem etwas hermachten. Ashley trug ein schwarzes Shirt und eine dunkle Hose, was weder zu under- noch overdressed wirkte für das, was ich vorhatte.

Hand in Hand verließen wir das Parkhaus, bogen nach links in eine Querstraße und betraten schon einen Moment später die riesige Lobby eines Hotels.

Ashley umklammerte meine Hand fester und senkte die Stimme. »Was machen wir hier?«, fragte sie.

»Abwarten.« Ich zog sie bis zur Rezeption, wo ein edel gekleideter, graubärtiger Mann uns begrüßte.

»Ich habe im Internet ein Zimmer auf Stevens gebucht. Michael Stevens«, erklärte ich und ignorierte Ashley, die neben mir gluckste. Einen Moment später schon hielt ich die Schlüsselkarte in den Händen.

»Stevens«, murmelte Ashley, als die Fahrstuhltüren sich hinter uns schlossen. »Wieso benutzt du einen falschen Namen?«

»Weil wir nicht in ein Zimmer gehen«, erklärte ich und zog sie im fünften Stock an den Zimmern vorbei bis ins Treppenhaus. »Wir gehen aufs Dach.«

Dreizehn weitere Stockwerke stapften wir nebeneinander das leere Treppenhaus hinauf, bis eine Leiter auftauchte, die aufs Dach führte. Ich war schon früher hier gewesen und wusste, dass die Luke, die aufs Dach hinauf führte, unverschlossen war.

Ich erklomm die Sprossen, drückte sie auf und kletterte hinaus. Ashley folgte mir.

Wind rauschte durch mein Haar und es dämmerte bereits.

»Komm mit.«

Unsere Hände verwebten sich ineinander, als ich sie über das mit Kieselsteinen und Moos bewachsene Dach bis an den Rand zog. Dort sahen wir nach unten. Auf die lebenden, pulsierenden Straßen von Savanna Springs.

»Das ist wunderschön.«

»Ich weiß.« Ich legte von hinten meine Arme um ihre Taille und schmiegte mich an sie. »Ich mache das öfter. Buche ein Zimmer, halte mich dann aber hier oben auf. Es ist einzigartig.«

Ashley drehte sich zu mir um und drückte ihre Lippen auf meine. Eine lange Zeit küssten wir uns, während die Dunkelheit sich über die Stadt senkte und unter uns das Leben pulsierte.

Als wir uns voneinander lösten, liefen wir ein Stück zurück aufs Dach bis zu einer Stelle, von der aus wir auch im Sitzen einen Großteil der Skyline überblicken konnten.

Aus meinem Rucksack holte ich eine Decke, breitete sie aus und bedeutete Ash, sich zu setzen. Dann zauberte ich das Essen hervor. Zwei Warmhaltedosen mit frisch gekochten Spaghetti Agio e olio. Dazu ein kleiner Tomatensalat und passendes Besteck.

»Pasta, so wie du es wolltest.«

Ashley sah von dem Essen zu mir. »Du bist verrückt, weißt du das?«

»Ja«, sagte ich und legte meine Hand an ihre Wange. »Verrückt nach dir.«

ASHLEY

Jake kam näher, unsere Lippen trafen sich und alles ging in Flammen auf. Seine Zunge tauchte in meinen Mund und jagte einen Schauer über meinen Körper. Zwischen meinen Schenkeln begann es zu pulsieren.

Wir lagen hier oben, auf einem Dach über der Stadt, und küssten uns. Zwischen den Lichtern von Savanna Springs, direkt unter den Sternen.

Seine Hüften pressten sich gegen meine und und jede noch so dünne Schicht Stoff zwischen uns störte mich.

Ich wollte mehr. Nicht nur seine Lippen auf meiner Haut oder seine Hände in meinem Haar. Ich wollte Jake, nackt auf und in mir.

Seine Hände hakten meinen BH auf und einen Augenblick später spürte ich seinen Daumen, der meine Brustwarze umkreiste. Der kühle Abendwind strich über meine erhitzte Haut. »Das hier muss weg«, raunte er und begann, mein Shirt hochzuschieben, bis seine Lippen sich um meine Brustwarze schmiegten.

Er saugte und leckte, während seine Hand sich zielstrebig auf den Bund meiner Hose zubewegte. Ich bog mich ihm entgegen, getrieben von dem Ziehen zwischen meinen Beinen. Doch kurz bevor seine Finger unter den Stoff tauchten, verschwand seine Hand.

»Was ist –«

Er legte den Zeigefinger an seine Lippen, bedeutete mir, leise zu sein. Da hörte ich es.

Stimmen. Schritte.

Der Wachdienst.

Jake zog mich auf die Beine. Ich zupfte mein Shirt zurecht, schloss den BH, während Jake so leise wie möglich das Essen und die Decke in seinem Rucksack verstaute.

Wortlos deutete er zu der gegenüberliegenden Seite, wo die Silhouette eines Mannes auftauchte, der sich in unsere Richtung über das Dach bewegte. Sobald die Gestalt hinter der Ecke verschwand, griff Jake meine Hand und lotste uns in die entgegengesetzte Richtung zurück zu der Dachluke, durch die wir hinaufgelangt waren.

Nacheinander kletterten wir die Leiter hinab. Wir schlichen zwei Stockwerke hinab, verließen das Treppenhaus und standen plötzlich in einem dunklen Gang mit mehreren Zimmern.

Er griff nach meinen Fingern, drückte seine Lippen sanft auf meinen Handrücken.

»Lass uns nach Hause fahren.« Er zog mich in

Richtung des Lifts. »Und weitermachen, wo wir unterbrochen wurden.«

»Warum bleiben wir nicht im Hotel?« Ich lehnte mich an ihn und konnte spüren, wie meine Nähe seinen Atem zum Stocken brachte.

Die Fahrstuhltüren öffneten sich.

»Weil«, sagte er und strich eine Haarsträhne hinter mein Ohr. »ich unsere erste Nacht nicht in einem unpersönlichen Hotelzimmer verbringen will.«

Seine Worte jagten eine Gänsehaut über meinen Körper. Mit pochendem Herzen stiegen wir in den Fahrstuhl und verließen einen Moment später die Lobby des Hotels.

Die gesamte Fahrt herrschte ein aufgeladenes Schweigen zwischen uns. Immer wieder sah ich Jake an, betrachtete ihn von der Seite und konnte kaum erwarten, endlich zu Hause zu sein.

Kaum betraten wir das Apartment, fiel der Rucksack zu Boden, gefolgt von meiner Tasche.

Mit einem gezielten Tritt kickte Jake die Tür ins Schloss, dann lagen seine Lippen auch schon auf meinen. Heiß und fordernd.

Seine Hand wanderte in meinen Nacken, vertiefte den Kuss.

Ich liebte die Art, wie er mich küsste. Seine Küsse waren sanft und drängend, aber niemals grob.

Seine Lippen wanderten über meinen Mundwinkel, das Kinn hinab bis in meine Halsbeuge. Ich stöhnte auf, als er seinen Körper gegen meinen drängte. So dicht, dass ich seine wachsende Lust an meinem Bauch spüren konnte.

»Dein oder mein Zimmer?«, fragte er zwischen zwei Küssen.

»Egal ...«, presste ich hervor, nicht fähig, mich auf etwas anderes zu konzentrieren als seine Lippen, die die empfindliche Stelle hinter meinem Ohr liebkosten.

»Dann deins.«

Er umfasste meinen Hintern, hob mich hoch und bugsierte uns zielstrebig zu dem hinteren Zimmer.

Ineinander verschlungen landeten wir auf dem Bett.

Meine Finger tauchten unter sein Shirt, nestelten an dem lästigen Stoff, bis er es sich kurzerhand über den Kopf zerrte. Seine muskulöse, gebräunte Haut freilegte.

Ich hob den Kopf, verteilte Küsse auf seiner Schulter, fuhr mit der Zunge die geschwungenen Buchstaben seines Tattoos nach.

»Ich bin verrückt nach dir, Ash.« In einer fließenden Bewegung rollte er uns zur Seite, zog mich auf sich. Er strich über meine Lippen, verharrte unter meinem Kinn, drückte einen behutsamen Kuss auf meinen Mundwinkel. »Ich habe einfach viel zu lang dagegen angekämpft.«

Ich wollte ihn fragen, wie er das meinte, doch dann war sein Mund wieder da und ich vergaß alles.

Mein Shirt verschwand. Dann der BH. Meine Hose.

Jake strampelte Jeans und Shorts von den Beinen und ich streckte die Hand aus. Berührte seine harte, vollkommene Länge.

»Ash ...« Zischend stieß er den Atem als, als ich meine Hand um ihn schloss. Er stoppte mich. »Diesmal will ich in dir kommen ...«, raunte er und hakte seine Finger unter den Bund meines Höschens, streifte es mit einer gezielten Bewegung über meine Schenkel.

Dann lag ich unter ihm.

Vollkommen nackt.

Seine Augen wanderten über meinen Körper. Der Blick tief, voller Verlangen.

»Verdammt, Ash, du bist ... einfach wunderschön.« Sein Finger strich behutsam von meinem Kinn abwärts, umkreiste eine meiner Brustwarzen und wanderte tiefer, bis er meine empfindlichste Stelle erreichte.

Ich wimmerte, als einer seiner Finger meine Klit umkreiste und im nächsten Moment in mich drang. »Wunderschön und so verdammt eng.«

Mit dem Finger verteilte er meine Nässe, tauchte immer wieder in mich ein, doch seine Berührung konnte mein Verlangen nach ihm nicht stillen.

Sie war nicht annähernd genug.

Frustriert seufzte ich auf, als seine Hand verschwand. Doch im nächsten Moment tastete Jake nach seiner Jeans, zog ein Kondompäckchen hervor.

Dann spürte ich ihn zwischen meinen Beinen.

Hart.

Bereit.

Quälend langsam glitt er in mich hinein, dehnte mich, füllte mich aus.

Kurz hielt er inne, dann begann er endlich sich zu bewegen. Ein erster, fester Stoß, gefolgt von einem weiteren.

Immer wieder zog sein Becken sich zurück, stieß kreisend in mich. Erst langsam, dann schneller.

Seine Hände schoben sich unter meinen Hintern, begannen, ihn zu kneten.

Er keuchte an meinem Hals, saugte und knabberte, während er unablässig das Tempo erhöhte.

Unsere Körper prallten aufeinander.

Härter. Fester. Schneller.

»Gott, Ash …«, stöhnte er, als ich seine Hüften umschlang, ihn dichter, näher, tiefer in mir spüren wollte.

Die Welle rollte heran.

Wurde stärker.

Sein Mund fand meinen.

Ein letztes Mal schob er sein Becken vor und ich fiel über die Klippe. Ich bäumte mich auf und kam.

Zwei weitere, feste Stöße und Jake folgte mir.

Ich spürte, wie er in mir zuckte, ehe er stöhnend auf mir zusammensackte.

Seine Haut war feucht, glänzte vor Schweiß, als er sich schließlich von mir löste. Er kroch aus dem Bett, um das Kondom zu entsorgen, und ich beobachtete gespannt das Muskelspiel seines knackigen Hinterns.

Schließlich kam er zurück, schlang die Arme von hinten um mich und schmiegte sich an mich.

»Alles okay?«, fragte er leise.

»Ja.« Ich kuschelte mich tiefer in seine Umarmung, wollte nicht, dass er mich je wieder losließ. »Ich habe mich ewig nicht mehr so gefühlt.«

Ein Kuss landete auf meinem Schulterblatt. »Ich auch nicht.«

Er ließ mich los, um die Decke über uns zu ziehen, doch im nächsten Augenblick schloss er seine Arme wieder um mich. Er streichelte über meine Haut und zog mich schließlich noch ein Stück dichter an sich heran.

So lagen wir da.

Das Blut rauschte noch immer, beruhigte sich nur allmählich. Ich spürte seinen warmen Atem an meinem Hals, seinen Körper an meinem.

Er hielt mich fest und ich ließ mich halten, so wie mich noch nie zuvor jemand gehalten hatte.

Nicht einmal Ian.

Jakes Hand lag auf meinen Lippen, als der Fall begann.

»Du musst dich sofort anziehen«, flüsterte er

und sprang im nächsten Moment aus dem Bett, um sich Jeans und Shirt überzustreifen.

»JAKE?«

Jake schloss die Augen, als die fremde Stimme erklang. Mit der Hand fuhr er sich über das Gesicht.

»Zieh dich an, Ash.«

»Aber …«

Er bückte sich nach meinen Sachen, warf sie mir entgegen.

»JAKE!« Ein Schluchzen, gefolgt von einem Kinderruf. »Daddy?«

»Wer ist das?«, flüsterte ich und Jakes Schultern sackten in sich zusammen.

»Maya, meine … Verlobte«, sagte er mit monotoner Stimme. »Und Chase, mein Sohn.«

Was?

Jake trat ans Bett heran. Er griff nach meiner Hand, doch ich zog sie weg. »Ich erklär dir alles, Ash. Aber nicht jetzt. Bitte. Bitte zieh dich an und geh.« Er griff in seine Jeans, zerrte seinen Geldbeutel hervor und warf mir fünfzig Dollar entgegen. »Nimm dir einfach ein Taxi und fahr zu Trev. Ich komm so schnell wie möglich und erklär dir alles.«

Ich starrte auf das Geld.

Dann in sein Gesicht.

»Ich lenk sie ab. Bitte, du musst gehen.«

Wie betäubt saß ich da, sah zu, wie er aus dem Zimmer ging.

Durch die angelehnte Zimmertür verklangen die Stimmen. Seine. Ihre. Die des Kindes.

Wie betäubt schlüpfte ich in meine Sachen.

Ließ das Geld, wo es war, und verließ das Zimmer.

Starrte einen Moment auf die fremden Schuhe im Eingang. Die Tasche. Den Kinderrucksack. Die winzig kleinen Schuhe.

Mit zitternden Fingern fischte ich den Schlüssel aus der Schale.

Im Lift sackte ich gegen den Spiegel, starrte mich an. In weit aufgerissene Augen, auf zerzaustes Haar, auf gerötete Wangen.

Die Fahrstuhltür sprang auf.

Ein Schluchzen drang aus meiner Kehle, als ich in die Dunkelheit hinausstolperte, den Autoschlüssel fest umklammert.

Ich sah hoch zu der Wohnung. Zu dem Licht in seinem Schlafzimmer. Stellte mir vor, wie er jetzt sie küsste, sie im Arm hielt, sie an sich zog.

Ich öffnete die Wagentür, rutschte auf den Fahrersitz, startete den Motor.

Tränen brannten heiß hinter meinen Lidern, als ich den Rückwärtsgang einlegte.

Meine Hände umklammerten das Lenkrad, während Tränen meine Sicht trübten.

Ich war geflogen, jetzt fiel ich. Stürzte in die Tiefe. Und diesmal gab es niemanden, der mich retten würde.

JAKE

»Ich versteh es einfach nicht.« Maya ließ sich mit Chase auf den Rand meines Bettes fallen und wischte sich eine Träne aus ihren geröteten Augen.

»Was verstehst du nicht?« Ich machte einen Schritt auf sie zu, nicht sicher, wovon genau sie sprach.

Erst hatte ich geglaubt, sie hätte mich durchschaut, würde wissen, dass ich sie belogen und erst vor wenigen Stunden mit einer anderen Frau zusammen gewesen war.

Doch sie wusste es nicht. Sie hatte weder auf Ashleys Schuhe an der Garderobe noch darauf geachtet, dass ich aus einem anderen Zimmer gekommen war.

»Dich!«, antwortete sie und warf mir einen entrüsteten Blick zu. »Dich versteh ich nicht. Zwei Jahre sind wir jetzt zusammen, Jake. Zwei Jahre. Und ich dachte wirklich, ich würde dich kennen und ich könnte auf dich zählen, aber dir ist einfach egal, was aus Chase und mir wird, oder?«

Was?

»Nein, das ist mir nicht egal …«, begann ich, wurde jedoch von einem traurigen Auflachen unterbrochen.

»Ach ja? Und wieso ist es dir dann seit drei Wochen egal, was mit uns ist? Wieso ist das Einzige, wonach du fragst, unser Sohn? Und wieso bist du den ganzen Tag nicht zu erreichen? Ich habe es versucht, Jake. Ich habe im Büro angerufen, aber du warst schon weg. Ich habe hier angerufen, aber du bist kein einziges Mal drangegangen, und auf deinem Handy? Da sprang die ganze Zeit nur die verdammte Mailbox an. Deshalb musste ich mich abends in den Flieger setzen, damit ich endlich mit dir sprechen kann!«

Sie hatte sich doch geweigert, mit mir zu sprechen. Doch das sagte ich nicht. Denn der Grad ihrer Verletztheit und die Tatsache, dass sie hier war, zeigte, dass es um weit mehr ging als nur darum. So aufgelöst hatte ich sie erst ein einziges Mal in meinem Leben gesehen. Und zwar an dem Tag, als sie mit dem Ultraschallbild vor meiner Tür gestanden und mein Leben verändert hatte.

»Was ist passiert?«, fragte ich, sackte langsam neben sie auf die Matratze und streckte die Hand nach ihr aus.

»Meine Mom geht weg«, schluchzte sie. »Nach … New York. Steven und sie ziehen nach

New York! Er wurde versetzt und sie geben das Haus auf. Ich wusste ja, dass das passieren kann, aber ich dachte nicht, dass sie es wirklich tun wird. Dass sie mich und Chase wirklich ins eiskalte Wasser wirft.« Tränen sammelten sich in ihren Augen. »Aber sie tut es. Zum Ende des Semesters ist sie weg!«

»Aber …« In meinem Kopf begann es zu rattern. Wie zur Hölle konnte das sein? Lina hatte zugestimmt, sich um Chase zu kümmern. Wir hatten diese Abmachung und beim letzten Besuch hatte sie mich doch erst genau darauf hingewiesen. Oder hatte sie es nur getan, weil … »Hast du deshalb nach einem Job für mich gesucht und darauf bestanden, dass ich sofort zu euch ziehe?«

In dem Moment, in dem ich es aussprach, ergab alles einen Sinn. Natürlich! Deshalb also hatte sie nach einer vergleichbaren Stelle gesucht. Deshalb hatte sie sich wegen des Studiums und der Scheine und der Kurse erkundigt und verlangt, dass ich sofort zu ihr zog.

»Was spielt das jetzt noch für eine Rolle?«, fragte sie und schnaubte leise. »Aber wenn du es unbedingt hören willst: ja! Ja, ich wollte, dass du zu uns ziehst. Warum sonst hätte ich es dir verschweigen sollen? Ich kenn dich doch! Du hättest –«

Ich hätte ihr gesagt, wie schwachsinnig es ist, trotzdem in San Francisco zu bleiben. Weil wir ohne Lina auf uns alleine gestellt sind. Weil es dort nur Maya, Chase und mich gäbe. Hier, in Savanna Springs gab es immerhin meine Granny. Es gab meine Mom, meinen Dad und meine Freunde, was bedeutete, dass wir wenigstens für einige wenige Stunden auf bezahlte Hilfe verzichten könnten. Es wäre einfacher als alleine. Viel einfacher.

Und genau das hätte ich ihr auch gesagt.

Mit beiden Händen fuhr ich mir über das Gesicht, während sie ein Taschentuch aus der Hosentasche fischte, um sich damit über die Augen zu wischen.

»Und jetzt?«, fragte ich benommen, weil Linas Entscheidung auch unmittelbare Auswirkungen auf Maya und mich haben würde. Nicht nur auf uns, auch ... auf Ashley.

»Was wohl?« Maya holte Luft, dann sah sie mich an. »Jetzt, Jake, habe ich nur noch dich, verstehst du?«

Nur noch mich.

Ihre Mutter und ihr Stiefvater würden weggehen. Ihr leiblicher Vater hatte sie verstoßen und weigerte sich auch nach Jahren, wieder Kontakt zu ihr zu haben. Nicht, nachdem sie ein uneheliches Kind in die Welt gesetzt und damit Gottes Zorn auf sich gezogen hatte, wie er es nannte.

Sie hatte niemanden. Nur mich.

»Ja ...« Ich schluckte und die Schlinge zog sich zu. Sie zog sich fester um meinen Hals. Immer fester. Und schnürte mir die Luft ab. Denn das, was sich nach einem Ausweg aus der Verantwortung und den Versprechen angefühlt hatte, war in Wahrheit nichts weiter als eine noch kürzere Kette.

ASHLEY

»Miss?« Die Taschenlampe des Officers leuchtete mir mitten ins Gesicht. »Sie wissen, dass sie zu schnell gefahren sind?« Der Lichtkegel glitt durch den Innenraum des Fahrzeuges, ehe er erneut auf mir landete. »Fast achtzig Stundenkilometer in einer Dreißiger-Zone.«

Ich lehnte mich gegen die Rückenlehne und schloss die Augen.

»Haben Sie getrunken?«

Ich wünschte, ich hätte es. Im Nebel von jeder Menge Alkohol würde es vielleicht weniger wehtun. Ich würde nicht mehr fallen. Vergessen, dass Jake mich benutzt und verraten hatte. Dass er nicht besser war als Ian.

Ein Kind.

Jake hatte ein Kind. Ein Kind und eine Freundin. Nein, keine Freundin – eine *Verlobte.*

»Ich ... ich habe nicht getrunken«, sagte ich

mit belegter Stimme und schluckte, weil meine Kehle sich trocken und rissig anfühlte.

»Die Fahrzeugpapiere und ihren Ausweis bitte«, forderte er mich auf.

Ich löste den Klammergriff vom Lenkrad, griff in das Handschuhfach.

Meine Mom, mein Dad und auch Phil hatten die Papiere immer dort aufbewahrt. Vielleicht tat Jake das auch. Vielleicht ...

Gott sei Dank.

Ich zog eine kleine Mappe heraus und überreichte sie dem Officer. Dann ging ich auf die Suche nach meiner Tasche. Doch ich fand sie nicht.

»Mein Ausweis ist –« In meiner Tasche. Und die lag noch immer im Apartment. Dem Apartment, in dem wir miteinander geschlafen hatten. Meine Augen begannen zu brennen. »Ich ... Ich habe ihn nicht dabei.«

»Wie heißen sie?«

»Ashley«, sagte ich mit erstickter Stimme. »Ashley Stone.«

Der Officer griff nach seinem Funkgerät, gab das Kennzeichen durch und ich presste die Lider zusammen, um die Tränen zurückzudrängen. Doch einen Augenblick später rannen sie bereits heiß über meine Wangen.

Jake hatte mit mir geschlafen. Er hatte gesagt, ich würde ihm etwas bedeuten. Er hatte mich angesehen, als würde ich das wirklich, und trotzdem hatte er mich belogen.

»Ich muss sie bitten, mir ins Revier zu folgen, Miss.«

Der Officer trat ein Stück zur Seite, während ich den Gurt löste, um vom Sitz zu rutschen.

Erst als der Lichtkegel auf meine nackten Füße fiel und ich den kühlen, kratzigen Asphalt unter meinen Fußsohlen spürte, realisierte ich, dass ich nicht einmal Schuhe trug.

Wie gelähmt setzte ich mich auf den Rücksitz des Streifenwagens. Wie betäubt trat ich in das Präsidium.

Beantwortete Fragen.

Tätigte einen Anruf, in dem ich Trevor bat, mich abzuholen.

Tapste mit nackten Füßen über kalten Betonboden.

Schlüssel klirrten.

Türen öffneten sich.

Dann ein karger, dunkler Raum. Eine Liege. Das Schließen einer Tür. Ich sackte auf den Boden. Hockte da. In der Stille. Mit brennenden Augen und zerrissenem Herzen.

Es fühlte sich an, als könnte ich Jake noch immer spüren. Seine Lippen auf meinem Mund. Seine Hände auf meiner Haut. Ihn, tief in mir.

Wie konnte er das tun? Mich berühren, küssen, mit mir schlafen – während es *sie* gab. Diese Andere. Die, die er wirklich liebte. Die, mit der er eine Zukunft wollte.

Ich starrte an die verputzten Wände und suchte nach dem Gefühl von Liebe und Geborgenheit, das er doch gerade erst in mir zum Leben erweckt hatte. Ich suchte nach der Hoffnung, die er mir geschenkt hatte. Doch nichts davon war mehr da.

Er hatte es mir entrissen. Und jetzt war ich ausgehöhlt und leer, genau wie damals.

Die Erinnerungen brachen über mir ein. An Ian. An damals. An die Zeit, in der mein Herz das erste Mal zerbrochen war. An die Monate, in denen ich verliebt, in denen ich seine Nähe gesucht hatte. Den Moment, in dem er mein sechszehnjähriges, naives Herz glauben ließ, ich könnte ihm etwas bedeuten, weil er mich auf dem Winterball küsste.

Die heimlichen Berührungen, wenn keiner zusah.

Den Abend, an dem er mir sagte, wie sehr er mich mag, und an dem er für ein paar Stunden nicht nur mein Herz, sondern auch meinen Körper einnahm.

Und an den Morgen danach, an dem alles zerbrach.

Das hier war wieder ein Morgen danach. Und ich wusste nicht, ob ich es noch einmal schaffte, Millimeter vor jener Klippe zu stehen und nicht in die Tiefe zu stürzen. Denn mein Herz tat weh. Es riss und riss einfach immer weiter.

Fahles Sonnenlicht drang bereits durch die Gitterstäbe der Zelle, als mich das Klirren eines Schlüssels und der Klang einer Stimme aus meinen dunklen Gedanken rissen.

»Miss?«, sagte der Polizist. »Sie können jetzt gehen. Sie wurden identifiziert.«

Zögerlich stand ich auf und trat hinter dem breitschultrigen Officer auf den Flur. Er verschloss die Zelle, bedeutete mir, ihm zu folgen. An weiteren Türen vorbei, durch einen Gang, bis in das hell erleuchtete Foyer des Polizeireviers. Wo Trevor in einer Ecke stand, zusammen mit Keaton. Die beiden hatten die Köpfe zusammengesteckt und unterhielten sich, doch als sie mich sahen, veränderte sich ihr Blick.

»Ms. Stone?« Ich zuckte zusammen, als der Polizist neben mir seine Stimme erhob. »Ich bekomme noch eine Unterschrift.«

Ich setzte meine Unterschrift unter ein Formular auf einem Klemmbrett, während Trevor und Keaton zu mir traten.

»Sie können Ms. Stone jetzt mitnehmen. Alles weitere erhalten sie durch das Gericht«, sagte der Officer zu Trevor, warf einen mitleidigen Blick auf meine nackten Füße und verabschiedete sich.

»Wieso hast du keine Schuhe an, Prinzessin.«

»Hab sie wohl vergessen«, murmelte ich und setzte mich in Bewegung. Ich wollte hier raus. Ich musste. Denn ich spürte die Tränen. Sie lauerten hinter meinen Lidern, bereit hervorzubrechen, genauso wie der Schmerz. Roh, wie er war.

Ich beschleunigte meine Schritte, stürzte durch die Tür, stolperte die Stufen hinab.

Draußen war die Luft warm und wollte kaum zu der Kälte passen, die mein Herz umklammert hielt.

Schwere Schritte polterten hinter mir her.

Trevor packte meinen Arm und stoppte mich. »Was zur Hölle ist passiert?«

Alles. »Nichts.«

Ich versuchte, seine Finger von meinem Arm zu lösen, doch er umfasste auch die andere Hand. Nicht schmerzhaft, nur fest.

»Sag mir, was los ist«, bat er mich. »Warum du mit Jakes Auto gefahren bist. Viel zu schnell, ohne Papiere, ohne deine verdammten Schuhe.«

Statt einer Antwort schluchzte ich auf. Der Damm brach. Ich prallte gegen Trevors Brust. Seine Hand landete an meinem Hinterkopf. Er strich über mein Haar, murmelte beruhigende Worte, während mein Herz zerbrach.

In weitere tausend Einzelteile.

»Lass sie uns erst mal hier wegbringen«, hörte ich Keaton neben mir sagen, als die Tränen endlich versiegten, Platz machten für die altvertraute Dunkelheit, die in mir wucherte und mich in die Tiefe zerrte.

»Gute Idee.« Trevor löste meine Umklammerung und legte den Arm um meine Schulter. »Komm.«

Keatons Truck stand am Rande des Parkplatzes. Trevor half mir auf den Rücksitz, beugte sich über mich und befestigte den Gurt.

»Wohin sollen wir dich bringen?«, fragte Keaton, während er den Zündschlüssel einsteckte und Trevor zu mir auf die Rückbank rutschte.

»Egal, aber nicht zurück zu Jake«, murmelte ich, schlang die Arme um meinen Oberkörper und ließ meinen Kopf gegen die geschlossene Scheibe sinken.

Es war mir egal, wohin sie mich brachten. Hauptsache, ich musste Jake nie wieder sehen.

Denn er hatte mich verraten.

Er hatte mich benutzt.

Er hatte die Nähte meines Herzens aufgerissen und alles in Fetzen gelegt.

JAKE

W*as hatte ich getan?* Seit Stunden starrte ich an die Wand, während meine Gedanken in Endlosschleife durch meinen Kopf rauschten. Immer wieder spielte ich den gestrigen Tag vor meinen Augen ab. Die Zeit mit Ash auf dem Dach. Unsere Küsse. Ihren Körper unter mir. Wie ich in sie stieß. Wie sie erbebte. Wie ich sie festhielt. Und Maya. Wie sie auf meinem Bett saß. Mit Chase. Die Worte, die sie sagte. Die Wahrheiten, die mich einholten.

Ich hatte mit Ashley geschlafen. Und damit hatte ich nicht nur Maya betrogen; Chase betrogen; mich selbst betrogen; sondern auch Ash.

In dem Moment, in dem sie die Bedeutung meiner Worte erfasst hatte, war sie zerbrochen. Ich hatte es gesehen. In ihren Augen. Ich sah, wie sie zerbrach. In hunderte von Scherben.

Und es war meine Schuld.

Weil ich geglaubt hatte, dass das mit Maya und mir einfach zu Ende sein könnte und ich mit ihr zusammen sein konnte. Dass wir eine Chance hätten und ich nur den Mut finden musste, den beiden reinen Wein einzuschenken. Doch damit hatte ich mich selbst belogen und somit auch sie. Weil ich ein Feigling war.

Ich löste den schlafenden Chase aus meinem Arm, ließ ihn gegen die Lehne des Sofas rollen und stand auf, um mir in der Küche ein Glas Wasser einzuschenken. Mein ganzer Körper schrie nach Schlaf, doch jedes Mal, wenn ich die Augen schloss, dachte ich an das, was ich getan hatte. Ich konnte nicht aufhören, darüber nachzudenken. Über Ashley und mich. Unsere Nacht. Den Schmerz in ihrem Blick und … über Maya.

Dass ich sie unmöglich verlassen konnte. Nicht mehr. Nicht jetzt, wo sie mich brauchte. Denn ich hatte verdammt noch mal versprochen, immer für sie da zu sein.

Das Läuten an der Tür unterbrach die Dauerschleife in meinem Kopf.

»Hey.« Keaton warf mir meinen Autoschlüssel entgegen, sobald ich die Tür öffnete. Seine Gesichtszüge waren verhärtet, sein Ausdruck finster. »Hast du wohl noch nicht vermisst, was? Dein Wagen steht bei der Polizei im Innenstadtring, du kannst ihn mit deinem Ausweis abholen.«

Er drehte sich zum Gehen.

»Wieso hast du …«, fragte ich und starrte auf den Schlüssel.

»Weil Ash mit ..«, sagte er, stoppte jedoch, als er Chase auf dem Sofa liegen sah.

Ich packte Keatons Arm, schob ihn mit mir vor die Tür und zog sie ein Stück hinter mir zu.

»Was ist passiert?«

»Sag du es mir, Jake. Sag mir, dass du verdammt noch mal nicht das getan hast, was ich denke. Dass du nicht ihr verdammtes Herz gebrochen hast, obwohl ich dir gesagt habe, dass du das nicht bringen kannst.«

»Ich habe mit ihr geschlafen.«

»Du ...« Seine Augen verengten sich. »Ich fass es nicht. Ich fass nicht, dass du das ernsthaft bringen konntest.« Er griff nach meiner Hand, platzierte sie samt des Schlüsselbundes, direkt vor mein Gesicht. »Sie ist mit deinem Wagen durch die Stadt gerast, okay? Und dann saß sie in einer verdammten Zelle und Trevor und ich mussten sie abholen. Ohne Schuhe, Jake. Sie hatte nicht einmal Schuhe an.«

»Geht ... geht es ihr gut?«

Der Gedanke, was Ashley hätte passieren können, ließ mich nicht los. Sie hätte sich totfahren können und alles wäre meine Schuld gewesen.

»Nein, Jake, es geht ihr nicht gut, verflucht. Sie ist bei Trev und redet nicht. Alles, was sie tut, ist weinen.«

»Ich wollte das nicht. Ich ... Scheiße. Ich wollte ihr nicht wehtun.«

Keaton lachte trocken auf. »Deshalb steigst du also mit ihr ins Bett? Weil du ihr nicht wehtun wolltest?«

»Ich ...«

Ich hatte keine Antwort darauf. Keine zufriedenstellende Erklärung für das, was ich getan beziehungsweise unterlassen hatte. Es hatte sich gut angefühlt, ihr nah zu sein. Sie zu berühren. Mit ihr zusammen zu sein. Ich hatte mir eingeredet, dass es immer so sein könnte. Sie und ich. Aber …

»Ich dachte, Ash und ich, wir könnten zusammen sein. Ich *wollte* mit ihr zusammen sein, Keat. Aber …«

»Aber was?« Seine Augen durchbohrten mich noch immer und ich wusste, er würde es ohnehin nicht verstehen. Weil er auf die Verantwortung scheißen würde. Ihm wäre egal, wenn seine Familie ihn verstoßen und er alles verlieren würde. Aber mir, mir war es nicht egal.

»Mayas Stiefvater wird versetzt, Keat. Steven und Lina werden nach New York ziehen und du weißt, was das bedeutet.«

Maya würde zu mir ziehen. Sie würde zurück nach Savanna Springs kommen, um hier weiter zu studieren, mit mir zusammenzuleben. Ganz so, wie wir es uns vorgenommen hatten. Damals, bevor … Ashley in mein Leben trat, mein Herz und mein Leben durcheinanderwirbelte. Es war egal, was Ashley mir bedeutete. Egal, welche Chancen ich für sie und mich gesehen hatte – all das zählte jetzt nicht mehr. Weil sich die Karten neu gemischt hatten. »Ich werde für die beiden da sein müssen.«

Wie könnte ich Maya in der Situation alleine lassen? Was für ein Mensch wäre ich, wenn ich sie in dieser Situation verlassen würde, um mit einer anderen zusammen zu sein? Was für ein Vater wäre ich, wenn mir egal wäre, was aus meinem Sohn und der Mutter meines Kindes wird?

Keaton schüttelte langsam den Kopf. »Das ist Bullshit, Jake, du könntest genauso gut …«

Ich hob die Hand und stoppte ihn.

»Ich will es nicht hören, okay? Nicht jetzt. Nicht hier. Vor allem nicht hier.« Ich warf einen Blick zu der angelehnten Tür. »Maya schläft noch …«

»… und du willst natürlich nicht, dass sie etwas von deiner kleinen Liaison mit einer anderen mitbekommt, sicher.«

»Keat …«

»Spar es dir, Jake«, brummte er. »Bring mir lieber Ashs Sachen. Ich nehm sie mit.«

Ich nickte, schlüpfte durch die Tür zurück ins Apartment und marschierte in das Gästezimmer, in dem sich noch alles anfühlte, als wäre noch immer ein Teil von ihr hier. Doch sie war nicht mehr da. Das Zimmer war leer, die Laken zerwühlt. Die fünfzig Dollar lagen auf dem Bett, genau dort, wo ich sie hingeworfen hatte.

Was hatte ich getan?

Ich trat an den Schrank heran, holte ihren Rucksack hervor und stopfte alles hinein, was ich fand. Dann zerrte ich die benutzte Bettwäsche vom Bett, verstaute sie im Schrank und zog die Tür hinter mir zu.

Wie betäubt übergab ich Keaton ihre Sachen.

»Ich habe alles zusammengesucht, was ich von ihr finden konnte. Falls ich noch was finde, sag ich dir Bescheid.«

»Was immer du willst.« Keaton nahm mir den Rucksack ab, warf ihn sich über die Schulter und sah mich anschließend eine ganze Weile stumm an, ehe er sagte: »Du machst dir was vor und du solltest es begreifen, ehe es zu spät ist.«

Mit diesen Worten ließ er mich stehen, trat an den Fahrstuhl heran und betätigte den Knopf. Ich wartete, bis die Türen sich hinter ihm schlossen, ehe ich zurück in meine Wohnung ging.

Um mich in ein Leben zu fügen, das ich nicht wollte. Um für Maya und Chase da zu sein, ganz so, wie ich es von Anfang an versprochen hatte.

ASHLEY

»Hey Prinzessin.« Trevor stand in der Tür zu meinem Zimmer, eine Tasse in der Hand, und musterte mich.

»Hey.« Ich wischte die Tränen aus meinen Augen, setzte mich auf und zog die Bettdecke bis zu meinem Kinn hinauf.

»Ich seh dir jetzt seit vierundzwanzig Stunden dabei zu, wie du dich hier in diesem Zimmer verkriechst und weder isst noch redest«, erklärte er, stieß sich von der Tür ab und stellte die Tasse neben dem Bett ab. »Ich ertrag es nicht mehr, dich so zu sehen. Ich will, dass du mit mir redest.« Er sank neben mich auf die Matratze, legte seine Hand auf mein Knie. »Also bitte sag mir, was passiert ist.«

Ich wollte Trevor nicht von Jake erzählen. Denn jedes Mal, wenn ich nur an ihn dachte, wurde ich schon von meinen Gefühlen überflutet. Ich hatte Angst. Davor, dass ich vollständig zusammenbrach, obwohl ich die letzten Stunden eigentlich nichts anderes getan hatte als zusammenzubrechen.

»Ihr habt euch gestritten, oder?«

»Nein.«

Trevor schwieg eine Weile, während ich nach der Tasse griff und auf den Dampf starrte.

»Was ist es dann?«

Mein Finger fuhr über den Rand der Tasse. Aus irgendeinem Grund beruhigte es mich. Dann fragte ich: »Wusstest du, dass Jake eine Verlobte und ein Kind hat?«

»Ja.« Seine Stirn runzelte sich, als ich aufschluchzte. Ich war so eine Idiotin. Natürlich hatte er es gewusst. Alle mussten es gewusst haben. Alle außer mir.

Ich war dumm. So fürchterlich dumm.

»Ash ...« Trevor zog mir die Tasse aus den verkrampften Fingern und stellte sie zurück auf den Nachttisch. »Du machst mir Angst. Sag mir, was los ist. Sag mir, warum du seinen Wagen genommen hast und warum du nicht mehr ...« Er stoppte. »Warte mal, ihr beide, bist du in ihn verliebt? Ist es das?«

»Wir haben ... miteinander geschlafen.«

»Ihr habt was?« Er starrte mich an, murmelte einen Fluch.

Ich schloss die Augen.

»Wir haben miteinander geschlafen und dann kam *sie*. Er hat mir nichts davon gesagt, von ihr. Ich hätte doch nie...«

Ich schlang die Arme um meine Knie, spürte Trevors Hand auf meinem Rücken.

»Die ganze Zeit war er nett zu mir und dann haben wir uns geküsst und ich dachte wirklich ... Ich dachte, er wäre anders, ich dachte ...« Meine Stimme brach. »Ich hab das schon einmal durchgemacht«, murmelte ich. »Ich schaff das nicht noch mal. Ich überleb das nicht!« Ich war müde. Ich war das alles so leid. Die Tränen flossen wieder. Sie rannen aus meinen Augen und ich konnte einfach nicht aufhören zu weinen. Ian hatte mir wehgetan. Ich hatte mich verliebt und er hatte mich verlassen. Und jetzt war da Jake. Ich hatte mich Hals über Kopf in diese Sache gestürzt – und jetzt lag ich am Boden. Genau wie damals. Dabei hätte ich es besser wissen müssen. Hätte wissen müssen, dass es so enden konnte. Damals war ich naiv gewesen, doch heute wusste ich doch, dass es so laufen konnte. Und trotzdem hatte ich die Bedenken zur Seite geschoben, davon überzeugt, dass mir das nicht noch einmal passieren würde.

»Ash, hey.« Trevor zog mich an sich. »Gibt es was, was ich für dich tun kann?«, fragte er. »Soll ich ihm eine reinhauen? Soll ich Maya anrufen und ihr sagen, was zwischen dir und ihm passiert ist?«

Ich schüttelte den Kopf. So weh, wie es auch tat, ich wollte nicht die Schuld dafür tragen, dass eine Familie zerbrach.

»Scheiße, irgendwas muss es doch geben.«

Seine Hand strich beruhigend über meinen Rücken, während ich mich an ihn presste.

»Triple Chocolate Icecream«, brach es aus mir heraus. »Ich will Triple Chocolate Icecream.«

Trevor schob mein Gesicht von seiner Brust, zwang mich, ihn anzusehen. »Du willst Eis?«, fragte er. »Sollst du haben, Prinzessin. So viel, wie du willst. Aber du kommst mit.«

»Trev …«

»Keine Widerrede.« Er griff meine Hand und zog mich hoch auf die Beine.

Nur widerwillig verließ ich mit ihm sein Zimmer und das obere Stockwerk.

Unten auf dem Sofa begrüßte mich Jackson mit einem schiefen Lächeln. »Ach, sieh an. Kommst du auch mal wieder aus deiner Höhle gekrochen, ja?« Er zog an dem Joint in seiner Hand, stieß langsam den Rauch aus und hielt ihn mir entgegen. »Ein Zug für dich, Chica?«

Ich streckte die Finger aus, doch Trevor umfasste meine Schulterblätter fester und bugsierte mich an Jackson vorbei weiter Richtung Ausgang.

»Keine Zeit, Ash und ich machen einen Ausflug«, rief er ihm zu. »Schließ einfach ab, wenn du gehst.« Dann senkte er die Stimme. »Du brauchst das Zeug nicht. Nicht jetzt, glaub mir.«

Ich war mir nicht sicher. Der Gedanke, eine Zeitlang gar nichts mehr zu fühlen und in einem schmerzlosen Nebel abzutauchen, war verlockender, als mir die Augen auszuweinen oder nach draußen in die Welt zurückzukehren, um Eis zu kaufen.

Aber Trevor ließ nicht zu, dass ich es mir anders überlegte. Er schob mich mit sich aus dem Strandhaus und anschließend auf ein silbern glänzendes Cabrio in der Garage zu, mit dem ich ihn noch nie hatte fahren sehen. Mit röhrendem Motor preschte er rückwärts aus der Garage, während ich meine verweinten Augen vor der knalligen Sonne abschirmte. Das hier war eine dumme Idee. Ich hätte im Bett bleiben, mir weiter die Decke über den Kopf ziehen und die Welt aussperren sollen.

»Hier«, sagte Trevor, als der Wagen an einer Ampel zum Stillstand kam. Er beugte sich über die Mittelkonsole und angelte eine dickwandige Sonnenbrille aus dem Handschuhfach, die er in meinen Schoß fallen ließ. »Schätze, die kannst du gebrauchen.«

Bereitwillig schob ich sie auf meine Nase, um das grelle Sonnenlicht auszusperren. »Danke.«

Er schenkte mir ein mitfühlendes Lächeln und konzentrierte sich wieder auf den Verkehr.

»Wieso fahren wir hier lang?«, fragte ich, als mir auffiel, dass wir gar nicht auf dem Weg in die Innenstadt waren, sondern in die entgegengesetzte Richtung.

»Weil wir dir dieses Eis holen«, antwortete er, griff dann an das Armaturenbrett und schaltete die Musik ein.

Ich fragte nicht weiter nach, weil ich spürte, dass er mir ohnehin keine Antwort geben würde. Außerdem war ich zu müde und zu erschöpft, um mich in ein Wortgefecht mit ihm zu versteifen. Also ergab ich mich meinem Schicksal, ließ mich tiefer in den bequemen Ledersitz sinken, um mich auf die Musik zu konzentrieren. Doch sobald ich die Augen schloss, kehrten die Erinnerungen an Jake zurück. Sein Gesicht tauchte vor meinem inneren Auge auf, sein verdammtes Lächeln. Und jedes Mal rammte sich der Schmerz mitten in mein Herz.

Eine Stunde später tauchte das Ortsschild von Los Angeles vor uns auf. Wir fuhren durch Häuserschluchten, an Kreuzungen vorbei, tiefer in die Stadt hinein, die genauso imposant und groß war wie Savanna Springs.

Eine gefühlte weitere Stunde später fuhr Trevor endlich einen Parkplatz an, der direkt vor einer Mall lag.

»Endstation«, verkündete er, überreichte mir meine Schuhe und wartete, bis ich sie über die Füße gestreift hatte, ehe er ausstieg und auf mich wartete.

Widerstrebend folgte ich ihm durch die Drehtüren ins Innere der Mall, die zu meinem Bedauern voller Menschen war.

Trevor ergriff meine Hand, zog mich mit sich

durch das Gewühl, vorbei an Klamottenläden, Essensständen, einem Buchladen und anderen kleinen Geschäften.

»Warum sind wir hier?«, quengelte ich. Meine Füße waren schwer, mein Körper müde, meine Augen brannten. Ich hatte nicht das Bedürfnis nach Gesellschaft und Menschen und Shopping, sondern nach Einsamkeit und Stille und einer Bettdecke, unter der ich mich verkriechen konnte.

»Hör auf zu jammern und lass dich überraschen«, knurrte er und zog mich um eine Kurve direkt in einen Eisladen hinein.

Fünf Minuten später saß ich in einer Nische, einen riesigen Eisbecher Triple Chocolate Icecream mit Cookiestückchen, Sahne und kandierten Früchten vor mir. Tränen tropften von meinem Kinn, während ich mit zitternden Fingern nach dem Löffel griff, um ihn in die eiskalte Masse zu tauchen.

»Iss«, forderte Trevor, der nichts weiter als einen Cappuccino vor sich stehen hatte. »Das ist einer der Läden, die die Sorte noch selbst herstellen. Es schmeckt besser als jeder Becher aus dem Supermarkt, versprochen.«

Ich starrte auf den Löffel voller Eis. »Tami war davon überzeugt, dass jede Wunde der Welt besser auszuhalten ist, wenn man Eiscreme hat.«

Unsere Blicke trafen sich.

»Worauf wartest du dann noch?«, fragte er.

Ich wechselte den Löffel von einer Hand in die

andere. Drehte ihn herum. Ließ einen Teil der geschmolzenen Schokolade zurück in den Becher tropfen und führte den Löffel schließlich zu meinem Mund.

Auf meiner Zunge explodierten alle Geschmacksnerven gleichzeitig. Und Trevors Mundwinkel zuckten, als ich übergangslos Löffel um Löffel in meinen Mund schaufelte.

»Schmeckt, ja?«

»Du *musst* das probieren!«, verkündete ich zwischen zwei weiteren Löffeln. Ich streckte ihm eine Portion entgegen. »Hier.«

»Gott sei Dank«, stieß er hervor. »Ich hatte schon Angst, du willst die ganze verfluchte Portion alleine essen!«

Er nahm mir den Löffel ab, schlürfte das Eis runter und grinste. »So gut, wie ich sie in Erinnerung habe.« Er gab mir den Löffel zurück und wir begannen, das Eis zu teilen.

»Das ist meine Lieblingssorte«, erklärte er mir nach einer Weile. »Verrückt, oder? Als du ausgerechnet diese Sorte wolltest, da wusste ich, dass ich dich herbringen muss.«

Ich starrte ihn an.

»Warum siehst du mich so an?« Er runzelte die Stirn. »Stimmt was nicht?«

»Es ist nur ... Es war auch Tamis Lieblingssorte.« Ich rührte in dem geschmolzenen Eisrest herum und holte Luft, um Trevor etwas zu erzählen. Nicht über Tami, sondern über mich. »Vor drei Jahren ist Tami nachts aus dem Fenster geklettert und eine Viertelstunde später wieder mit einer Packung *Triple Chocolate Icecream* aufgetaucht. Sie hat sie aus dem Eisschrank unserer Nachbarn geklaut, weil sie meinte, ihre Lieblingseissorte würde bei allem helfen.«

Die Erinnerung an Tami holte mich unweigerlich in die Nacht zurück, in der mein Herz in Millionen kleine Stücke zersprungen war. Stücke, von denen ich geglaubt hatte, sie nie wieder zusammensetzen zu können.

»Wobei sollte es dir helfen?«, fragte Trevor.

»Mein Herz zu heilen.« Eine Träne rollte von meiner Wange, als der bittere Geschmack von Verrat sich in meinem Mund breitmachte.

»Hör mal …« Trevor wischte die Träne von meiner Wange. »Ich weiß nicht, wie das zwischen Jake und dir passieren konnte und warum er nicht die Eier in der Hose hatte, dir reinen Wein einzuschenken. Aber bei einer Sache bin ich mir sicher: Er würde das mit Maya niemals einfach so aufs Spiel setzen, nur um mit jemandem in die Kiste zu hüpfen. Da muss mehr sein.« Er sah mich an. »Das ist kein Trost und keine Entschuldigung. Es ist beschissen, Ash, aber … es sieht ihm nicht ähnlich.«

Ich wollte das nicht hören. Ich wollte kein Verständnis für Jake haben. Nicht im Moment, wo es viel zu wehtat.

»Ihr solltet darüber sprechen«, redete Trevor weiter. »Ich glaube, dass dir das helfen würde.«

»Ich will nicht mit ihm reden«, sagte ich,

kratzte den Rest des geschmolzenen Eis aus dem Becher und schob ihn Trevor entgegen. »Ich will nur mehr Eis.«

JAKE

»Bist du sicher, dass du das alleine schaffst?«, fragte ich, während ich Mayas riesige Reisetasche im Foyer des Flughafens musterte.

»Ja.« Sie hob Chase hoch, platzierte ihn auf den Hüften und griff nach meiner Hand. »Ich bleibe doch so oder so noch bis zum Ende des Semesters in San Francisco. Das sind noch ein paar Wochen und in der Zeit werde ich packen und alles klären.«

»Okay …« Mit meinem Daumen streichelte ich über ihren Handrücken. »Wie du meinst.«

Maya warf ein Blick auf die Uhr, die an der Wand neben der Flugtafel hing. »Ich muss los, sonst verpasse ich den Flug. Rachel kommt, um uns abzuholen.«

Ich ließ ihre Hand los, trat an Chase und sie heran und verabschiedete mich zuerst von Chase, dann von ihr. Zum Abschied drückte ich meine Lippen auf ihre, so wie ich es in den letzten drei

Tagen immer wieder getan hatte, doch auch diesmal spürte ich nichts. Da war kein Kribbeln. Keine Anziehung. Kein Wunsch danach, sie an mich zu ziehen, um mich bis zur Besinnungslosigkeit in ihr zu verlieren. Da war nichts. Einfach überhaupt nichts. *Weil sie nicht Ash war.*

»Ich meld mich, wenn ich da bin«, erklärte sie, drückte mir einen letzten Kuss auf die Wange und durchquerte mit meinem Sohn den Check-In-Bereich.

Ich sah ihr nach, bis sie im Wartebereich verschwunden war, ehe ich mich umdrehte und den Flughafen verließ.

Sobald ich alleine war, holte ich mein Handy heraus und scrollte durch die unzähligen Nachrichten, die ich Ashley geschickt und von denen sie keine einzige beantwortet hatte. Ich öffnete das Nachrichtenfenster und tippte eine weitere, auch wenn ich wusste, wie sinnlos es war.

ICH: Maya ist jetzt weg. Ich komme zu Trev, damit wir reden können. Jake

Während die Sonne hinter dem Horizont verschwand, haftete mein Blick eine ganze Weile auf dem Display in der Hoffnung, Ash würde mir antworten. Doch das Display blieb dunkel. Genauso wie die letzten Male.

Also stieg ich in meinen Wagen und machte

mich auf den Weg zu Trevors Strandhaus. Von Keaton wusste ich, dass sie dort war. Und ich musste unbedingt mit ihr sprechen. Über uns. Über das, was passiert war. Über ... einfach alles. Es war kurz nach einundzwanzig Uhr, als ich vor dem Strandhaus hielt.

Ich parkte am Straßenrand, trat durch das Tor und klingelte an der Eingangstür. Als niemand öffnete, umkreiste ich das Grundstück, doch jedes Fenster lag dunkel da. Niemand war hier, nicht einmal Jackson.

Ich zog das Handy heraus, um Keaton zu schreiben.

ICH: Weißt du, wo Trev steckt? Ich steh vor seinem Haus.

Seine Antwort kam prompt.

KEATON: Wir sind im P.T.

KEATON: Aber ich halte es für keine gute Idee, wenn du herkommst. Ernsthaft, Jake. Bleib weg hier.

Zwanzig Minuten später schob ich mich am Türsteher vorbei durch den Eingang ins Innere des *Pacific Tragedy*.

Es war Freitagabend und verflucht voll und trotzdem brauchte ich nicht lange, um meine Freunde ausfindig zu machen. Trevor und Ashley standen in der Nähe der Bar. Ich schlängelte mich an den Gästen vorbei und lief auf die Bar zu, als Keaton mich am Arm packte.

»Was machst du hier?«, fragte er mit Blick auf die anderen gerichtet. »Ich habe dir doch geschrieben, dass du –«

»Ich *muss* mit ihr reden.«

Ich sah zu Ash. Sie lehnte sich zu Trevor, sagte etwas und griff einen Shot, um ihn herunterzukippen. Ihr verletzter Ausdruck bohrte sich direkt in mein Herz.

Trevor kam auf mich zu.

»Jake, verdammt, hör mir zu!« Keaton schüttelte mich leicht. »Ich weiß, dass du mit ihr reden willst. Aber hier und jetzt ist nicht der richtige Zeitpunkt.«

»Ganz deiner Meinung«, mischte sich Trevor ein, als er neben uns zum Stehen kam, und verschränkte die Arme vor der Brust.

»Glaubt ihr, das weiß ich nicht?« Ich rieb mir mehrmals über das Gesicht. Ich wusste selbst, dass es keine gute Idee gewesen war, herzukommen. Doch alles in mir sehnte sich danach, sie zu sehen. Ich wollte es ihr erklären. Ihr sagen, wie leid es mir tat.

Ich musste mit ihr reden. Ich musste einfach.

Ich drehte den Kopf, um Ash anzusehen – doch sie war in Richtung Tanzfläche verschwunden.

Als Trevor meinen Blick auffing, schüttelte er den Kopf. »Himmel, du siehst ja beinahe genauso scheiße aus wie sie.«

»Danke für das Kompliment.«

»Immer wieder gerne«, erklärte er mit malmendem Kiefer. »Und nur, damit das klar ist: Ich bin verflucht noch mal sauer auf dich, weil du so eine verlogene Nummer mit Ash abgezogen hast. Hast du auch nur die geringste Ahnung, wie sehr du sie damit verletzt hast?«

»Ich weiß.« Ich hielt seinem wütenden Blick stand. »Glaub mir, ich hasse mich selbst dafür.«

»Das ist ein Anfang.« Er schüttelte den Kopf, dann packte er meinen Arm und zog mich mit sich. »Und jetzt komm und trink was mit mir. Du siehst aus, als könntest du genauso dringend einen Drink gebrauchen wie ich.«

Ohne ein weiteres Wort folgte ich Trevor und Keaton an die Bar, wo einen Augenblick später mehrere Drinks vor uns auf dem Tresen landeten.

Ich kippte einen Shot runter, genoss, wie der Alkohol in meiner Kehle brannte und einen Teil meiner Anspannung mit sich nahm. Die letzten Tage hatte ich nichts anderes getan, als meine wahren Gefühle zu verschanzen, sie zurückzudrängen – doch jetzt, wo Maya auf dem Weg zurück nach San Francisco war, fiel der ganze Scheiß über mir zusammen.

Mein Blick streifte die Tanzfläche, blieb an Ash haften. Sie bewegte sich so perfekt zu jedem einzelnen Beat, dass ich nicht anders konnte, als sie anzustarren. Meine Augen glitten über ihr langes, offenes Haar, über ihre Brüste, die sich unter dem Kleid, das sie trug, abzeichneten, weiter zu ihren Hüften. Und plötzlich sah ich sie wieder vor mir. Nicht auf der Bühne, sondern in dieser Nacht. Nackt und wunderschön. Ihre warme, samtige Haut. Die geschwungenen, rosig glänzenden Lippen. Das Strahlen im Gesicht. Das Verlangen in ihrem Blick, als ich in sie drang.

Ich schüttelte die Erinnerung ab, bis nicht mehr davon übrig blieb als die kalte, harte Realität. Denn ganz gleich, wie sehr ich mich danach sehnte, sie noch einmal zu berühren, sie noch einmal zu küssen, sie noch einmal unter mir zu spüren: Es würde nicht wieder passieren. Es durfte einfach nicht.

Ich lehnte mich über die Theke, bestellte einen weiteren Drink, um die Bilder von ihr, die Erinnerungen, die Gefühle darin zu ertränken.

ASHLEY

Jake war hier. Ausgerechnet hier im *Pacific Tragedy* stand er mit Trevor und Keaton an der Bar und starrte mich an. Sein intensiver Blick, der mir bei jeder Bewegung auf der Tanzfläche folgte, war zu viel. Denn er sah mich an, als würde es das, was zwischen uns gewesen war, noch immer geben. Als hätte es Bestand. Als hätte er es nicht selbst unter seinen eigenen Füßen zertreten.

Beim nächsten Song verließ ich die Tanzfläche und lief in Richtung der Toiletten. Dort bog ich nach links ab und schob mich in einem weiten Bogen an der Bar vorbei zum Ausgang.

Ich musste hier raus.

Weg von Jake. Seinen Blicken. *Ihm.*

Ich war nur hergekommen, um ihm aus dem Weg zu gehen, hatte mich nach seiner Nachricht hierher geflüchtet in der Hoffnung, er würde es gut sein lassen. Denn ich war nicht bereit, mit ihm zu sprechen. Ich wollte ihn nicht sehen, nicht mit ihm reden.

Alles, was ich wollte, war Ruhe. Vor ihm, seinen Nachrichten, seinen Blicken. Ich ertrug es nicht, ihn um mich zu haben.

Die Straße vor dem Club war voller Leute. Türsteher und Gäste blockierten den Eingang, machten jedoch Platz, als ich mich an ihnen vorbeischob und um die nächste Ecke bog.

Meine Schritte hallten auf dem Gehweg, während ich von Straßenlaterne zu Straßenlaterne wanderte. Ich wusste nicht, wohin ich wollte, nur, dass ich nicht bleiben konnte.

Ich musste Abstand zwischen Jake und mich bringen.

Autos rauschten vorbei. Ein Motorrad heulte auf. Menschen lachten auf der anderen Straßenseite.

In der Hoffnung, ein einsamer Spaziergang am Wasser würde helfen, meinen Kopf zu klären und mein verdammtes Herz auszuschalten, hielt ich auf die Promenade zu.

Die salzige Luft löste eine Gänsehaut auf meinem erhitzten Körper aus, doch dank des Alkohols in meinem Blut fror ich nicht.

Ich näherte mich dem Strandaufgang und entdeckte eine kleine Gruppe aus Feiernden unter einer Laterne. Sie tranken und lachten und von irgendwoher drang Musik.

Als ich näher kam, erkannte ich eine Person wieder.

Jackson.

Mit einer Kippe im Mundwinkel lehnte er neben der Laterne an der Mauer und wandte sich mir zu, als ich seinen Namen rief. Er stieß sich ab, schlenderte auf mich zu.

»Du solltest nicht hier draußen sein, so ganz alleine, Chica«, begrüßte er mich, zog an seiner Zigarette und grinste verschlagen.

»Und warum nicht?«

»Weil Städte nachts ihr wahres Gesicht zeigen«, antwortete er dicht an meinem Ohr. »Und diese Gesichter sind selten gut und selten freundlich. Zumindest würde das Gossow sagen.«

Ich griff nach der Kippe in seiner Hand, inhalierte den Rauch und stieß ihn einen Augenblick später wieder aus. »Vielleicht bin ich es ja leid, immer nur Masken zu sehen.«

Ian hatte seine wahren Absichten hinter einer Maske verborgen, genauso wie Jake es getan hatte. Und auch Tami hatte einen Teil ihres wahren Ich hinter einer versteckt – einen Teil, der sie schlussendlich in den Tod getrieben hatte.

»Du gefällst mir immer besser«, sagte Jackson und verzog seine Lippen zu einem Grinsen. Im einfallenden Licht der Laterne wirkte es beinahe gespenstisch, doch ich fürchtete mich nicht. Nicht vor ihm. Nicht vor dem, was hier draußen seiner Meinung nach lauerte.

Jackson streckte die Hand nach der Zigarette aus, nahm sie mir wieder ab und deutete zu der Gruppe von Leuten. »Das sind Freunde von mir.

Wenn du willst, kannst du eine Weile mit uns abhängen. Wir wollen gleich in einen Club«, schlug er vor. »Außer du hast was Besseres vor.«

»Wohin wollt ihr?«, fragte ich. »Ins P.T.?«

Jackson schnippte die Kippe auf den Boden, trat sie mit dem Fuß aus und legte seinen Arm um meine Schulter. »Keine Sorge, ich wildere nicht in Widmanns Gefilden. Hab absolut keine Lust auf Stress.« Er grinste. »Nein, wir dachten an *Club B*. Bessere Musik. Bessere Leute und niemanden interessiert, dass du noch nicht einundzwanzig bist, Chica. Also, bist du dabei?«

Ich überlegte.

Ich konnte entweder weiter durch die Straßen laufen und mich die nächsten Stunden an den Strand setzen, um nicht zurück ins P.T. zu müssen – oder ich ging mit Jackson und seinen Freunden mit.

»Ich bin dabei«, erklärte ich und ließ zu, dass er mich in Richtung seiner Freunde zog, um mich vorzustellen.

Der Club, in den Jackson mich eine halbe Stunde später brachte, lag in einer engen Seitenstraße zwischen zwei großen Kreuzungen in einem Keller. Es gab weder ein Schild, noch irgendetwas anderes, das verriet, was sich im Inneren verbarg.

Eine breite Wendeltreppe führte von dem Flur des Hauses in den gewölbeartigen Keller, der voller Menschen war. Lichter zuckten an den

Backsteinwänden, von denen der Bass widerhallte. Rockig, psychodelische Songs und eine Menge Körper, die sich dazu bewegten.

Dicht neben Jackson kämpfte ich mich bis zur Bar vor, wo er einige Drinks bestellte und mir einen Moment später ein Glas mit dunkler Flüssigkeit vor die Nase setzte.

Als ich den Rand an meine Lippen führte, beugte er sich dicht an mein Ohr und sagte: »Ein Tipp, Chica. Lass diesen Drink nicht aus den Augen, ja? Man weiß nie, wem man trauen kann und wem nicht.«

Ich nickte, dann leerte ich ihn in einem Zug, um einen weiteren zu bestellen.

In meiner Tasche vibrierte das Handy.

JAKE: Wo steckst du?

»Willst du ihm nicht antworten?« Jackson deutete auf das Display meines Handys. »Der gute Widmann macht sich doch sonst vor Angst um dich noch in die Hose.«

»Nein.« Ich schaltete das Handy aus, stopfte es nach ganz unten in meine Tasche und griff stattdessen nach meinem Glas, um es zu leeren.

»Schon witzig«, warf Jackson ein, nachdem er mit einer Handbewegung mehr Drinks geordert hatte. »Da kommt er vor ein paar Wochen wie ein Prinz in der glänzenden Rüstung, um dich aus meinen Klauen zu reißen, und jetzt sitzt du ausgerechnet mit mir an der Bar und kippst Drinks.«

Grinsend schüttelte er den Kopf. »Scheiße, wenn er hier wäre würde ihn das so richtig anfressen.«

»Warum sollte es? Kann ihm doch egal sein, mit wem ich rumhänge.«

Jackson, der sein Glas an den Mund führte, hielt in der Bewegung inne und musterte mich. »Er hat es dir nicht unter die Nase gerieben?«, fragte er irritiert.

»Was denn?«

»Ich fass es nicht!« Er lachte wieder. »Du weißt nicht, warum der ehrenwerte, perfekte Widmann mich hasst?«

»Nein.« Ich schüttelte den Kopf. Klar, ich hatte mitbekommen, dass Jake nicht gut auf Jackson zu sprechen war, aber ich hatte geglaubt, dass das daran lag, dass er mit mir gekifft hatte. Aber jetzt, wo Jackson das Wort hassen in den Mund nahm, wurde ich neugierig. »Warum sollte er dich denn hassen?«

Jackson schwenkte das Glas in seiner Hand, ehe er es zum Mund führte. Dann sagte er: »Ich habe seine Freundin geknallt.«

Was?

»Sie haben gestritten, Maya kam zu mir und ich hab mich um sie gekümmert, wenn du verstehst, was ich meine.« Er sah mich an. »Er erzählt allen, es wäre meine Schuld. Aber die Wahrheit ist, dass seine Maya ganz von alleine mitgemacht hat, selbst wenn er es nicht hören will. Schon armselig, oder? Sie betrügt ihn und er macht trotzdem einen auf glückliche Familie mit ihr, nur weil er so dumm war, sie zu schwängern.« Seine Mundwinkel verzogen sich zu einem höhnischen Grinsen. »Obwohl ich ihn verstehen kann: Maya ist eine verdammte Granate im Bett. Schon verständlich, dass er sie behalten hat.«

JAKE

Ich war jemand, der die Kontrolle behielt. Ich war ruhig und gewissenhaft und tat, was man von mir erwartete.

Seit damals, als ich Maya geschwängert hatte, hatte ich mich nie wieder volllaufen lassen. Denn die Kontrolle zu verlieren machte mir Angst. Doch jetzt, in diesem Moment, sehnte ich mich nach nichts anderem als danach, die verdammte Kontrolle abzugeben. Zu vergessen. Meine Verantwortung für Maya. Meine Gefühle für Ash. Das ganze verdammte Drama.

»Jake …« Keaton riss das Glas gewaltsam aus meinen Fingern. »Du hast genug, Mann.«

»Nein.« Ich griff danach und kippe auch den Rest herunter, ehe ich mit der Zunge am inneren Rand des Glases entlangfuhr, um auch den letzten Tropfen in mich aufzunehmen.

»Damit machst du auch nichts besser«, redete er weiter. »Weder die Sache mit Maya noch die mit Ash. Ich weiß, wie es dir geht.«

Ich drehte mich zu ihm um. »Du weißt, wie es mir geht?«, fragte ich lauter als beabsichtigt. »Du weißt einen Scheiß, okay?« Ich drehte mich zu ihm um und bohrte meinen Finger in seine Brust.

»Ich bleibe mit Maya zusammen, obwohl ich sie nicht liebe. Ich werde mein ganzes verfluchtes Leben mit ihr verbringen, sie heiraten und weitere Babys mit ihr machen, während ich dabei die ganze Zeit an eine Andere denke, okay?« Ich deutete auf die Tanzfläche, auf die Stelle, an der Ash tanzte – doch sie war nicht mehr da. Da war kein wunderschöner Körper mehr, der sich zur Musik bewegte. Nur noch fremde Gestalten. »Wo ist sie hin?«

Keaton und Trevor folgten meinem Blick.

»Keine Ahnung. Wahrscheinlich ist sie nur auf dem Klo«, meinte Keaton und wandte sich wieder an mich. »Ich weiß, wie beschissen die Situation mit Maya und dir ist, aber wenn du dich weiter zulaufen lässt, ändert das überhaupt nichts. Also, hör auf zu trinken und komm runter, verflucht!«

Ich suchte nach meinem Handy, fischte es beim vierten Versuch endlich aus meiner Hosentasche und tippte eine Nachricht an Ash. Dann orderte ich einen weiteren Drink.

»Mein Freund hat genug«, erklärte Trevor dem Barkeeper, ignorierte meinen wütenden Blick und packte mich gemeinsam mit Keaton an den Schultern. »Wir bringen dich jetzt nach Hause und dann schläfst du deinen Rausch aus.«

Ich landete unsanft auf dem Boden, als sie

mich vom Barhocker zerrten, rappelte mich jedoch sofort wieder hoch und stolperte hinter ihnen her.

»Und was ist mit Ash?«

»Die ruf ich an und warte hier, während Keat dich nach Hause bringt.«

»Aber ich will mit ihr reden«, erklärte ich zum gefühlt tausendsten Mal an diesem Abend. Wieso verstanden die beiden nicht, wie wichtig das für mich war?

Ich musste mit ihr reden. Ihr sagen, was ich für sie empfand. Ihr alles erklären und ihr sagen, dass ich sie … liebte. *Ich liebte Ash.*

»Das machst du, wenn du nüchtern bist, aber nicht jetzt«, mischte sich Trevor ein. »Außerdem will sie nicht mit dir reden und egal, ob du es hören willst oder nicht, es geht nicht nur um dich, verflucht, also reiß dich endlich zusammen.«

Ich versuchte es doch. Seit Tagen tat ich nichts anderes, als mich zusammenzureißen. Die ganzen Tage war ich mit Maya zusammen gewesen. Hatte mich um Chase gekümmert. Um sie. Ich hatte mit Lina telefoniert, um eine Lösung zu finden. Wir waren zusammen bei meinen Eltern gewesen, um zu reden. Und die ganze Zeit hatte ich mir verboten, an Ash zu denken.

An den Geschmack ihrer Lippen, das Gefühl ihres Körpers an meinem, die Vollkommenheit, die ich nur mit ihr verspürte.

Kühle Luft umfing mich, als wir aus dem Club heraus auf den Gehweg traten. Ich lehnte mich gegen die Hausmauer, um das Schwindelgefühl aus meinem Kopf zu vertreiben, während Trevor mit seinem Handy hantierte. Meine Gedanken glitten zurück zu Ash. Wenn ich die Augen schloss, sah ich sie vor mir.

Ihre Lippen. Ihr Lächeln. Die Haarsträhnen, die ihr immerzu ins Gesicht fielen. Ich sah die Lust in ihrem Blick, das Verlangen, die Sehnsucht.

Ich tastete nach der Tätowierung auf meiner Brust, dachte an den Moment, als sie sie berührt hatte, und daran, dass sie die Einzige war, die wusste, was sie bedeutete.

»Scheiße«, fluchte Trevor. »Ihr Handy ist aus.«

»Kann nicht sein«, sagte ich sofort. »Ich hab ihr eben geschrieben, da war es an.«

»Du hast was?« Trevor verpasste mir einen Schlag auf den Hinterkopf. »Du bist ein Idiot, Jake. Was hast du ihr geschrieben?«

»Ich habe gefragt, wo sie ist.«

Ich tastete nach meinem Handy, doch als ich es endlich aus der Hosentasche gefischt hatte, riss Trevor es aus meinen Fingern. »Keine weiteren Nachrichten«, befahl er, überreichte mein Handy Keaton und wählte noch mal Ashleys Nummer, um eine kurze Mitteilung auf ihre Mailbox zu sprechen. »Ich geh noch mal rein und frag nach Ash. Bringst du ihn nach Hause, damit er sich ausnüchtert.«

»Sucht ihr das Mädel, das mit euch hergekommen ist?«, mischte sich der Türsteher ein. Jimmy. Er hieß Jimmy. Wir waren zusammen auf der Schule gewesen. Jeder kannte ihn, den Kerl, der im Basketballteam gespielt hatte und eine verdammte Legende gewesen war, ehe er das College geschmissen und hier angefangen hatte.

»Ja«, sagte Trevor. »Du hast sie gesehen?«

Jimmy warf einen kurzen Blick auf seine Armbanduhr. »Ja«, antwortete er. »Muss vor ’ner halben Stunde an mir vorbeigehuscht sein. War ziemlich schnell und sah aus, als hätte sie es eilig.«

Verflucht.

»Wo lang ist sie gegangen?«

Jimmy deutete nach links. »Da um die Ecke.«

Trevor bedankte sich, zog erneut sein Handy aus der Tasche und wählte. Doch wieder sprang nur die Mailbox an.

»Dann bleibt mir wohl nichts anderes übrig, als sie zu suchen«, murrte er und marschierte, ohne mich eines Blickes zu würdigen, los. Wenn es stimmte, was Jimmy sagte, dann war Ashley schon läger da draußen.

Sie konnte überall sein.

Trotzdem folgte ich Trevor und Keaton, weil nichts zu tun noch schlimmer war, als nach ihr zu suchen. »Es tut mir leid«, stammelte ich an der nächsten Kreuzung. Mein Atem ging zu schnell und alles drehte sich.

»Du hättest einfach auf Keat hören und gar nicht erst auftauchen sollen, statt ihr nachzulaufen. Dann wäre sie nämlich noch da drinnen und nicht irgendwo hier draußen. *Alleine.*«

Ich wusste, dass es ein Fehler gewesen war.

Ich hatte es schon in dem Moment gewusst, als ich ihren Blick aufgefangen hatte.

Und trotzdem hatte ich mich nicht dazu überwinden können zu gehen.

»Ich musste einfach …«, begann ich wieder.

»Ich kann es nicht mehr hören«, fuhr Trevor mich an. »*Du* hast ihr verdammtes Herz gebrochen und ich habe die letzten Tage jeden Moment mitbekommen, was das mit ihr macht!«

»Glaubst du, das weiß ich nicht?«, schrie ich. »Es ist nicht nur ihr Herz, sondern auch meins.« Ich presste die Hände vor mein Gesicht. Meine Augen brannten. »Ich liebe sie. Ich liebe sie, okay?«

Es war die Wahrheit. Eine Wahrheit, die alles so viel schlimmer machte. Da begegnete ich zum ersten Mal im Leben jemandem, den ich um alles in der Welt wollte, und die Fehler der Vergangenheit, die Entscheidungen, die ich getroffen hatte, alles arbeitete dagegen. Wir würden nie eine Chance haben und das war es, was am meisten wehtat. Es tat einfach nur weh.

»Ehrlich gesagt hält sich mein Mitleid mit dir gerade in Grenzen«, knurrte Trevor und ich setzte an, um etwas zu erwidern, als Keaton uns unterbrach.

»Könntet ihr aufhören, euch zu streiten und euch mit Vorwürfen zu überschütten?«, bat er. »Das bringt uns auch nicht weiter. Überlegen wir lieber, wo sie sein kann, weil ich keine Lust habe, die ganze verfluchte Stadt nach ihr abzusuchen.«

Trevor marschierte wieder los und wir folgten ihm stumm. Es fiel mir schwer, mit ihm Schritt zu halten, weil ich Schwierigkeiten hatte, das Gleichgewicht zu halten.

Drei Kreuzungen. Vier. Dann kam die Strandpromenade in Sicht und mehrere Gruppen von Leuten, die sich am Pier zusammengefunden hatten. Mit Flaschen und Kippen in den Händen.

»Ey«, rief Trevor, ging zu der ersten und sagte: »Habt ihr ein Mädchen gesehen? Ungefähr so groß, schulterlanges blondes Haar und mit einem blauen Kleid bekleidet?«

»Nein, Mann«, sagte der Erste.

»Kann sein«, sagte der Nächste.

»Ist das vielleicht die, die mit Jackson abgezogen ist?«, fragte der Dritte.

»Jackson? Jackson Moore?«, fragte Trevor.

Der Kerl nickte. »Ja, genau der.«

Trevor klopfte ihm auf die Schulter, während er mit der anderen Hand das Handy ans Ohr führte.

»Jackson, ich bin's«, sagte er ins Telefon. »Ist Ash zufällig –?« Trevors Stirn runzelte sich. »Okay, und wann?« Er wischte sich über das Gesicht. »Ich komm rum, wartest du auf mich? ... Alles klar, bis dann.« Er verstaute das Handy in seiner Tasche, dann drehte er sich zu uns um. »Sie war mit Jackson im *Club B*«, erklärte er.

»War?«

»Ja. Sie ist vor ungefähr fünf Minuten gegangen. Ich werde hingehen und sie suchen, ihr beide nehmt ein Taxi und fahrt. Ich will dich da nicht sehen, Jake. Nicht jetzt. Besonders nicht mit Jackson.«

Keaton umfasste meinen Arm. »Komm«, sagte er und zog mich von Trevor weg in die Richtung, aus der wir gekommen waren. »Trev hat recht. Lass uns dich nach Hause bringen.«

ASHLEY

Der Club war zu laut. Die Musik, die Menschen – alles war plötzlich viel zu viel.

Auf dem Weg nach draußen rauschten Jacksons Worte durch meinen Kopf, vermischten sich zu jenem giftigen Cocktail, der mein Herz flutete.

Jackson hatte mit Maya geschlafen.

Hatte Jake es deshalb getan? Hatte er nur deshalb mit mir geschlafen, um es Maya gleichzutun? Um sie zu erniedrigen, so wie sie ihn erniedrigt hatte?

War ich nichts weiter als eine Genugtuung für sein verletztes Ego gewesen?

Ich stolperte vorwärts. Durch dunkle Straßen, stützte mich an Hauswänden ab. Lief weiter. Einfach immer weiter.

Laternen flackerten, andere blieben gleich ganz dunkel.

Ich wich einem knutschenden Pärchen in

einem Hauseingang aus, einem Hundehaufen, dann mehreren weggeworfenen Flaschen.

Die Drinks, die ich mit Jackson getrunken hatte, drohten meinen Gleichgewichtssinn zu zerstören. Doch ich weigerte mich, stehen zu bleiben.

Denn ich wollte nicht denken.

Ich wollte nicht fühlen.

Alles, was ich wollte, war: Jake zu vergessen.

Zu vergessen, wie er mich angesehen hatte.

Zu vergessen, wie seine Küsse und seine Berührungen sich auf meiner Haut anfühlten.

Zu vergessen, dass ich ihm mein Herz geschenkt und er es zerrissen hatte.

Und wofür?

Für Genugtuung? Für einen Kick? Für ein kleines bisschen Spaß?

Ich verstand es nicht. Verstand nicht, warum er es getan hatte. Es passte nicht zu dem Jake, den ich kennengelernt hatte. Dem, der morgens vor einem schäbigen Motelzimmer stand mit vier Kaffeebechern in der Hand. Zu dem, der mir erzählte, was seine Tätowierung bedeutete. Zu dem, der mich vor Trevor in Schutz nahm und mich auf seinem Sofa schlafen ließ. Zu dem, der mir Essen kochte und dafür sorgte, dass ich zurück ins Leben fand.

Konnte das alles wirklich eine Lüge gewesen sein? Und konnten sich Lügen so gut, so richtig, so vollkommen anfühlen wie diese?

An der übernächsten Kreuzung tauchte neben mir ein Spielplatz auf, versteckt zwischen Häuserschluchten und einer Hecke. Ich hielt darauf zu, drückte das quietschende Metalltor auf und stolperte hinein. Direkt auf die Schaukel zu.

Ich setzte mich. Nahm darauf Platz, so wie ich es oft mit Tami getan hatte.

Damals, in einem anderen Leben.

Ich schloss die Augen, presste sie so fest aufeinander, dass ich Sternchen sah.

»Er hat mich verraten«, sagte ich zu ihr. »Er hat mich genauso verletzt, wie Ian es getan hat. Und ich wünschte, du wärst jetzt hier, Tami. Ich wünschte, du wärst hier und wir würden einfach nur weggehen, wie wir es vorhatten.«

Tränen rollten über meine Wangen, während ich Schwung holte und einfach weiterredete. »Wieso sind Männer so?«, fragte ich. »Wieso muss er wie Ian sein? Wieso nur, Tami. *Wieso*?«

Mit der rechten Hand wischte ich die Tränen aus meinen Augen, verlor das Gleichgewicht und landete hart auf dem Boden. Die quietschende Schaukel schlug gegen meine Stirn, ehe ich mich schluchzend auf dem Boden zusammenrollte.

Mich klein machte.

So klein, wie ich konnte.

Als ich die Augen das nächste Mal öffnete, hellte sich der Horizont auf und ein erster Sonnenstrahl kroch neben mir über den harten, sandigen Boden. Ich drehte mich auf den Rücken und starrte einen Moment nach oben, ehe ich mich aufrichtete. Nur eine Sekunde später sackte ich zurück auf den Boden, weil Schmerz und Schwindel durch meinen Kopf rauschten, mich zu Boden pressten.

Alles drehte sich.

Ich tastete nach dem Handy in meiner Tasche, zerrte es hervor und schaltete es ein.

Mehrere unbeantwortete Anrufe ploppten auf. Alle von Trevor.

Ich wählte die Wahlwiederholung, hielt das Handy an mein Ohr und lauschte dem Tuten.

»Ash?« Musik war im Hintergrund zu hören, die langsam leiser wurde und schließlich verstummte. »Gott sei dank. Wo steckst du?«

»Kannst du mich abholen?«, fragte ich und beschrieb den Weg, so gut ich konnte. Ich schaffte es nicht, ihm Einzelheiten zu nennen, doch die meiste Zeit war ich einfach nur geradeaus gelaufen.

Dann legte ich auf, drückte das Handy an meine Brust und schloss die Augen. Meine Kehle war ausgetrocknet, genau wie mein Herz.

Irgendwann hörte ich das Quietschen des Tores, dann Schritte, die neben mir zum Stehen kamen.

»Was ist mit dir passiert?«, fragte Trevor und berührte mein Gesicht. »Hat dir irgendwer was getan?«

»Was?«

»Auf deiner Stirn ist eine Platzwunde und du bist voller Blut.«

Ich tastete an meiner Wange hinauf bis zu meiner Stirn. Tatsächlich. Getrocknetes Blut. Ich sah nach oben zu der Schaukel, die über mir schwebte und sich sanft im Wind wiegte. »Ich bin runtergefallen und sie hat mich getroffen«, murmelte ich, weil sich wieder alles drehte.

Trevors Augenbraue hob sich, seine Mundwinkel zuckten leicht, doch dann wurde sein Blick sofort ernst. »Ist dir schwindlig? Kopfschmerzen? Übelkeit?«

Als ich langsam nickte und im nächsten Moment meine Finger gegen meine pochenden Schläfen presste, verkündete er: »Schätze, dann bringen wir dich wohl als erstes ins Krankenhaus.«

Trevor rief ein Taxi, in das er mir wenige Minuten später half, um mich direkt ins Krankenhaus zu bringen.

Eine Ärztin untersuchte mich, versorgte die Platzwunde und stellte eine Gehirnerschütterung fest.

Ich bekam ein Mittel gegen die Übelkeit und eines gegen die Schmerzen, während mir strikte Bettruhe verordnet wurde. Ich widersprach nicht, weil der Schmerz in meinem Kopf mich ohnehin halb umbrachte.

Im Taxi, auf dem Weg zurück zum Strandhaus, lehnte ich mich an Trevors Schulter und kämpfte gegen die Übelkeit, die das Schaukeln und ständige Bremsen und Anfahren in mir heraufbeschwor.

Trevor erzählte, dass er mich gesucht hatte und bis zu meinem Anruf im *Club B* geblieben war in der Hoffnung, ich würde zurückkommen.

Er fragte nicht, warum ich überhaupt aus dem Club verschwunden war – vielleicht, weil er es sich denken konnte. Stattdessen schwiegen wir den restlichen Weg.

Er bezahlte den Taxifahrer und half mir über die Straße bis zum Haus.

»Am besten legst du dich sofort aufs Sofa«, erklärte er, während wir den Flur durchquerten. »Und ich mach dir was zu –« Er stoppte und stieß lautstark die Luft aus, als er Keaton und Jake auf dem Sofa entdeckte. »– essen. Jake, was machst du hier? Du solltest nach Hause fahren.«

Jake ignorierte Trevors Frage, stand vom Sofa auf und eilte auf mich zu, um meine Hand zu greifen. »Was ist passiert?«

»Fass mich nicht an«, fauchte ich, riss meine Hand aus seiner und verursachte damit automatisch mehr Schmerz in meinem Kopf.

»Sie hat eine Gehirnerschütterung«, antwortete Trevor für mich. »Und sie braucht Ruhe, also geh.«

»Wie ist das passiert?«, fragte er, während Trevor mich an ihm vorbei zum Sofa manövrierte. »Hat dich irgendwer geschlagen? Überfallen? Dir wehgetan?«

Ich lehnte mich gegen die Lehne und starrte ihn an. »Du meinst, jemand anderes außer dir? Nein.«

Er wischte sich übers Gesicht. »Ash …«

»Ich will es nicht hören«, sagte ich eher müde als wütend. Ich wollte seine Entschuldigungen nicht mehr. Seine Worte nicht mehr. Keine Erklärungen. Alles, was ich wollte, war, dass er mich in Ruhe ließ.

Weil ich nicht ertrug, dass er hier war.

Weil alleine der Klang seiner Stimme genügte, um eine Gänsehaut über meinen ganzen Körper zu jagen.

Trevor kam und drückte mir ein Glas Wasser und eine der Tabletten in die Hand, die ich schluckte,

während Jakes Blick weiterhin auf mir ruhte. Durchdringend. Tief. Viel zu tief.

Keaton packte Jake am Arm. »Jake«, sagte er. »Ich denke, es wäre besser, wenn wir jetzt gehen.«

Jake ignorierte ihn, kämpfte sich von ihm los und setzte sich neben mich. Er streckte die Hand nach mir aus, zog sie jedoch im letzten Augenblick zurück. »Ash, bitte! Gib mir fünf Minuten, um dir das Ganze zu erklären.«

»Was willst du mir erklären, Jake?«, fragte ich mit bebender Stimme. »Dass du mir nicht wehtun wolltest? Dass du es bereust? Dass du einfach nur vergessen hast zu erwähnen, dass du einen Sohn und eine Freundin hast? Dass du mich magst, aber das mit uns keine Zukunft hat?« Ich atmete einmal tief ein, dann sah ich ihm direkt ins Gesicht. »Bitte geh einfach. GEH.«

Eine Träne rollte über meine Wange und ich

sah, dass auch seine Augen sich mit Tränen füllten.

»Komm.« Keaton drückte Jake die Hand auf die Schulter. »Ich bring dich nach Hause. Es ist vorbei.«

»Das ist es«, sagte ich und Jake sackte in sich zusammen, als hätte ich ihn geohrfeigt.

Ein letztes Mal trafen sich unsere Blicke, ehe er sich umdrehte und zusammen mit Keaton aus dem Wohnzimmer verschwand.

Um das Haus zu verlassen.

Um zurück zu seiner Freundin und seinem Sohn zu gehen. Um mich zu vergessen. Genauso, wie Ian es getan hatte.

Es war vorbei.

Das mit Jake und mir war vorbei.

Ich wusste das und er wusste das auch.

Ich war mir nur nicht sicher, ob auch mein Herz es begriffen hatte.

DANKSAGUNG

Als Erstes möchte ich meinen tollen Testlesern danken. *Irene*, du bist seit meinem ersten Romanprojekt an meiner Seite und deiner Rückmeldung und Begeisterung für meine Geschichten ist es zu verdanken, dass ich überhaupt den Schritt in die Veröffentlichung gewagt habe. Das du seitdem jedes meiner Rohfassungen gelesen und mir Feedback gegeben hast, bedeutet mir viel. Dafür danke ich dir.

Franziska, ich liebe unsere Gespräche über den Messenger und deine unerschütterlichen Fragen, mit denen du die Handlungen der Figuren hinterfragst und mich jedes Mal aufs Neue dazu bringst, die Geschichten und Sichtweisen zu verbessern. Ich schätze deine Ehrlichkeit und bin sehr froh, dich an meiner Seite zu haben.

Nina, und *Marina* möchte ich danken. Für ihre Zeit, ihre Anmerkungen und Worte, durch die Ash und Jake zu dem geworden ist, was es heute ist.

Dana, danke für deine Begeisterung und das du dir die Zeit genommen hast, trotz vollem Terminkalender, auf Fehlersuche im Manuskript zu gehen. Es war wundervoll, mitzuerleben, wie sehr dich die Geschichte berührt.

Für meinen Mann: Danke für die Stunden, in denen du dir meine Zweifel und Fragen angehört und meine Unkonzentriertheit ertragen hast, weil ich so tief in der Geschichte steckte, dass für nichts anderes Platz geblieben ist. Und dafür, dass du verstehst, wie wichtig das Schreiben für mich ist!

Ein weiterer Dank geht an *Claudia*. Für den letzten Feinschliff am Manuskript und die tolle Zusammenarbeit.

Und zum Schluss – und ganz besonders – danke ich meinen *Lesern*. Es war schon immer mein großer Traum zu schreiben und es gibt keine Worte, die annähernd beschreiben können, wie glücklich ihr mich macht. Für mich ist das nicht selbstverständlich und ich danke euch, für jedes Wort, jedes Bild, jede Rückmeldung, denn sie sind der größte Dank, den ihr euch vorstellen könnt.

PLAYLIST

1. Already Home – Thousand Foot Krutch
2. Radioactive – Imagine Dragons
3. Burn it down – Linkin Park
4. The end is where we begin – Thousand Foot Krutch
5. Outside – Staind
6. Creep – Radiohead
7. Heavy – Linkin Park

SECHS EXKLUSIVE FRAGEN AN TREVOR GOSSOW

1. Als du Ash in deinem Haus begegnet bist, was ging dir da durch den Kopf?

Trevor: *Am Anfang fand ich sie ziemlich heiß, aber als sie dann mit dem Gesülze über meine angebliche Schwester angefangen hat, da dachte ich nur: Was soll der Scheiß? Sie hat mich verflucht wütend gemacht, und zwar nicht, weil es die Stimmung zwischen uns versaut hat, sondern vor allem, weil ich dachte, dass mein Vater sie geschickt hat. Cliff Gossow ist ja bekanntlich alles zuzutrauen.*

Ich habe ihr nicht geglaubt und wollte auch nicht darüber nachdenken. Dass sie womöglich recht haben könnte, kam einfach nicht infrage.

2. Wie ging es dir mit dem Gedanken, dass Ashley nicht nur die Wahrheit gesagt hat, sondern dass du auch deine Schwester niemals kennenlernen wirst?

Trevor: *Als ich realisiert habe, dass Tami tot ist, habe ich mir zuerst gewünscht, dass Ash niemals aufgetaucht wäre, um es mir zu sagen. Ich meine, wer erfährt so was schon gerne? Aber als der erste Schock vorbei war, da war ich froh, denn als ich die Wahrheit zugelassen habe, ist sie ein wirklich wichtiger Mensch in meinem Leben geworden.*

3. Gibt es etwas, was du Tami gesagt hättest, wenn du die Chance dazu bekommen hättest? Etwas, das sie zum Beispiel davon abgehalten hätte, sich das Leben zu nehmen?

Trevor: *Ich bin mir nicht sicher, ob man jemanden von einem Selbstmord abhalten kann, wenn er wirklich sterben will. Ich meine, Ash war ihre beste Freundin, und die beiden hatten eine starke Verbindung zueinander, doch selbst das hat nichts an Tamis Entscheidung geändert. Aber wenn ich die Chance bekommen hätte, ihr noch zu begegnen, dann hätte ich tausend Fragen an sie gehabt. Zu ihrem Leben, zu dem, was sie liebt und allem, was sie je erlebt hat.*

4. Und wenn du ihr eine einzige Frage stellen könntest? Welche wäre das?

Trevor: *Ich würde sie fragen, warum sie nicht selbst nach mir gesucht hat, sondern stattdessen Ash geschickt hat. Weil ich nicht verstehe, warum der Drang, zu überleben und mich zu suchen, nicht stärker war* *als die Verzweiflung, die sie in den Tod getrieben hat. Ihre Tat ergibt einfach keinen Sinn.*

5. Wie würdest du deine Freundschaft zu Jake und Keaton beschreiben?

Trevor: *Ich denke oft, dass ich die beiden nicht verdient habe. Sie sind immer für mich da, halten meine Launen und Abstürze aus und egal, wie oft ich unsere Freundschaft in den letzten Monaten mit Füßen getreten habe: Sie sind trotzdem da.*

Vermutlich liegt es daran, dass Jake und ich uns schon immer kennen, weil wir zusammen aufgewachsen sind und so viel Scheiß zusammen erlebt haben. Bei Keat ist es dasselbe. Er ist nicht nur verdammt loyal, sondern immer für alle da. Wenn die beiden mich damit nicht gerade in den Wahnsinn treiben, dann bewundere ich das sogar.

6. Ein kleiner Ausblick: Was erwartet die Leser im zweiten Teil der Geschichte?

Trevor: *Wie es genau weitergeht, kann ich natürlich nicht verraten, aber was ich sagen kann, ist, dass nicht nur mir die Augen geöffnet werden. Und dass viele Dinge nicht so sind, wie sie auf den ersten Blick erscheinen. Ihr werdet schon sehen.*

NACHWORT

(ein Text über Suizid von Dana Dohmeyer, den sie im Rahmen der Blogtour zu All The Broken Pieces & You *verfasst hat, und den ich euch Lesern vertiefend ans Herz legen möchte.)*

Fast jeder von uns kennt das Gefühl, sich in einem dunklen Loch zu befinden und nur schwer wieder raus zukommen … Lerndruck in Schule oder Job, Streitereien in der Beziehung oder innerhalb der Familie, finanzielle Sorgen, Erfolgsdruck, Mobbing – das sind nur einige Punkte, die uns Kummer und Sorge bereiten können. Viele denken *„Ach scheiß drauf, Krönchen richten und Arschlecken dreifuffzich, die Krise überstehe ich"*. Aber es gibt auch noch die Menschen, die emotionaler mit solchen Situationen umgehen, die einfach nicht die Kraft haben, nicht kämpfen können oder wollen oder einfach nicht das soziale Umfeld haben, welches in solch Krisen enorm wichtig ist.

Nicht selten schleichen sich Depressionen ein, aus denen man noch schwieriger wieder rauskommt.

Doch was bleibt, wenn man keinen Ausweg mehr sieht, wenn man einfach nicht mehr weiß, wie man die Probleme oder auch die Symptomatik bekämpfen und vor allem auch bewerkstelligen kann.

Es gibt viele Menschen, die den Mut haben, sich Freunden und Familien anzuvertrauen oder den Weg zu einem Facharzt suchen... Andere wiederrum behalten ihren Kummer für sich und rutschen so immer weiter in ihre Depression. Nicht selten kommt es zu Selbstmordgedanken durch fehlendes Selbstwertgefühl und Selbstbewusstsein, durch die Angst, sich Hilfe zu suchen. Ich meine, seien wir doch mal ehrlich, trotz einer Menge Aufklärungsarbeit in den sozialen Netzwerken, Notrufnummern und Auffangstätten: In den Medien sind Themen wie Ängste, Depressionen, Suizidgedanken und Suizide doch immer noch ein Tabuthema in unserer ach so toleranten Gesellschaft.

Ein paar traurige Daten:

- 2009 hat sich Robert Enke in der Region Hannover vor einen Zug geworfen, weil er mit sich, seinen Depressionen und dem Leidensdruck nicht mehr klar kam ...

- Kurt Cobain machte 1990 mit einer gewollten Überdosis Heroin den Anfang ...

- Günther Sachs erschoss sich 2011, weil er nicht mit der Krankheit Alzheimer leben wollte / konnte ...

- 2012 nahm sich die Schauspielerin Silvia Seidel, bekannt aus der Kinderserie „Anna“ das Leben ...

- Nicht zu vergessen Robin Williams, der sich und seine Depression 2014 erhängt hat oder Chris Cornell, der sich 2017 für den Freitod entschieden hat.

Selbst in meinem Freundes- und Bekanntenkreis komme ich an den Themen Depressionen, Ängste, Suizidgedanken und Suizide nicht vorbei.

Doch was treibt denn den Menschen nun genau in den Selbstmord?

Dazu habe ich einen „netten“ Bericht gelesen, in der ein Psychologe aus Hamburg erklärte, das eine über einen längeren Zeitraum Belastung oder auch immer wiederkehrende Belastungen, wie Geldsorgen, Schuldgefühle, Liebeskummer, usw. den menschlichen Organismus immer weiter unter Druck setzen, bis die Selbstheilungskräfte irgendwann erschöpft sind. Wie ich oben schon schrieb, kommt es nun natürlich darauf an, wie jeder Einzelne damit umgeht und es verarbeiten kann. Die einen machen alles mit sich alleine aus, die anderen suchen sich Hilfe und vertrauen sich an. Hier kommt dann aber wieder das Problem mit unserer ach so tollen Gesellschaft ... Wenn mein Liebeskummer mich innerlich auffrisst, heißt das ja noch lange nicht, dass andere mich da verstehen oder wenn meine Geldsorgen für mich der absolute Weltuntergang sind, sind sie es ja nicht automatisch auch für andere ...

Wie erkennen wir denn Menschen, die suizidgefährdet sind?

Hmm, schwierig wie ich finde. Manche laufen ja schon total depressiv rum, wo man denken könnte: Alter Verwalter, such dir Hilfe sonst sehen wir uns morgen nicht mehr. Andere wiederum strotzen nur so vor Selbstbewusstsein und haben es echt drauf, sich nichts anmerken zu lassen ... Wichtig ist ganz besonders das, wenn ihr denkt, jemand hat den Hang zu Selbstmordgedanken, lasst den Menschen nicht alleine! Versucht sanft auf ihn einzugehen, versucht, dass er sich euch anvertraut. Habt ein offenes Ohr, zeigt Verständnis und zeigt ihm, dass ihr für ihn da seid, wenn er es denn möchte. Auch wichtig hierbei ist, man muss es leider deutlich sagen: Helfen können wir nur den Menschen, denen geholfen werden möchte. Es bringt nichts, Druck aufzubauen und unsere Hilfe aufzudrängen. Zeigt dem Menschen Wege auf, schaut euch vielleicht nach Fachärzten für Psychiatrie und Psychologen um und nennt „eurem Schützling" die Adressen und Telefonnummern, erzählt ihm immer wieder, dass er nicht alleine ist und er auf euch zählen kann!

Vorurteile sind leider in diesem Bezug ein trauriges Thema, halten wir doch mal dagegen:

1. *Wer davon redet, sich umzubringen, tut's eh nicht!* Kompletter Unsinn! Ca. 80% aller Suizide werden angekündigt – direkt oder versteckt. Das heißt aber nicht, dass jemand, dem alles zu viel wird und der keine Lösung sieht, wirklich tot sein will, aber er steckt in einer Situation, die er ausweglos sieht. Deshalb muss man solche Äußerungen immer ernst nehmen!

2. *Keine schlafenden Hunde wecken und nur ja nicht nachfragen, ob sich jemand umbringen will!* Quatsch! Kein Mensch nimmt sich das Leben, bloß weil Du ihn darauf angesprochen hast. Im Gegenteil. Wir erleben immer wieder, dass Menschen erleichtert sind, wenn sie mit jemand über diese Gefühle und Gedanken sprechen können, ohne gleich verurteilt zu werden. Sprich aber bitte das Thema Suizid nur dann an, wenn Du wirklich helfen willst!

3. *Die Neigung zum Suizid ist vererbbar.* Das stimmt nicht. Es ist zwar richtig, dass es Familien gibt, bei denen über Generationen hinweg immer wieder Suizide vorkommen. Das hat aber aus Sicht vieler Fachleute nichts mit Vererbung zu tun, sondern eher damit, dass es „Vorbilder" gibt.

4. *Wer an Suizid denkt, ist nicht normal.* Kein ernst zu nehmender Gedanke! Die meisten von

uns haben wohl schon einmal eine Krise gehabt, in der sie dachten, es sei besser nicht mehr zu leben. Gerade im Jugend- und jungen Erwachsenenalter gibt es oft Situationen, Entwicklungen, die unüberschaubar sind, wo Weiterleben sinnlos erscheinen mag. Dann mal an Suizid zu denken ist normal. Aber: Konflikte und Problem (v.a. dann, wenn man sich selbst als "Problem" sieht) können krank machen. Wenn Depressionen entstehen, zu "Problemlösern" wie Alkohol oder Drogen gegriffen werden, steigt das Selbstmordrisiko. Jetzt ist es wichtig, frühestmöglich Hilfe zu suchen.

5. Wer einen Suizidversuch überlebt, der macht das nie mehr wieder. Leider nicht ganz richtig. Zwar gibt es viele Menschen, die nur in einem bestimmten, für sie schwierigen Lebensabschnitt, einmal diesen verzweifelten Schritt unternommen haben. Es gibt aber auch viele, die immer wieder, wenn sie in Problemen stecken, den Versuch wiederholen.

6. Nur Feiglinge bringen sich um. Eine Selbsttötung ist keine Frage von Mut oder Feigheit. Es ist nur so, dass sich jemand so verzweifelt, einsam und hoffnungslos fühlt, dass er für sich keinen anderen Weg mehr sieht!

Es gibt leider so unendlich viele Möglichkeiten, sich das Leben zu nehmen. Und wusstet ihr eigentlich, dass mehr Menschen durch einen Suizid sterben, als beispielsweise bei Verkehrsunfällen?

Der *Arbeitskreis Leben Freiburg* hat veröffentlicht, dass sich durchschnittlich alle 56 Minuten ein Mensch das Leben nimmt, alle sechs Minuten versucht es jemand. Krass, oder? Hättet ihr damit gerechnet?

„In Deutschland sterben mehr Menschen durch die eigene Hand als im Straßenverkehr, es sterben mehr Menschen durch Suizid als durch illegale Drogen, Aids und Verkehrsunfälle zusammen. Und: Jeder Suizidtote lässt durchschnittlich ca. sechs nahe stehende Menschen zurück, die oftmals kaum wissen, wie sie weiterleben können."

Da kommen wir ja schon zum nächsten Dilemma und eigentlich auch zum Ursprungsthema. In unserem Fall, bzw. in *„All The Broken Pieces & You"* hat Ashley ihre beste Freundin Tami an den Freitod verloren. Von ihren Eltern wird sie in ihrer Trauer nicht verstanden, aber sie findet Halt durch neue Freunde: Jake, Trevor, Zara und Keaton. Freunde, die sie als Betroffene, als Angehörige wirklich braucht. Freunde, die ihr wieder neuen Lebensmut geben.

Doch wo können sich Betroffene und Angehörige bei uns in Deutschland, in der Realität hin wenden?

Im Internet gibt es ganz viele Foren, wo sich Betroffene mit anderen Betroffenen austauschen können, wo man seine Last einfach mal, auch anonym, niederschreiben kann und Antworten bekommt, Gespräche führen kann ...

Es gibt eine Notfall Telefonummer, an die sich Betroffene in der akuten Krise wenden können: *0800 – 111 0 111*, dort erfahrt ihr auch Notrufnummern und Ansprechpartner aus eurer Region. Auf der Internetseite *https://www.nakos.de/* können sich Betroffene und auch Angehörige Selbsthilfegruppen aus ihrer Region suchen... Auch die DSG (Deutsche Gesellschaft für Suizidprävention) bietet Hilfe und Informationen: *https://www.suizidprophylaxe.de/hilfsangebote/fuer-betroffene-und-angehörige/*

Und was ist, wenn ICH jetzt das Gefühl habe, dass mein Freund / meine Freundin suizidale Absichten hegt?

Wenn Dir ein Freund oder eine Freundin anvertraut, dass er/sie nicht mehr leben will – lass Dich davon nicht unter Druck setzen:

• *Behalte kein Geheimnis für Dich, das zum Tode führen könnte! Das wäre eine zu große Last für Dich!*

• *Sprich mit jemand darüber, dem Du vertraust. Denn auch Du brauchst jetzt jemand!*

• *Mach Deinem Freund keine zusätzlichen Vorwürfe. Damit setzt Du ihn nur noch mehr unter Druck.*

• *Verkleinere seine Probleme nicht. Dann fühlt er sich nicht ernst genommen.*

• *Versuch nicht, ihn umzustimmen. Dann erzählt*

er vielleicht auch Dir nichts mehr. • Gib ihm das Gefühl, gebraucht zu werden. Viele Menschen, die nicht mehr leben wollen, meinen, dass sie nichts wert sind.

• Versprich nur das, was Du wirklich halten kannst. Eine Enttäuschung ist das letzte, was Dein Freund jetzt braucht!

Buchtipps zum Thema:

In *Jenseits des Dramas: Wie ich den Suizid meines Kindes überlebt habe* schreibt eine Mutter über den Verlust ihres Kindes, welches sich für den Freitod entschieden hat ...

In *Die Geschichte meines Selbstmords und wie ich das Leben wiederfand* bekommt ihr ein interessantes Buch, von einem Betroffenen, der seinen Suizidversuch glücklicherweise überlebt hat ...

Und das Buch *Suizidgefahr?: Ein Ratgeber für Betroffene und Angehörige* ist ein guter und nützlicher Ratgeber sowohl für Betroffene, als auch für Angehörige ...

Und zum Abschluss dieses wirklich langen und trockenen Textes kann ich euch nur noch persönlich ans Herz legen: *Sprecht über eure Sorgen, macht sie nicht mit euch alleine aus! Sucht euch fachliche Hilfe, es ist keine Schande einen Psychiater aufzusuchen, vertraut euch anderen an! Und Angehörigen kann ich aus eigener Erfahrung auch nur raten: Sucht euch ebenfalls fachliche Hilfe, sei es ein Internetforum, eine Selbsthilfegruppe oder eine Psychotherapie – Einen Menschen zu verlieren, weil er das Alter „er-*

reicht" hat oder durch einen Unfall ums Leben gekommen ist, ist noch mal ne ganz andere Nummer, als einen Menschen an den Freitod zu verlieren.

(Quelle: http://www.u25-freiburg.de/infothek/selbstmord-suizid/)

MEHR GROSSARTIGE
GESCHICHTEN FINDEST
DU IM:

WWW.FEDERHERZVERLAG.DE
@FEDERHERZ.VERLAG

Was, wenn du ausgerechnet gemeinsam mit dem Mann,
den du überhaupt nicht ausstehen kannst,
die Hochzeit deiner besten Freundin organisieren sollst?
Was, wenn du plötzlich feststellst, dass dieser Mann auch
andere Seiten hat, die dich zum Lachen bringen und dein Herz
in seiner Nähe schneller schlagen lassen?
Was, wenn du eine heiße Affäre mit ihm beginnst und tiefe
Gefühle entstehen, die dir ebendieses Herz brechen können?

Und was, wenn dann auch noch etwas geschieht, mit dem du
niemals gerechnet hättest? Sind das etwa zwei Striche auf
diesem verdammten Schwangerschaftstest?

**„Catch the Best Man" von Carrie Brigthon ist
ein leidenschaftlicher Haters-to-Lovers-Liebesroman,
der dich begeistern wird.**

Neuerscheinung

EINE BETROGENE BRAUT.
EIN UNGEZÄHMTER COWBOY.
UND EINE TÖDLICHE GEFAHR.

Seine Finger hatten die ihren nur kurz gestreift und doch ... ja, was eigentlich? Es hatte sich angefühlt, als hätten Funken zwischen ihnen gesprüht. Wie wenn man eine Wunderkerze hält und die kleinen Sterne auf der Haut verglühen.

FOLGE ELLI IN DIE IDYLLE DER WILD CREEK RANCH UND LÜFTE IHRE GEHEIMNISSE ...

DU ENTDECKST GERNE NEUE GESCHICHTEN?

Herzlesen

ist deine Chance

Vorab-Meinungen zu einem Buch einzuholen, ist für einen Verlag unglaublich wichtig. Aber auch dir kann es viel Spaß machen, dich unverfänglich durch unsere Leseproben und Cover zu klicken. Dafür erhältst du von uns sogar ein Dankeschön in Form von Herz-Punkten, die du in unserem Shop einlösen kannst.
Wir freuen uns, wenn du dabei bist!

Mach jetzt mit unter

www.federherzverlag.de/herzlesen

FEDERHERZ
VERLAG